失蹤人口

THIN AIR

麗莎・格雷 ——著 顏湘如——譯

LISA GRAY

楔子

我把車停在四條街外，接下來用走的。天助我也，房子位在街區盡頭，隱藏在陰影中，外人難以窺探。

此時天色已暗，但我知道白天裡的木板外牆是乾泥巴色，多年未曾重漆。至少從她搬來後就沒有重漆過。令我詫異的是門廊上的枯葉竟掃得乾乾淨淨，除了門邊一只金屬桶和兩雙外出靴（一雙大人尺寸，一雙幼童）之外空無一物。

前院草坪的草長得老高，草叢中錘釘了一塊牌子，警告說屋主有史密斯威森手槍防護，我不禁在黑暗中暗自竊笑。

我知道今晚一把槍救不了她。

我悄悄步上門廊階梯，看見正面大窗的窗簾已經拉上，中間接合處留下一道小縫隙，流洩出忽隱忽現的黃光。靠近前門時，可以聽見屋內有輕柔的音樂聲。時間不早了，但我知道她還沒睡。我抬起戴手套的手敲門，手套的軟皮讓敲門聲不那麼響亮。

她來開門，我不得不承認，在背後屋內燭光映照下的她顯得美麗。這時音樂變大聲了，是那種讓人聽了沮喪的西雅圖樂團的音樂，最近很風行。她雙眼呆滯無神，好像喝醉酒或吸毒，還困惑地望著我片刻。

然後才說：「我還在想人什麼時候才會來呢。還是先進來吧。」

我跟著她進客廳，她問我想不想喝點什麼。我沒說話。她還是走向酒吧推車倒了一杯紅酒，同時也把自己的酒杯加滿。她的杯子放在茶几上，下面墊著一個破爛的紙杯墊，是從附近一家酒吧拿回來的。我猜那不是她今晚的第一瓶酒。

她說：「欸，幹嘛戴手套？今天晚上外面很冷嗎？」

我仍然一言不發。

她遞出酒杯，但我沒有作勢去接。

「隨便。」她說著聳聳肩。

當她轉身準備將酒杯放到矮几上她自己的杯子旁邊，我立刻重重一拳揮去正中她的臉。她驚呆了，杯子隨即掉落，紅色液體滲入乳白色地毯。血從她鼻子流出，她踉蹌了幾步。我又送出一拳，這回她倒下了。

我很快地撲到她身上，雙膝重壓她的胸口，刀握在手裡。我意識到自己的呼吸加速，但雙手很穩，她的喉嚨割得乾淨俐落。她的血與地毯上的紅酒混在一起，我知道幾分鐘後她就會失血過多而死，任務也就完成了。

可是接下來的怒潮讓我始料未及，看著她的生命漸漸流逝，我自己的血液卻在血管內洶湧澎湃，我將刀高舉過頭，深深刺入她的心臟。然後一而再、再而三地刺，直到怒潮終於退去，我癱倒在她身上，精疲力竭。接著我內心湧上一股新的感覺，幾秒鐘過後我才弄明白。

是欣喜若狂。

這是我第一次殺人，但在那一刻我便知道，這將不是最後一次。

我起身將刀子收回褲子口袋，走到玄關，站在樓梯口傾聽樓上房間有無動靜。什麼也沒聽見。

我又回到客廳。音樂還在播放，燭火在牆上投射出怪異影子。我走向乳白色皮沙發，看著地上已無生氣的軀體，微微一笑。

然後坐下，等候。

1 潔西卡

潔西卡．蕭注視著眼前的一張張臉孔，心想其中大部分人八成都死了，死了或者是不想被找到。加州傍晚的陽光從窗戶灑入，她迎著陽光瞇起眼睛湊向MacBook螢幕，想把照片看得清楚一點。

裡面有失蹤的媽媽，大白天從家裡憑空消失。有中年男子，某天早上出門去上班，卻始終沒進辦公室。有青少女，放學後沒有回家。此外還有數以千計類似的悲劇故事，所有人彷彿都人間蒸發一般。

死了，或是不想被找到。

在潔西卡看來，失蹤成人多半都能納入這明確的兩大類，就像拉斯維加斯賭場裡的賭客在決定要把成堆的籌碼推向黑色或紅色。紅色，很可能是死了。黑色，也許還是會回來。當了七年的私家偵探——五年在紐約，最後兩年則東奔西跑——她通常從一開始就很清楚自己面對的會是什麼樣的情節。

潔西卡正暗自將螢幕上的面孔分類為黑色或紅色，女服務生的聲音忽然闖進來，她連忙將筆電闔上。做這種工作到餐車式餐館用餐並不適當，但她喜歡把購物中心、汽車旅館房間、加油站餐廳……反正就是有穩定Wi-Fi連線的地方，想成辦公室。這樣她會覺得自己其實是在工作，而不只是逃跑。

今天的辦公室是位在錫米谷的一家小餐館。錫米谷，一座宜人的中型城市，隱密地藏在范圖拉郡東南角，距離洛杉磯市中心將近五十公里，最為人所知的是一九九二年非裔人士羅德尼・金在此接受審判，十二年後又有雷根總統安葬於此。

潔西卡自己還不知道，但這裡也將是從此改變她人生的地方。

這一間餐館她沒來過，但類似的餐館她已光顧過上百萬次。消費低、期望值也低的地方。黏答答的吧檯前擺著高腳椅，有個玻璃櫃裡面陳列著放了一天的甜甜圈，玻璃上有點點指紋痕跡，是滿心熱切的客人留下的。女侍穿著粉藍色制服和白色球鞋，替客人倒咖啡續杯時會擠出笑容。其中一名女侍現在就聳立在她身邊。「妳要吃什麼？」服務生不耐煩地用深紅色水晶指甲敲著點餐本，好像她還有更重要的地方要去。

潔西卡已經看過塑板菜單，知道上面有披薩和漢堡的花哨手繪漫畫，層壓塑膠膜也擦得很乾淨，而且時間已經久到讓她找到Wi-Fi密碼並開啟筆電。此時再重新瞄上一眼，忽然發現開胃菜的部分沾了一塊硬掉的蛋渣。哪有擦拭乾淨？這是她晚吃的午餐，一天當中最好的時光都用來打包行李，準備再次出發了。這回也許去洛杉磯，或是舊金山，或是聖地牙哥。

她點了烤起司三明治和黑咖啡，儘管沒有它專屬的漫畫圖片，她還是希望菜單上有這種三明治。她不想再多向服務生詢問幾分鐘後才決定，畢竟這裡是唐尼小館，又不是什麼五星級大飯店。

「三明治要等五分鐘，」女侍說：「我現在去拿咖啡。」

潔西卡重新打開筆電螢幕，越過螢幕上方瞅向正在忙著準備飲料的女子。她有一頭純正紅髮，年約四十好幾，名牌上的名字叫南西；那塊塑膠名牌歪斜地掛著，好像刻意指向她胸前隆起的巨峰。南西的胸脯看起來是真的，雖然像極了好萊塢花花世界的整形手術成果，但當雙峰拚命地想掙脫那件小一號的制服，仍然引人遐想。

潔西卡把注意力轉回到筆電上，將一綹短金髮塞到耳後，開始查看email。信箱裡沒有新的來信，因為今天早上才剛看過。

沒有焦急欲狂的家長或憂心忡忡的配偶來信，請她協助尋找失蹤的心愛家人。沒有疑心病重的雇主委託她尾隨監視某位員工。甚至連設計桃色陷阱的請求都沒有，這類工作基本上就是在飯店酒吧引誘男人追求她，然後再去向心煩意亂的老婆證實，她們的確嫁了一個會撒謊、會偷吃的爛人。

除非口袋裡真的一毛不剩，否則這類工作她幾乎都會推掉。而潔西卡已經好一陣子沒有囊空如洗，自從拿到保險金又賣掉房子以後就沒有。最近，她通常會建議要設桃色陷阱的客戶，不如把她們賺的辛苦錢拿去請個好的離婚律師。

由於沒有什麼動力推她走向下一步，潔西卡便又回到失蹤人口網站，並吃起了剛送來的烤起司三明治。當她正意興闌珊地考慮要不要點個走味的甜甜圈，螢幕上忽然跳出一則沒有提示音的即時新聞，句子簡短扼要。她重重地往雅座的硬塑料椅背一靠，嘆了口氣，想吃甜點的念頭全都拋到腦後了。

她轉向南西。「現在那個應該可以拿下來了。」

正在櫃檯後面把零錢放進收銀機的女侍抬起頭來，問道：「不好意思，親……妳有說話嗎？」

潔西卡朝著上了年紀的女人背後的牆壁點點頭，那裡貼了一張海報，最上面用斗大鮮紅的字體橫寫著「失蹤」二字，底下則用較小的黑色字體寫著「你看過這個人嗎？」用的是光面紙，印刷品質很好，和過去兩三天潔西卡在城裡看見的其他告示海報一樣，有的張貼在酒吧與餐廳，有的黏在商店櫥窗上，有的貼在燈柱上。

一張彩色照片，上面有個毫無笑意的年輕亞洲女子，烏黑頭髮亮得有如濕瀝青，眼珠也是黑黝黝。她的表情似乎是在對拍照者生氣。

她是二十歲的大學生王艾美，週六晚上出去約會後沒有回家，室友便去通報失蹤。年輕、美麗、聰明：這個「聖三一」條件讓她在過去幾天裡，不斷地在洛杉磯與周圍地區的所有新聞頻道與報紙上亮相。不像那些相貌平庸、出身低下的女孩，幾乎連新聞內頁版面都上不了。

潔西卡又重複一次：「現在那個應該可以拿下來了。」

「噢，找到她了嗎？」南西那雙畫上去的眉毛立刻在肉毒桿菌容許的範圍下高高聳起，露出滿懷希望的表情。「我敢說她一定是跟男生在一起，手機又沒電了。這種事一天到晚發生。我應該要知道的，我的孩子跟她一樣大。」

「她死了。」

年長女子濃妝底下的臉皺了起來。

潔西卡接著說：「身分還沒正式確認，不過聽起來應該是王艾美。警察正在朝謀殺的方向偵辦，新聞是這麼說的。」

南西飛快地用手摀住嘴巴，畫了眼線的眼睛圓睜。「謀殺？老天哪。可憐的女孩。」說完傷心地搖搖頭轉過身去，開始動手撕下固定海報的膠帶，動作十分小心，以免弄斷深紅色水晶指甲。

死了，或是不想被找到。

如今王艾美是前者。一個前景無限的生命彷彿瞬間被扼殺了。潔西卡曾想過這名女子的失蹤或許會讓自己有些許工作上門，但如今這條路顯然成了死胡同。是「死」沒錯。反正她也比較喜歡冷僻一點的案子，像剛從冰桶拿出來的百威淡啤酒那麼冷，而這樁案子始終都保持微溫。該是繼續往前走的時候了。看是要擲銅板（正面往北走，反面往南），或是從失蹤人口網站挑個新案子，然後到當地去爭取接案的機會。

嘉寧．索羅門。十七歲。白人。女性。

失蹤兩個月。失蹤地點紐約州奧巴尼。

潔西卡絕不可能再回紐約州去。於是她繼續往下拉。

約翰．普雷斯頓。五十九歲。白人。男性。

失蹤六週。失蹤地點維吉尼亞州里奇蒙。

從這裡開車過去太遠了。跳過。她繼續往下拉。

珊卓拉．威廉斯。三十九歲。黑人。女性。

失蹤十八個月。失蹤地點亞利桑那州柯立治。

這個也許可以。

潔西卡又看一次信箱，發現有封新郵件。主旨寫著：「妳的下一個案子？」寄件者是「無名男」。

打開郵件時，她原以為會看到潛在客戶的詢問，並概略敘述他們希望她接的案子。不料，信中只有一個網站的連結。潔西卡對於不明寄件人送來的連結或附檔都十分小心，但她從連結的網址看得出來那是她熟悉的一個失蹤人口網站。

她點了進去。

下載的網頁上出現一份失蹤者名單，其中有一張大約兩三歲的小孩的照片。小女孩有灰褐色頭髮和藍色大眼，髒兮兮、胖嘟嘟的手指抓著一個芭比娃娃。

潔西卡感覺到雙頰快而猛地脹熱起來，好像忽然間暴露在裝了新燈管的日曬機下。

不可能。

她再看一遍。

見鬼了。

剛剛喝下的咖啡在她嘴裡變得苦澀。隔壁桌金屬餐具刮過盤子的聲音，似乎驟然變得太響亮刺耳。從後面廚房飄來的炸洋蔥味讓她想吐，把擦拭乾淨的美耐板桌面吐得滿桌都是。

死了，或是不想被找到。

此時，潔西卡．蕭知道了還有第三種可能是她想都沒想到過的。

就是不知道自己失蹤的人。

2 艾美

王艾美的手指輕輕拂過掛在衣櫥裡的衣服，想著該選穿哪一套。她取出一件紅色絲綢洋裝，放在身前比一比，眼睛凝視著衣櫥門內全身鏡中的自己。

這件洋裝是父母送的禮物。在她申請到兩筆眾所覬覦的獎學金，接著申請到加州州立大學洛杉磯分校的刑事司法系時，爸媽替她辦了個慶祝派對，並希望她能穿得特別一點出席。艾美出身一個勞工階級的華人家庭，排行老大，下面有兩個妹妹，是第一個上大學的王家人。她的優異表現讓所有親戚與有榮焉，但誰都不覺得訝異，因為艾美向來就是聰明的孩子，乖巧的孩子。

想到俄亥俄的家人，一股愁緒立刻襲將上來，她搖搖頭，似乎這樣做能有助於擺脫負面情緒。她將注意力轉回到手邊的事。這件洋裝相當保守，長度恰好過膝，全身上下不見絲毫暴露之處，但閃閃發亮的紅色布料完美地襯托了她的白皙皮膚與烏黑長髮。正好適合約會夜。今天是週六夜，她要去好萊塢一間時髦酒吧和一個男生碰面，所以必須打扮得像是費過心思。

她把洋裝塞回衣櫥，掛到兩件毛衣中間。

可是也不必太費心思。

「我真的希望妳不要去。」

艾美聽到背後的聲音嚇一跳，一轉身看見室友凱西・泰勒坐在單人床邊上；單人床有兩張，幾乎就佔滿了她們的小寢室。凱西焦躁地拉扯著床罩鬆脫的線頭，這是她的習慣動作，焦慮時手就會玩弄東西。

「要命。」艾美笑起來，一手按著胸口，心臟在顫抖的手指底下怦怦狂跳。「我沒聽到妳進房間，差點被妳嚇死。」

凱西沒有回報笑容，而是憂心地看著艾美。「現在取消還來得及。」

凱西是個具有鄰家女孩氣質的金髮美女，讀的是戲劇與舞蹈，已經替一個知名的衛生棉條品牌拍過兩支廣告，但艾美知道好友的擔憂不是演出來的。

她回身轉向衣櫥。「妳明知道我不能這麼做。」

「妳當然可以了，」凱西說：「只要拿起手機傳個簡訊就好。妳知道的，比方說『今晚沒辦法去』之類的，或是永遠都沒辦法，別再跟我聯絡了，魯蛇。」

「我沒有他的手機號碼。」

「那就放他鴿子。」

「不行。」

艾美挑出藍色緊身牛仔褲和白色背心，丟到自己床上。然後彎下身，從衣櫥最下面翻找出一雙金色羅馬織帶涼鞋。她脫去浴袍讓它直接掉落在地，扭著身子穿上牛仔褲，再套上背心，並用手梳過頭髮。坐在床上綁鞋帶時，她可以感覺到凱西直盯著她看。

最後室友還是開口了。「妳聽我說，我再過幾個禮拜又有一支廣告要拍，寵物食品那支。我可以……」

「不要。」艾美厲聲拒絕，但心裡立刻過意不去，自覺不該用如此尖銳的口氣對好友說話。「親愛的，妳的好意我心領了，但是不行。」她站起來，微微轉一圈。「好啦，我看起來如何？」

「美呆了。」凱西鬱鬱地說。

艾美從梳妝台拿起她和凱西共用的香奈兒Chance香水，往頸子和手腕噴幾下，隨後拿起原來放在香水瓶旁邊充電的手機，放進她的合成皮皮包。皮包裡另外還有皮夾、駕照、梳子、化妝品、口氣芳香錠、車鑰匙和單一個保險套。

「等一下。」凱西說著打開梳妝台斗櫃的最底層抽屜，往胸罩和內褲當中摸找一陣後，拿出一罐防狼噴霧。「至少帶著這個。」

艾美舉起鼓鼓的皮包說：「擠不下了。」她快速地擁抱凱西一下。「放心，我不會有事的，我一直都沒事啊。妳先睡，不必等我。」

凱西還來不及說服她改變心意，她便離開寢室了。

到了外面，近傍晚的空氣仍有暖意，但一走出宿舍大樓樓梯間來到街上，艾美的手臂立刻起雞皮疙瘩。夕陽迅速地落下地平線，沒有星光的暮色立即取代了白晝的明亮。

她穿過學生停車場走向她那輛寶馬Mini老爺車，鞋跟踩在柏油路面發出響亮的喀嗒喀嗒聲。她爬上車轉動鑰匙，暗自祈禱第一次就能順利啟動，時間已經有點遲了，但要叫計程車一路坐到好萊塢，想都別想。

引擎噗噗、咳咳幾聲後終於發動，聽到下方引擎發出低沉隆隆聲，艾美鬆了一口氣。收音機迸出聲音，是她最喜歡的鄉村音樂電台之一，正在播放一首關於失戀的傷心歌曲。她感覺到心窩處因憂悶而糾結的塊壘略微鬆動。儀表板上的時鐘發出明亮綠光。很可能會遲到幾分鐘，但她知道他會等她。艾美打了個哆嗦。她考慮今晚要不要喝兩杯，正好足以安定神經的量，可是她心知不值得冒這個險。

附近街燈的琥珀色光線照亮車內，艾美瞥了一眼後照鏡中神情哀傷的雙眼。她嘆了口氣，再也不知道鏡中回望著她的女孩是誰了。她鬆開手剎車，慢慢地駛離停車格。

王艾美。

聰明的女孩。

乖巧的女孩。

他們哪知道呢。

3
潔西卡

洛杉磯網站的名單除了基本資料，並未提供太多訊息。

照片中那個小孩名叫艾莉西亞．拉威爾，失蹤時三歲。最後一次出現是在某個秋日，和媽媽去雜貨店，然後郵局，然後再無蹤影。她正式成為失蹤人口的前一天，家裡頭出了事，卻只以「重大意外」一詞帶過。

那是將近二十五年前的事了。

這些年來，關於她的下落毫無具體線索。潔西卡再看一次名單資料，接著細細端詳照片，直到小女孩的五官長相深烙在她腦海。但其實不必要，因為那已是她熟識的臉。

照片中的面容就是她自己。

潔西卡從舊家庭相簿裡已經看過夠多自己小時候的照片，知道自己在那個年紀長什麼樣子。可是她從未見過這一張。

她很快地打字回信。

你是誰？我認識你嗎？

潔西卡按下傳送鍵後等待著。過了幾秒鐘，又有一封新郵件。那是自動發出的郵件，告知她信息無法傳遞。她於是關掉筆電。

她在咖啡杯下面塞了一張十元鈔，然後將筆電收進太大的肩背袋，滑出雅座座位。待要起身時，雙腿忽然軟趴趴，好像咖啡裡面加了大量酒精。她沒有理會南西的怪異眼神，踩著不穩的腳步慢慢走向門口。

來到外面的停車場，氣溫高達三十度，蒸騰柏油路面的熱氣穿透了她的布鞋鞋底，上身穿的輕薄棉T腋下感覺濕濕的。她往灰色緊身牛仔褲背後抹抹汗濕的手，隨即走向一輛可憐兮兮被丟在一棵大橡樹樹陰下的黑色雪佛蘭Silverado。這輛皮卡的加蓋車斗足夠放兩只中型行李箱，和一個裝滿她其他私人物品的紙箱。她所擁有的一切都放在一輛皮卡車後面。

潔西卡將Silverado轉向停車場出口，在車上的GPS系統鍵入字母與數字。這回不會跨州，也不會在漫無止境、看起來千篇一律的高速公路上，度過漫長白日與更漫長的夜晚。不需要丟硬幣決定接下來的方向。她的目的地就在洛杉磯東北邊一個社區，距離約六十五公里，車程應該不用一小時，得視交通路況而定。

她駛上東洛杉磯路，經過幾個購物中心、幾間速食店、一家保健中心和一間富國銀行。又有一張王艾美眼神惱怒的海報，用塑膠紮帶綁在一棵樹幹上。潔西卡右轉上第一街，循著路標前往一一八號高速公路。

錫米谷與那些充滿活潑生氣的平房建築、修剪得整齊美觀的草坪與雙車庫，消失在她背後，不久就被聖塔蘇珊娜山氣勢磅礴、綿延不斷的山峰所取代。一整片開闊的空間遍布凹凸磊砢的頁岩、砂岩與灌木，在炎炎日曬下偽裝成綠色、卡其色與褐色等等色調，這景致與潔西卡從小長大的狹窄灰暗的紐約街道截然不同。

她的童年回憶只能回溯到她與父親在皇后區吵雜而貧窮的社區裡，一起住過的各式各樣狹小公寓，直到後來東尼終於存夠了錢在布利斯維買房子。

他兩年前去世了，留給她一個她毫無記憶的母親和一個她永遠忘不了的父親，而此時此刻她卻找不到一個人能告訴她，那份失蹤名單只不過是個瘋狂又愚蠢的錯誤。她咬著嘴唇直到嚐到血味，隨即踩足油門，「天使之城」（洛杉磯）就在眼前。

鷹岩坐落於聖拉斐爾山，夾在西邊的格倫岱爾與東邊的帕薩迪納之間，因為有一塊突出的巨岩在一天當中某些時段，會投射出類似老鷹展翅的影子而得名。

潔西卡記得看過線上《洛杉磯週報》的一篇文章，將該地形容為美國「最熱門社區」之一，意思就是有年輕的都市專業人士移居至此，房價飆高，科羅拉多大道與鷹岩大道上的時髦酒吧與餐廳，如雨後春筍冒出來。

最後有人看見艾莉西亞．拉威爾是在約克大道，這是鷹岩的另一條主要通衢。

潔西卡下格倫岱爾高速公路後直接轉入約克大道，兩邊不斷閃過糖果色彩的工藝師風格與布道院復興風格住宅。她一直開到一處十字路口，左手邊有幾間餐廳，右手邊是一間長老教會，正前方則是一個ARCO加油站。潔西卡不需要食物、救贖或汽油，因此她直接穿越路口，行經一間營業到深夜的藥局和一間星巴克得來速之後，看見大馬路邊有一間小汽車旅館。

橫掃鷹岩其他地區的貴族化現象顯然尚未滲透到藍月旅館。那是一棟陳舊的單層建築，顏色像放久了的骨頭，平坦屋頂邊緣鑲著藍色霓虹燈。接待廳後面展開一排十個房間，停車場入口旁豎立著一閃一閃的紅藍霓虹燈，宣傳他們的剩餘空房與低價位。經營者所謂的「低價位」是一晚二十五塊錢，潔西卡可以接受。她只想要一張軟床和一點烈酒。

步入旅館前廳後，她發現東側牆面幾乎被一長條上了清漆的木頭櫃檯佔滿，櫃檯內沒有人。大門旁邊一張缺角的小桌上，放著一台老舊的咖啡先生咖啡機、幾個紙杯和一疊擺放整齊的銅版印刷小冊。大大的觀景窗旁是個座位區，有一張玻璃面的圓形咖啡桌，兩側各有一張籐編小沙發，就是一坐上去就會吱吱嘎嘎響的那種，不管椅墊有多蓬多軟。

辦公桌後面的門開了，可以聽到一首滾石樂團的老歌從後方辦公室一部看不見的收音機傳出來。門口出現一顆渾圓的肚子，肚子的主人留著白鬍子和同色調的蓬鬆頭髮，年紀看起來老到足以記得那首歌首次登上告示牌百大單曲榜的風光年代。儘管發現有客人等候時顯得吃驚，他仍露出燦爛而溫暖的笑容。

「有什麼需要我服務的嗎？」他問道。

「我需要一個房間住一個禮拜，」潔西卡說：「也許更久。」

她遞出身分證件與美國運通卡。櫃檯人員瞄一眼駕照，並用一台新的刷卡機刷卡，那機器在老舊過時的環境中顯得突兀。他用食指戳著鍵盤，把一些資料輸入連接著鍵盤、巨大無比的電腦螢幕，然後伸手從隔成十個小格的壁櫃取出一把鑰匙，白色塑膠鑰匙鍊牌上有個金箔印燙的數字五，已經開始剝落。

「我叫傑夫．哈柏，不過人家都叫我哈柏或老哈，」他說道：「從來不叫傑夫。妳住在這裡的時候如果需要什麼，就打電話到櫃檯來。房間電話上有號碼。」

「好，沒問題。」

哈柏指指桌上的宣傳單。「妳要是想找個不錯的餐廳吃飯，或是關於附近的健走步道或其他旅遊資訊，那一堆裡頭應該找得到。或者我也可以提供一點個人的建議，怎麼樣？」

「謝謝，」潔西卡說：「但我是來辦事，不是來玩的。」

哈柏再度露出微笑，聳聳肩。

她較仔細地打量了他一番。他至少有六十歲，除非是很後來才搬到鷹岩，否則應該記得拉威爾的案子，甚或認識艾莉西亞和她母親。他肯定聽說過當時傳得沸沸揚揚的謠言。這兩三年來，她遇到過不少汽車旅館與一般旅館的主人，知道他們都是靠地方上的八卦為生。他們不知道的事情就沒有知道的價值。

「我是私家偵探，」她說：「在查拉威爾的案子。」

哈柏揚起一道眉毛。「哇，妳可喚醒我古早的回憶了。為什麼現在要查？」

「週年日快到了。」

他抓抓鬍子。「這也不是什麼特別的週年日，不是嗎？該不會已經二十五年了吧？」

「是的，沒錯。但我認為只要有人還行蹤不明，每過一年都是特別的。」

哈柏皺起眉頭。「也許吧。但如果妳是私家偵探，一定是有人雇用妳到鷹岩來查案的。」

潔西卡不自然地笑笑。「我只能說我是代替某個相關人士來的。」

哈柏露出失望表情卻沒說話。

「你在鷹岩住很久了嗎？」她問道。

「一輩子了。嬰兒、少年到成年。」

「你認識拉威爾家的人嗎？」

「那小孩從沒碰過面，但經常在這一帶看到她們母女倆。」

「那母親呢？你認識嗎？」

「伊蓮娜在艾斯酒吧做事，這裡的人多半都認識她。她是個令人難忘的人。」

「怎麼個難忘法？」

「噢，她人長得漂亮就不用說了。這是艾斯．福里曼那麼快就雇用她的原因之一。不過她還有另外某種特質。要是在男人身上，大概會叫做個人魅力吧。總之就是一種假裝不來的吸引力，妳明白我的意思吧？」

潔西卡點點頭，但哈柏的目光越過她的肩膀，定在將近三十年前的某一點。「伊蓮娜現在在哪裡？」她問道。

哈柏的雙眼重新聚焦，濃密的白眉毛蹙了起來，顯得困惑。「她死了。」

潔西卡眨眨眼。「當然了。」

他二人在尷尬的沉默中站了幾秒。

接著潔西卡說：「還有一個問題。」

「問吧。」

「艾斯酒吧在哪裡？」

酒吧裡面幽暗，有撫慰人的感覺。主要燈光來源是一盞昏黃的燈，低低掛在靠裡面一張撞球桌上方，還有幾個宣傳自家啤酒的霓虹燈板。

吧檯呈U形，兩側牆邊各貼著四個雅座。八個雅座還不到一半有人坐；有一對男女一邊啜飲啤酒一邊吃著籃子裡的炸薯條和雞翅，有一個上了年紀的男人面前排著撲克牌，還有一桌坐滿剛下工的戶外工人，從那些亮得刺眼的黃色安全背心和他們腳上的髒靴子看得出來。

艾斯酒吧和藍月旅館一樣，看起來就不像二十幾歲時髦年輕人會不時光顧的鷹岩熱點。這裡是個骯髒破落的低級酒館，八成是為了住在附近或在附近工作，而且大半輩子都在這裡喝酒的人，才繼續營業。

吧檯彎曲幅度較小的那一端擺了三張高腳椅，中間那張的茶色人造皮坐墊破了一道口子，吐出尼古丁色的海綿，讓人聯想到剛擠破的青春痘。潔西卡爬上右邊那張椅子，覷一眼吧檯上方的小電視螢幕，頻道轉到一個新聞台，但是關靜音。

一個頂著蓬蓬頭、濃妝豔抹的金髮記者正在對著鏡頭報導，背後有一塊燈光柔和的汽車旅館招牌。螢幕下方的跑馬燈寫著：「最新消息：王艾美命案追凶。」潔西卡猜想那棟髒兮兮的建築應該就是發現屍體的地點。

金髮女子退下，換成一個好看的黑人男性對著一群記者說話。他應該有四十好幾或五十出頭了，但保養得不錯。臉上有一些兩三天沒刮的鬍碴，理成平頭的黑髮，鬢邊夾雜幾許灰白，從體格看來每天都有運動。他穿的炭灰色西裝褲和黑色開領襯衫，都顯得時髦而昂貴。捲起的襯衫袖子底下，露出肌肉線條清晰的手臂，手腕上戴著一只大金錶，腰帶上有個大大的金色警徽，螢幕下方字幕顯示此人是洛杉磯警局警探傑森・普萊斯。

潔西卡不認得名字，卻認得那張臉。她見過他一次，就在永遠離開紐約以前，一個她花了過去兩年時間試圖忘記的日子。

她以前從未參加過葬禮，在東尼提前蒙主寵召之前，她沒有認識哪個死者交情好到需要花這個心思。就算有，她也會找個藉口，改送一張慰問卡，並特別挑一張詞句體貼感人的。她就是不喜歡葬禮。可是當死者是自己的父親，要走出來更難如登天。

那天，她覺得自己好像一個演員，被丟進一部她沒去徵選的電影，演一個她不想要的角色。所有人的眼睛都盯著她，想看她表演，她卻無法入戲，不知道自己的台詞。

雖然天氣很糟，教會卻意外地擁擠，許多潔西卡從未謀面的人擠進了座位。出席人數多得驚人，可見東尼藏了多少秘密。

其中有自鳴得意的夫妻牽著手，讓新的白金鑽石戒指在從彩繪玻璃透入的光線下熠熠發光。有年輕媽媽把嬰兒放在腿上上下晃動，奶嘴塞在小嘴巴裡，以免他們在上帝面前讓爸媽難堪。東尼靠著拍婚禮照與家庭照賺了不少錢，潔西卡心想這些人特地出席，想必真的很喜歡他拍的照。

教會最後方有一個獨坐的男人，身穿剪裁細緻的海藍色西裝和燙得筆挺的白襯衫，搭配一條銀色領帶。雨珠在他肩上閃爍有如水晶。他的臉濕濕的，但無法分辨那是淚水或雨水。他早在其他所有人動身前往追思聚會前就走了。如今回想起教會的弔唁者，潔西卡終於知道那個穿海藍色西裝的陌生人叫什麼名字。

他是傑森·普萊斯警探。

4 普萊斯

傑森．普萊斯離開好萊塢分局的辦公桌時，已是晚上十點，又過了二十分鐘才將鑰匙插入他位於洛斯費利茲區的公寓大門。他的肌肉疲憊痠痛，大腦卻好像被點燃了線路。

他脫掉鞋子，輕手輕腳走過上蠟的鑲木地板，來到主臥室往內窺探。妻子安琦已經在床上熟睡，他悄悄將門帶上，然後用指節輕敲走廊正對面的房間門。那扇門留了幾公分的縫隙，微暗的燈光流洩而出。見無人回應，普萊斯把頭探進門內，女兒正好抬起頭對他咧嘴一笑。

蒂詠盤腿坐在床上，腿上放著筆電，深色捲髮上頭戴著一副巨大的紅色耳機。那是她上個月過十六歲生日收到的禮物，自從那時候起，幾乎就沒摘下來過。她取下耳機，將小賈斯汀的錄音歌聲釋放入臥室。

「嗨，老爸，」她說：「我看到你上電視了。」

「是嗎？」普萊斯挪開幾隻絨毛玩具，挨著她坐到床沿。「我表現如何？」他最討厭媒體訪問，只要能躲就會盡量躲開。但由於他老闆莎拉．葛瑞齡小隊長請假，正在三個多小時車程外的聖路易斯—奧比斯保慶祝結婚紀念日，只好由普萊斯以制式說詞打發記者。

「不算太差，」蒂詠調侃道：「絕對有進步。」

她的笑容瞬間消失，轉而變成眉頭深鎖。女兒抬頭看他，嚴肅的表情籠罩在環繞床架的彩色小燈的淡粉紅光線中。她說：「你會抓到傷害那個女孩的人，對吧？」

「那還用說嗎，親愛的。」普萊斯撥弄她的頭髮，蒂詠扮了個鬼臉。他說：「玩臉書、聽那個恐怖音樂，只能再十分鐘，然後就睡覺，好嗎？」

「不是玩臉書。」她抗議道：「我要把這個月校刊的新書推薦寫完，明天是最後一天。」她指向書桌上堆高得搖搖欲墜的平裝書。

蒂詠是校刊的書評編輯，並下定決心畢業後要進柏克萊讀新聞系。一想到再過兩年，寶貝女兒就要離家去舊金山（或者是其他任何地方）讀書，普萊斯的胃就像被丟入湖水的石頭往下沉。這已不是第一次，他腦子裡想到了王艾美的雙親，以及他們現在想必經歷著地獄般的痛苦。

王家人住在俄亥俄，他們是從當地警察那裡得知死訊。後來普萊斯親自和王先生通過電話，並向傷心欲絕的父親保證，他一定會竭盡所能讓凶手伏法。他充分打算實現這個承諾。

「做出決定了嗎？」他問蒂詠：「有哪本書值得一讀？」

「有好有壞，」蒂詠說：「後世界末日那本很酷，寫羅曼史那幾本就不怎麼樣。」她假裝伸出兩根手指要插下喉嚨。「爸，我不覺得這裡面會有哪本讓你感興趣，沒有飛車追逐也沒有大樓被炸。」

普萊斯和蒂詠母女倆不同，他對書本不太感興趣，比較喜歡看電影，而且通常是飛車追逐和大樓被炸之類的電影。他之所以當上警察，恐怕還得怪查理士．布朗遜。他呻吟一聲站了起來。

「十分鐘，小姐。」他佯裝嚴厲地看著蒂詠。「我現在要去洗澡，等我洗完這些燈最好已經關掉了。」

她吐吐舌頭，他則情不自禁笑了。

進浴室後，普萊斯脫去襯衫、長褲和內衣褲，丟進洗衣籃。他把水調到他所能容忍的最熱溫度，享受著水像熱針一樣刺在背上與肩膀時近似疼痛的感覺。他從頭到腳抹了洗髮精和肥皂，試圖清洗掉皮膚在犯罪現場沾染的臭味，除去那再熟悉不過的血腥銅味，那不可能錯認的死亡氣息。若是回憶能連同臭味一起清除就好了，他暗忖。最好是能看著零碎片段的影像，隨著肥皂和洗髮精一起從排水口旋轉而下。

王艾美的遭遇很慘，卻不是普萊斯將近三十年的警察生涯中看過最慘的。他知道真正令他煩心的不只是她的遭遇，還有出事的地點。

夢幻汽車旅館是他發過誓絕不再踏足一步的地方。他曾經去過一次，很久以前的某個晚上，卻讓他花了大半輩子想要忘記。

那天晚上也和今晚差不多，溫熱濕黏，他的小小公寓開著窗，窗簾在幾乎感覺不到的風裡輕輕飄動。他的新女友安琦和他並躺在床上。他記得在天快亮的時候，被床頭櫃上的尖銳電話鈴聲吵醒，也記得接下來那段慌張的低聲交談。他好不容易說服安琦再繼續睡，說沒什麼好擔心的，然而他的雙手卻抖得厲害，勉強才繫上腰帶。

前往汽車旅館途中，他在日落大道一間二十四小時營業的賣酒店外暫停，用公用電話打了一通電話。這通電話不能冒險讓安琦聽到。那個時間，四下只有一些流動人口躺在建築物的出入口處，蜷縮在壓扁的紙箱或睡袋底下，要不就是清晨早班的清潔工正要前往安靜、空蕩的辦公大樓。誰也沒有留意到普萊斯。

他簡短、緊張的對話不時被遠方偶爾傳來的尖銳鳴笛聲打斷，他始終背對著馬路，唯恐被巡邏車上的同事認出來。掛斷電話後，他很快地回到福特Taurus車上，暗自慶幸車子顏色深暗，不引人注目，隨即便開往拉布雷亞路的夢幻旅館。

他在旅館巨大的直立招牌下踱步片刻，只見招牌上的白底紅字在濃濃的煙霾中，發出柔和、氤氳、如夢似幻的光線。他一而再再而三地問自己到底在做什麼，他所擁有的每一分直覺都在吶喊著，要他立刻跳上車，盡快開回住處，爬上床找安琦。一切平安無事。

但他知道不理會眼前的狀況絕非真正的選項，所以一開始他才會答應到旅館來碰面，哪怕明知自己可能失去一切：他的事業、他的自由、安琦。於是他走進旅館房間，坐在一張好像鋪滿石頭的床上，等候敲門聲響起。

今天，又是一通電話把他帶回到夢幻旅館。

這間兩層樓的廉價旅館就位在好萊塢大道旁邊，星光大道近在咫尺，只不過，為了A咖明星到此一遊的訪客，頂多也只能邂逅那數千個藉由大理石與青銅材質的五芒星而永垂不朽的名人姓名。

普萊斯上次來的時候，這棟建築是鮮亮的粉紅色，但在無情的洛杉磯太陽下曝曬多年，加上疏於維護，如今油漆已褪成棉花糖的顏色。磁磚從灰泥屋頂上掉落，樓上金屬欄杆的白漆也像頭皮屑一樣剝落。大大的直立招牌還在，宣傳他們還有空房，而且每個房間都有HBO和冰箱。現今甚至也有共用的水療浴池——如果不要太挑剔，願意只穿著泳衣和隔壁房間的偷情男女共浴的話。

這回，沒有空空的停車場，沒有乳白色的黎明晨光，也沒有慵懶閃爍的霓虹燈。而是一陣混亂迎面而來。

一架媒體直升機轟隆隆地在頭頂上盤旋，一堆播報記者、攝影師和拍照記者，聚集在黃色封鎖線後面，好像一群飢餓的狐狸拚命想嗅出一丁點美味食物。普萊斯無視他們高喊的問題，逕自從封鎖線底下鑽過去。這天結束後，他自己也會有夠多問題了。

他的搭檔維克．梅迪納在旅館房間外面等他，遞給他乳膠手套和鞋套。普萊斯拉扯著戴上手套，並在樂福鞋外面套上鞋套，深吸一口氣後跨過門檻。

室內一台老舊的冷氣機隆隆大響，吐出寒意逼人的冷氣。一名警察正俯身對著加大雙人床拍照，一開始擋住了視線，普萊斯沒看見死者。最初他只能看見一雙塗著紅色指甲油的赤腳，擱在舊式碎花床罩上，那跟他自己多年前曾坐在上頭的那條床罩一模一樣。

警察從各個不同角度為屍體拍照之際，普萊斯環顧房間一圈。遮蔽小窗的乳白色百葉窗已經褪色髒污，一張布滿香菸燒痕的書桌上蒙了一層灰塵，另一張桌上擺了兩個塑膠杯和一只750ml的威士忌空瓶。多年來茶色地毯上累積了其他客人潑灑的酒與體液，踩在鞋套底下感覺發黏。有兩名現場鑑識人員盤桓在放杯瓶的桌邊，邊採集指紋邊將物品丟入塑膠證物袋。

普萊斯嫌惡地皺起鼻子。「像她這樣的聰明小孩跑到這種垃圾地方來幹嘛？」

「誰知道？」梅迪納聳聳肩說：「不過我想旅館主管就不必擔心她最近會在TripAdvisor上留負評了。」

王艾美臉上遭到重擊，頸部與上半身有多處刺傷與劃傷的痕跡。手掌有一些防禦性傷口，顯示她曾試圖與凶手搏鬥但未成功。她右手小指被整隻截斷，有幾隻蒼蠅在她胸口幾個大洞旁嗡嗡飛繞。女孩的左臂垂伸出床沿，一度癱軟，但現在已呈現屍僵。

她穿著白色毛巾布浴袍，上面滿是乾涸的胭脂紅色斑痕。浴袍前襟敞開，露出黑色蕾絲內褲與小而蒼白的乳房。普萊斯好想替她拉上浴袍蓋住身子，為死後的她保留一點尊嚴，卻不得不強壓下這股衝動。他發現女孩的衣服整齊地疊放在一盞立燈下方的安樂椅上，被燈光照亮得有如百貨公司櫥窗的展示品，而她再也穿不著了。

衣服旁邊有一只廉價的合成皮皮包，裡面裝滿化妝品、梳子、口氣芳香錠和一個放了兩百元的皮夾，全是嶄新的二十元鈔。有一副寶馬Mini的車鑰匙，但車並未停在外面停車場。有駕照可充當初步的身分證明，即便在監理所的數位印刷照片中，王艾美依然美麗。

普萊斯走到房間另一頭的小浴室往裡看，裡面空空如也，沒有盥洗用品、沒有浴巾或毛巾，但他猜想那件毛巾布浴袍應該是旅館提供，而不是女孩自己的。

他重回房內時，屍體搬運人員正小心翼翼將王艾美從床上抬放到輪床上。屍袋拉上拉鍊的聲音在小房間裡格外響亮，也帶有一種終結的意味。普萊斯看著輪床從房間被推到等候在外的法醫部公務車，外面頓時爆發一陣騷動，播報記者大聲喊著要攝影師開始錄影，拍照記者相機的閃光燈也閃個不停。又是一個只佔幾個小小欄位和兩三分鐘播報時間的新聞，他氣憤地暗想。

此時普萊斯關掉水龍頭，擦乾身體，穿上短褲T恤。經過蒂詠的房間時，看見房門仍然半掩，房內已無燈光。他穿過客廳，拉開滑門，跨到陽台上。

在此高處，夜風吹拂過他剛洗完熱水還微刺的皮膚，感覺十分涼爽。在兩張戶外折疊椅中間有個保冷箱，他從裡頭拎出一瓶美樂MGD生啤酒，眺望城市夜景。十層樓下方，車流不大，人行道幾乎空無一人。越過遼闊漆黑一片的格里斐斯公園更遠處，格倫岱爾與伯本克的燈光閃爍不定，猶如茄紫色天空下的百萬繁星。

他知道好萊塢幾個大字就矗立在遠遠的西邊，那個標誌象徵著希望與夢想，以及進入位在北方山丘背後那些電影公司的大門。華納兄弟、迪士尼、環球，全是掌握著生殺大權的地方，能讓希望與夢想成真，也能讓它化為烏有。

普萊斯知道洛杉磯警局每個月要調查的失蹤案多達三百件，而被通報的失蹤者多半都會在四十八到七十二小時內找到或是自行返家。沒能在這段時間內找到的人佔百分之三十，普萊斯暗自納悶，這其中有多少是洛杉磯本地人，又有多少是到這個花花世界好萊塢尋夢的。就像王艾美這樣的孩子。被這座城市吃乾抹淨，只消一瞬間，人生的未來就能從夢幻星塵變成狗屎。

他喝著啤酒思索自己的人生，思索他仍然可能失去的一切：他的警徽、他的自由、他的家。安琦、蒂詠。自從接到關於王艾美命案的電話後，原本沉甸甸壓在心窩處的恐懼感，便開始在他的五臟六腑擴散開來，宛如癌細胞。

普萊斯把酒喝完，走向位於陽台另一端，主臥室的滑門。他輕輕溜上床，睡在安琦身邊，聆聽著妻子的輕細鼾聲，眼睛則盯著天花板的某一點，他知道那裡有個他始終找不出時間修補的裂縫。鬧鐘的紅色數字告訴他，就快半夜一點了。

一個多小時後，他才終於開始昏昏入睡。他記得自己想到的最後一件事，就是有事情要發生了，還沒到，但已經上路。就像郵寄出來的壞消息。

就要到了，而要命的是普萊斯完全無法加以阻止。

5 潔西卡

有個聲音將潔西卡從兩年前在布利斯維替東尼舉行葬禮的回憶，拉回到坐在洛杉磯一間廉價酒吧的現在。

她的目光從電視螢幕與普萊斯的面孔轉移開來，落在酒保那張滿是痘疤、鬍鬚軟塌的臉上。他正盯著她看，表情介於關切與不耐之間。

「對不起，你有說什麼嗎？」她問道。

酒保戴著擴耳耳環，把耳垂擴展成二十五分錢硬幣那麼大。她發現自己是對著那雙大洞說話，而不是對著他的臉。

「我是問妳還好嗎？」他說：「妳一副看到鬼的樣子。」

「大概有點被好萊塢那個案子嚇到了。」她往上方的電視比一下。那個蓬蓬頭金髮女主播又回到螢幕上。「今天晚上自己也要住汽車旅館的話，實在不太想聽到這種事。」

「十塊錢賭她是妓女。妳要喝什麼？」

酒保長得高高瘦瘦，看起來還不到可以買酒的年紀，賣酒就更不用說了。他肯定不是雇用伊蓮娜的酒館老闆艾斯·福里曼。艾莉西亞失蹤的時候，這個小夥子甚至都還沒出生呢，換句話說，企圖從他身上打聽消息一點用都沒有。

「我要一杯威士忌，和一瓶啤酒。」

「哪種威士忌？」

「好喝的。」

「哪種啤酒？」

「冰涼的。」

他聳聳肩，瘦巴巴的肩膀在T恤底下上下跳動，T恤正面印著一個她沒聽說過的樂團名字，腋下有褪色痕跡。他往杯子裡嘩嘩倒入兩指深的「皇室徽章」，然後打開一瓶雪山啤酒，放到她面前的吧檯上。凝結的水珠滑下深色玻璃酒瓶，潔西卡拿起酒瓶，一口氣就喝掉三分之一。

她環視店內，其中一名戶外工人與她對上眼。對方微微一笑，並朝她抬了一下道奇隊棒球帽致意，本該是紳士之舉，但就是讓人覺得低俗。那頂帽子看起來好像是從八八年，道奇隊最後一次拿到世界大賽冠軍那年一直戴到現在。而且那人看起來都老到可以當她爸爸了。潔西卡對他露出不以為然的表情，隨即別過頭去。

「艾斯．福里曼還在這裡工作嗎？」她問酒保。

「是啊。」

「他現在在嗎？」

「晚上休息。有什麼我能幫忙的嗎？」

「應該沒有。」

他有點動氣，隨後衝著她面前的兩份飲料點點頭說：「還要什麼嗎？」

她搖搖頭，往櫃檯上丟了幾張鈔票，跟他說不用找了。

潔西卡慢慢走到店內另一頭的一張雅座，把威士忌和啤酒放到有圓形飲料印痕交疊、黏黏的桌面上，她可以感覺到那個棒球帽男的目光一路跟著她。她一屁股重重坐到椅子上，從袋子裡拿出筆電、黃色拍紙簿和筆。

她將拍紙簿翻到空白的一頁，寫下「傑森・普萊斯」並畫上一個大問號，名字底下還畫三條線。她想知道一個洛杉磯警察怎麼會橫越全國跑到東岸去參加她父親的葬禮。但在此之前，她必須先知道愈多拉威爾家的事愈好。

她從鹽罐胡椒罐組中間抽出菜單，仔細看看上面有沒有供顧客使用的 Wi-Fi 密碼。果然有。密碼是：iheartacebar（我愛心艾斯酒吧）。

她翻了個白眼，鍵入密碼。

潔西卡並不需要什麼先進的人臉老化模擬技術，就能知道她在餐館看見的照片中的小女孩長大以後會變成她。但她確實需要證實那張照片被上傳到失蹤人口網站，當中是否出了什麼差錯。也許是人為失誤，或者純粹是某人惡意開的玩笑。極可能就是寄 email 給她那個人，那個神秘的「無名男」。

所謂無名氏是用來指稱身分不明的人士，尤其是命案中身分未定的死者。假如對方寄來的網站連結是關於其他任何一個失蹤者，潔西卡會認定寄件人可能是個道地的刑案迷，對那樁案子特別感興趣。而且他很可能給不少私家偵探寄了信，企圖激起某人的好奇想去查出案情的來龍去脈，尤其又是一宗早被遺忘的懸案。

她與這件案子有關聯，會不會純粹只是巧合？但潔西卡向來不太相信巧合。

她在紐約有極佳人脈，包括一位IT怪傑，可以請他檢視這封email，試著透過IP位址追蹤到寄件人。可是這類作業很花時間和金錢，何況如果無名男都已經猜到潔西卡和艾莉西亞．拉威爾之間的關聯，顯然是個聰明人，肯定不會笨到呆坐在臥室裡，用筆電拚命發送郵件，等著對方來敲門。即使如此，她還是將郵件轉寄給那個IT支援者，請他盡量找出關於寄件人的訊息。接著潔西卡將注意力轉到拉威爾家。

她打開Google，在搜尋欄位打入「艾莉西亞．拉威爾」幾個字時，竟發現自己的手在發抖。她深吸一口氣，敲下按鍵搜尋圖片。大部分的搜尋結果都不相干，倒是找出許多艾莉西亞名人：演唱會上的艾莉西亞．凱斯、《獨領風騷》中的艾莉西亞．席薇史東。

不過前十個結果確實相關。其中六個是她如今已然熟悉的那張照片，大小與解析度各自不同。其餘四個是另外一張照片。

不同的穿著、不同的背景，同一個小女孩。

艾莉西亞．拉威爾。

潔西卡．蕭。

該死。

接下來，她搜尋失蹤那段時間的新聞報導，但完全沒找到九〇年代初的報導。太久以前了，不可能上傳到網路。透過圖片搜尋找到的艾莉西亞．拉威爾的照片，要不是來自失蹤人口網站（包括「協尋洛杉磯人」），就是過去大約十五年間撰寫的週年相關報導，因為近年來報社較常將報紙文章貼到自家網站上。

伊蓮娜．拉威爾如果還活著，應該五十歲了。她的死可能發生在過去二十五年間的任何一個時間點，死因也有諸多可能。被貨車撞死、得了不治之症，甚至可能因為承受不了失去女兒的痛而結束自己的生命。

又或者到頭來，以上皆非。

根據幾篇週年相關報導，當時負責查案的警察放進未破案件檔案中，最後放到爛的懸案不只有一樁。

而是兩樁。

一個三歲女童的失蹤案。

還有同一天晚上女童母親的謀殺案。

潔西卡在錫米谷餐館喝咖啡時，第一次看到的艾莉西亞．拉威爾的照片，顯然是從原始照片截下來的。而現在她正在看的正是原始照片。棕髮藍眼的小艾莉西亞緊抓著芭比娃娃。娃娃的頭髮被剪得亂七八糟，就跟潔西卡十歲以前帶著到處跑的那個娃娃一樣。這張照片裡，伊蓮娜蹲在女兒旁邊。

潔西卡瞪視著她。

她紅髮藍眼，和潔西卡的媽媽一樣，但她們很明顯不是同一人。她母親名叫潘蜜拉・亞諾，潔西卡還在襁褓中時，她便在一場車禍中喪生。

許多年前，東尼曾將事情經過完完整整地告訴她一次。車禍發生在一個星期五晚上，家裡的牛奶、咖啡和貝果都沒了，潘蜜拉又正好想喝點黑皮諾美酒。於是她抓起她那輛福斯金龜車的鑰匙，出門去買酒和食物。

她始終沒有到達雜貨店。

車子是在一處岩石與樹木混雜的山坡底下發現的，約莫三十公尺上方有一個狹窄的馬路彎道。擠壓變形的金龜車好像一台手風琴，警察對東尼說潘蜜拉沒有活命的機會，應該是當場死亡。他們不知道她是為了什麼原因駛離柏油路，直接衝過脆弱的防撞護欄。有可能是路上出現野生動物，或是某個酒醉駕駛誤闖車道。原因只能猜測。

事後留給潔西卡的只有一張母親的照片以供緬懷。

她從袋子裡取出皮夾，抽出照片細細端詳。

那是晚秋裡的某一天在公園拍的，從背景樹上紅、橙、金黃的樹葉看得出來。潘蜜拉戴了一頂碧綠色的編織貝雷帽，並圍了一條同色系的長圍巾，懷裡抱著一個大約六個月大的嬰兒。照片背面有東尼那熟悉的方正字體寫著：潘蜜拉與潔西卡，一九八九年十月。

潔西卡將褪色的照片與筆電螢幕上伊蓮娜的影像圖片做比較。兩人擁有同樣髮色與眼珠顏色，但除此之外毫無相似處。

這句話卻不適用於伊蓮娜與潔西卡。

假如伊蓮娜現在就坐在她身邊，就在艾斯酒吧，大部分人第一眼都只會注意到她們的明顯差異。

伊蓮娜的紅髮呈濃密、鬆散的波浪狀披垂在過肩處，而潔西卡卻是一頭齊下巴的漂白金髮，這要歸功於藥妝店買的、十元一盒的染髮劑。

伊蓮娜皮膚極白，點綴著淡淡的雀斑，而夏天裡經常一連數月待在全國最熱的幾個州，則讓潔西卡曬成暗金膚色。

她們倆都是藍眼睛，但伊蓮娜的藍是清澈明亮，宛如日正當中的沙漠天空，潔西卡的藍則有如狂風暴雨中的灰藍大海。

伊蓮娜沒有明顯可見的穿洞、刺青或胎記，反觀潔西卡，右臂上一幅永恆的藝術作品從肩膀一路延伸到手腕，左側鼻翼還有一個小小的鑽石鼻釘。

不過稍微細看的話，好像能看出一些相似處。同樣長而筆挺的鼻子，同樣的櫻桃小嘴，同樣稜角分明的下巴。

潔西卡端起威士忌，一飲而盡，酒精在喉嚨的燒灼感與進了肚子的火熱感，讓她哆嗦了一下。她閉上眼睛揉揉太陽穴，頭痛正在逐漸綻放。

她聽見對面座位有人滑坐進來，老舊皮革被那人的體重壓得吱嘎響，緊接著是兩個玻璃杯放到木桌上的碰撞聲。潔西卡重重嘆了口氣，滿心以為坐在面前的會是那個戴骯髒棒球帽的中年男子。

她睜開眼睛，結果不是戴帽子那人，而是一個徹頭徹尾、百分之百的帥哥。道地的好萊塢長相，就好像剛從城的另一頭拍戲下工，卻不知怎地沒去馬爾蒙莊園酒店，反而跑到艾斯酒吧來了。

他用食指指尖將一杯酒（色澤氣味都像是「皇室勳章」）推向潔西卡，撇嘴微笑的模樣想必讓他經常有上床的機會，不然就是替他惹了不少麻煩。

他年約四十，綠色眼眸，深色頭髮在頸背處捲曲起來，身穿紅黑格紋襯衫，一只破舊的黃褐色皮革郵差包從寬闊胸前斜揹下來擱放在臀邊。他的膝蓋在桌子下面與她的膝蓋相碰，顯見他腿長。她猜想他大概一米八左右。

「妳就是那個私家偵探。」他說。

這是陳述，不是提問。

「這一帶消息傳得還真快。」她說。

「哈柏跟我說的。我也住在那間旅館。」

潔西卡揚起一邊眉毛。「是嗎？看來一晚二十五塊錢的費用不包括替客人保密。」

男子啜飲一口威士忌，越過杯緣定定地注視她。「別生哈柏的氣。」他說：「他是好人，他只是在替我留意。有人進城來詢問拉威爾家的事，他知道我會想知道。我也在查這個案子，因為週年日就快到了。」

「你是？」

「傑克．哈勒戴。」

「你是記者。」

這是陳述，不是提問。

哈勒戴面露驚訝，隨即轉為佩服。「妳怎麼知道？」

「我是私家偵探，本來就該消息靈通。」

她剛剛坐下來瀏覽的幾篇文章之一，作者署名正是傑克．哈勒戴，但不需要讓他知道。

「妳從紐約來的，對嗎？」他問道。

「我來猜猜……這也是哈柏告訴你的？」

「承認。不過既然妳是紐約人，為什麼要查拉威爾的案子？洛杉磯本地就有很多好的私家偵探了。」

潔西卡嚥下一口威士忌，沒有回答。

「而且妳可以在這裡工作嗎？」他追問道：「不是有一些跨州的執業規定嗎？」

潔西卡放下酒杯，冷冷地看著他。「你想查我的執業資格？我是紐約州的合法私家偵探，如果因應案情需要到另一州，那麼我完全有權利在紐約以外的地方繼續調查工作。再說這根本不關你的事。」

事實上她並無權限在加州查此案，一路上接的其他案子也都不例外，只不過留在紐約就是不在她的考慮範圍。潔西卡心想只要查出結果，客戶才不在乎什麼文書作業和規定。

哈勒戴問道：「那麼我是不是能大膽假設妳那位神秘客戶住在紐約？」

「你愛怎麼假設是你的自由。」

「但妳剛剛才說如果案子源起於紐約，妳就能在其他州工作。」

「我說的是大致的情況，不是特別針對這個案子。沒錯，這種事是有一些相關規定。不過，我不一定會按規矩辦事。你到底為什麼這麼感興趣？」

「這個案子到目前為止，我自己也斷斷續續查了好一陣子了。」哈勒戴說：「要是被我偵破，我猜也許能拿個普立茲獎，甚至說不定還能簽下一本犯罪紀實小說的出版合約。」

他咧嘴笑了笑，像是在開玩笑，但潔西卡懷疑，關於得獎和出版合約的事，他是再認真不過。

「祝你馬到成功。」她對他說：「但如果你不介意，我還有事情要做。」

他對著筆電努努嘴。「網路上不會找到太多資訊。相信我，我看過了。只有一些週年日的報導，而且有一半是我寫的。網路聊天室裡倒是有不少瘋子理論。大概就這些了。」

他將身子探過桌面，氣味不錯，混合著肥皂和辛辣鬍後水及威士忌。「妳找警察談過了嗎？」

「還沒。」

「負責調查的警探名叫比爾．紀爾森。幾年前退休了。其他人根本不會讓妳接近檔案。雖然洛杉磯警局已經好多年都沒人關心過，但嚴格說起來這還是個未結案。」

「我可以提出要求。」

「他們不會答應。」

「總是有行賄，或是偷竊的方法。」

哈勒戴微微一笑。「不需要到那個地步。我有認識的人在證物室工作。」他拍拍郵差包。「這裡就有一份檔案。」

「你跟我說這個是為了……？」

「我覺得我們能合作。我替妳抓抓背，妳也替我抓抓背。」

「我們好像沒有熟到能有這麼親密的肢體接觸。」

他笑起來。「我的意思是我分享我有的情報，妳也分享妳的。」

「我才剛到不久，什麼情報都沒有。至少，暫時還沒有。」

「妳當然有了。伊蓮娜．拉威爾的母親是個毒蟲，在她還很小的時候就吸毒過量死了。她大半的童年都是寄人籬下，一滿十八歲就離開了。沒有紀錄顯示她有任何存活的家人。」

「所以呢？」

「所以經過了這麼多年，是誰雇用妳來查她的命案？妳把請妳來鷹岩的人的名字告訴我，我就讓妳看檔案。」

潔西卡搖頭。「不行。」

他點點頭，好像這個回答在他意料之中。「考慮考慮吧，」他說：「我住六號房，妳要是改變心意可以來找我。」

哈勒戴把酒喝完便即離開，留下她獨坐，呆呆凝視著伊蓮娜和艾莉西亞的臉龐。凝視著她自己小時候的臉龐。

6 伊蓮娜

一九九二年十月二日

伊蓮娜．拉威爾從投幣孔丟入兩個二十五分錢硬幣，照著寫在手上那張皺巴巴紙上的潦草數字，小心翼翼地按下電話號碼。耳朵裡脈搏砰砰響著，讓她幾乎聽不見電話接駁鈴聲。她緊緊握著聽筒，那塑膠外殼因她手心的汗而變得滑溜。

電話響了又響。

伊蓮娜正打算掛掉，忽然喀啦一聲，終於有人接起。

略一停頓，然後才說：「喂？」

「是我。」伊蓮娜說。

電話另一頭沉默無聲。伊蓮娜用手指堵住另一隻耳朵，試圖隔絕約克大道上轟隆作響的車聲。

「我是伊蓮娜，」她說：「伊蓮娜．拉威爾。」

「我知道妳是誰。妳怎麼有這個號碼？」

「電話簿上有。」

「妳是他媽的瘋了嗎？就這樣打電話給我？我說過我會跟妳聯絡，不是讓妳來找我。」

「我，呃，一直沒有你的消息。」伊蓮娜低聲喃喃說道。她聽到自己的聲音微顫，不禁暗罵自己沒用。她現在若是顯露出絲毫的軟弱就完了。她就輸了。她不能讓這種事發生。

她的視線落在電話亭內貼的一張廣告單上。上頭是個年輕女子，一件迷你胸罩勉強遮蓋住碩大乳房，下半身則是同樣迷你的同款紅色蕾絲內褲。她雙腿打開，一根手指放在嘴裡，一副「來上我吧」的表情。那是好萊塢一間脫衣舞酒吧的廣告。

伊蓮娜別開頭。

「我不想再晃蕩了。」她說：「給你的時間已經綽綽有餘，我等煩了。」

「我說過我會處理。」

「什麼時候？快沒時間了。你也知道你要是放著不管會怎樣。」

「很快。」

「多快？」

「很快就對了。」

電話斷了。

「該死！」

伊蓮娜重重掛上電話，但因用力過猛，聽筒從掛鉤上滑落，軟趴趴地垂在金屬線末端。她小心地把電話重新掛好，深深吸一口氣，打開電話亭的門。

女兒正耐心地在外面等候，看著雜貨店老闆在自家店門外的人行道掃落葉。時序剛入秋，但天氣仍暖和，伊蓮娜感覺到Levi's牛仔褲和毛衣被汗水黏在身上。約克路上滿是週五下午的逛街人潮，她認出一對男女，是她還在艾斯當酒保時店裡的常客。他們朝她揮手，她報以微笑。

「妳說難聽話，媽咪。」艾莉西亞的藍眼睛睜得大大的。「講電話的時候。我聽到了。」

「我知道，寶貝。對不起，媽咪只是一下子生氣了。」

「妳還在生氣嗎？」

伊蓮娜帶著微笑蹲下，與艾莉西亞面對面。「沒有，我不生氣了。其實媽咪真的很高興，妳想知道為什麼嗎？」

艾莉西亞格格一笑。「妳為什麼很高興，媽咪？」

「因為我們很快就可以去坐那種又大又豪華的飛機了。我敢說妳一定會喜歡，哦？」

「耶！我們要去哪裡？」

「一個很遠的地方，在那裡可以看到米老鼠，還可以一起玩很多遊樂設施、一起做很好玩的事。」

艾莉西亞眼中閃著興奮的光芒。「芭比也可以去嗎？」

小女孩舉起娃娃。芭比的頭髮被剪掉了，身上穿著肯尼的褲子和上衣，看起來比較像女大兵而不像芭比。伊蓮娜希望取代的娃娃很快就會送到。

「當然，芭比也可以一起來。」

「我們什麼時候要去找米老鼠？」艾莉西亞問。

「很快。」

「小羅叔叔也會來嗎？」

伊蓮娜的笑容消失不見。「不，他不會。只有我們兩個，寶貝。還有芭比。」

7 普萊斯

普萊斯把一個牛皮紙袋放到梅迪納面前的桌上，並遞給他一杯六百毫升的外帶咖啡。搭檔啜了一口，點頭表示稱許。

「兩顆糖，很多鮮奶油。」普萊斯說：「我現在都知道你會點什麼了。」

梅迪納打開捲起的紙袋口，拿出一個熱貝果聞了聞。「奶油起司，」他微笑著說：「我的最愛。」他咬下一大口，邊嚼邊繼續說話。「你應該知道我下個月才過生日，對吧？」

普萊斯一屁股坐到自己的座位，把一個原味貝果放到餐巾紙上面，用塑膠刀切成四塊。「今天早上沒時間在家吃早餐。」他端起自己的咖啡，沒加糖的黑咖啡。「今天結束的時候我會有百分之九十的咖啡因。」

「昨晚很難熬嗎？」

普萊斯點點頭。「她只比蒂詠大不了幾歲。」

他無須向梅迪納解釋「她」是誰。他把一塊貝果丟進嘴哩，發覺自己其實不餓。「我們來看看到現在查到了些什麼吧。」

梅迪納將椅子滑到普萊斯旁邊，只見一個三孔檔案夾打開在他面前。刑事檔案簿已經取代了由王艾美室友通報的失蹤報告。普萊斯迅速翻動紙頁，來到一頁證人供詞。

「好，所以說從我們和旅館經理湯米．蓋茲的談話可以知道，王艾美是在星期六晚上入住夢幻旅館。蓋茲不記得確切時間，但他記得她，因為套他的話說，那女孩『又年輕又辣』，而跟她在一起的男人『又老又肥』。據蓋茲說，男人是用現金付房費。櫃檯後面的監視器壞了，所以沒有他們兩人的影像。停車場的錄影器也一樣。」

梅迪納哼了一聲。「那有什麼奇怪的。那地方狗屁倒灶的事一堆，我不認為他們的監視錄影器有哪一天沒壞的。」

「屍體是在星期三早上，被一個名叫賈琪．薩瓦斯的清潔婦發現的。」普萊斯說：「她從星期天就開始生病，那星期的前幾天沒去上工，也沒有其他人去查看房間，所以王艾美就丟在那裡沒被發現超過三天。」

「我親自去和薩瓦斯談過。」梅迪納說：「她很難過。像那種地方，她以前也發現過幾具死屍，但都是吸毒過量的毒蟲。第一次看到年輕女孩被砍成那樣。」

普萊斯皺起眉頭。「可是，三天耶。要是清潔婦生病或請假，沒有替補的人嗎？」

梅迪納聳聳肩。「他們會請清潔婦，我都覺得驚訝了。」

「也對。聽起來凶手也不太善於清理。鑑識組在威士忌酒瓶和兩個塑膠杯上都採到一些完整指紋。希望能從系統上比對出結果。解剖有消息了嗎？」

「今天早上送回初步報告了。」梅迪納伸長手臂，從自己桌上拿起一份文件交給普萊斯，並趁著普萊斯翻閱報告時，把貝果和咖啡吃喝完畢。

「推估死亡時間是在週六晚上九點到週日凌晨一點之間。」普萊斯說：「死因是心包穿透引起的心包填塞。」他發現梅迪納露出困惑表情，便解釋道：「就是心臟被刺傷。那是致命的傷。她總共被刺了十一刀，還有鼻梁斷裂，左顴骨挫傷。自衛的時候手指被切斷。報告上還說她死前不久有過性行為。」

「你覺得她被強暴了？」

普萊斯很快地看一下相關段落，搖了搖頭。「陰道周圍沒有瘀青或撕裂的跡象，可見是合意性行為。沒有精液殘留，他們用了保險套。」

「現場沒發現。」梅迪納說：「八成是丟進馬桶沖掉了。」

普萊斯重重吐了口氣。「報告上也說她懷孕了。大約三個月。」

「該死。那幹嘛還多此一舉用保險套？」

「也許她不知道自己懷孕了，或者這個人不是孩子的父親。這年頭年輕女孩需要自我保護去避免的，不是只有懷孕。」

「大概吧。」

「所以現在是什麼情況？」普萊斯問道：「王艾美去約會，進展比預期中順利，他們就決定轉戰夢幻旅館，喝了幾杯酒，辦了事……然後呢？」

「會不會是這傢伙有暴力癖？」梅迪納猜測道：「辦正事的時候甩了她幾個巴掌，女生不喜歡，事情就失控了？」

「或許。可是她被發現的時候穿著內褲和浴袍，所以有可能是在做愛完了以後才被殺。」

「好吧。那就是男生想來第二輪，女生不想，結果撕破臉。又或者他是小孩的爸爸，聽到消息以後不太能接受。」

「或許。」普萊斯又說一次。他抹了把臉，揉揉眼睛。「也或許這不是普通約會。」

梅迪納顯得困惑。「什麼意思？」

「室友說不知道王艾美要去哪裡，也不知道她要去見誰。你不覺得奇怪嗎？」

「有點吧。不過我哪知道女人之間都說些什麼？」

「一點都沒錯。」普萊斯環顧小組辦公室，看見一個二階警探席薇亞．羅德麗格在檔案櫃那邊，便出聲喊道：「嗨，席薇亞，妳現在有空嗎？」

羅德麗格是個嬌小的棕髮女子，比普萊斯小兩三歲，二十五歲左右法學院畢業後，對職業生涯的選擇改變了心意而當上警察。

「怎麼樣，兄弟們？」她往梅迪納的桌子邊緣一坐。「聽說你們接了王的案子？聽起來好像很凶殘。」

「我正想問妳這件事。」普萊斯說：「妳上一次的火熱約會是在什麼時候？」

羅德麗格揚起一邊眉毛，目光從普萊斯移到梅迪納又移回普萊斯。她舉起左手，指向一枚細細的金戒。「如果這是你想約我出去吃飯的招數，普萊斯，你晚了十五年。」她眨眨眼。「不過你要是想請我去梅爾羅斯路那家新開的高級義大利餐廳，我可以考慮。」

普萊斯笑起來。「是啊，萬一被安琪知道，到時餐廳特別招待的就不是肉丸，而是我的鳥丸了。」

「那你問火熱約會要幹嘛？」她問道。

「妳上過大學對吧？」

「沒錯，後來我發覺抓罪犯比設法放他們走有趣多了。」

「回想一下妳的學生時代。如果妳週六晚上有約會，應該會一五一十地全告訴室友吧？尤其如果妳們感情很好的話。」

「那是當然。我們至少會花兩三個小時挑出完美的衣服、整理頭髮、化妝，還會根據男生要帶妳去的地方，推測他值不值得繼續交往。」

「嗄？」梅迪納說。

「你們也知道，去酒吧喝酒的話，他八成只是想上床。上不錯的餐廳，他可能是真的喜歡妳。開他的車兜風，後座還放了一手啤酒，那想都別想。」

「天曉得事情這麼複雜！」梅迪納說。

「換作現在的小孩，情況也差不多嗎？」普萊斯問道：「我是說，會知道所有細節嗎？」

「現在很可能更投入。」羅德麗格笑著說：「有那些FB、Snapchat和IG，說不定閨密都還沒答應讓妳去約會，就已經把那個男生的全部生活剖析得清清楚楚了。」

「沒錯。」普萊斯說：「謝了，席薇亞。」

「很高興能幫上忙。」

梅迪納目視著羅德麗格走回檔案櫃後，轉向普萊斯。「再來呢？」

「再來去拜訪一下凱西．泰勒，看看她為什麼要說謊。」

上午十點左右，好萊塢高速公路的車流緩慢，四十分鐘後，普萊斯那輛午夜藍的道奇挑戰者才轉上城東的帕西奧藍丘卡斯提拉街。前方立著一棟小小的圓柱形建築，漆成米色與赤陶色。上面以陽光般的燦黃色拼出「Cal State LA」（加州州立大學洛杉磯分校），校名底下有一面LED螢幕歡迎訪客進入校園。

普萊斯把車停到一個詢問窗口旁等候，直到一名臉頰圓潤粉紅的銀髮女子出現在玻璃窗後面。她拉開窗口的小隔板，面帶微笑問他們：「有什麼需要我服務的嗎？」

普萊斯將手伸出打開的車窗，向女子出示警徽。「我是普萊斯警探。」接著比向梅迪納。「這位是我的搭檔梅迪納警探。我們在調查王艾美的命案，想跟她室友凱西．泰勒談談。泰勒小姐今天早上在嗎？」

女子神情嚴肅地點點頭。「你們的同事昨天也來過。真是悲慘。請等一下。」

她消失在視線外，普萊斯能聽到敲打電腦鍵盤的聲音。片刻過後，她又回到窗口。「正如我所想，學校特准凱西．泰勒請一個禮拜的假。你們應該能在學校宿舍找到她。」她遞給普萊斯一張停車證，並告知宿舍區的所在。

他們繼續沿著帕西奧藍丘卡斯提拉走，經過學生活動中心，這棟樓俯臨一條熱鬧的人行道，人行道上有腳踏車斜靠著樹幹停放，還有學生三五成群坐在長椅上，邊喝可樂邊打發課間的休息時間。到了氣勢磅礡的紅磚建築拉克曼劇院後，他們右轉入圓環道，最後停在音樂廳前面的停車場。

今天天氣好極了，頭頂上藍天清朗，空氣也溫暖宜人。他二人穿越停車場，穿梭在各個年齡層與文化背景的學生群中，學生個個穿著清涼背心、抽鬚短褲、夏日洋裝，手裡提著書袋、拿著厚厚的活頁夾。

梅迪納環視了一圈。「你知道嗎？我應該去上大學的。身邊環繞著這些漂亮聰明的年輕女孩，總比那些滿身汗臭、以當警察為職志的警校生強。」

「五五年的畢業生嗎？」普萊斯挖苦道，同時打量著搭檔的標準穿著：藍色Levi's牛仔褲、白色合身T恤、黑色皮夾克和雷朋太陽眼鏡。

梅迪納無視他的譏諷，將深色長髮往後撥順，說道：「也許我可以當個熟齡學生，闖出點名堂來。」

「事情永遠不嫌遲，酷哥。不過你應該知道上大學需要大腦，對吧？」

他們來到一段陡峭石階前停下，往下穿過樹林與灌木林，就是一期宿舍的兩層與三層樓灰色建築。站在這裡居高臨下，可以看到宿舍建築後方綿延數哩長的群山與聖迦谷西端的大片屋頂。

他們佇足片刻，欣賞風景並享受太陽照在臉上的暖意，隨後才拾級而下。

凱西的住處在三樓，要爬上一段陰暗樓梯。梅迪納敲敲門，過了好一會兒才聽到輕輕的腳步聲走過走廊，接著門上的貓眼變暗。他二人同時舉起警徽。

「是泰勒小姐嗎？」普萊斯高聲說道：「我們是洛杉磯警局的普萊斯和梅迪納警探。妳要是方便的話，我們想問妳幾個問題，可以嗎？」

他們聽到金屬鍊的刮擦聲，門隨後打開，眼前出現一個體型纖瘦、穿著灰色休閒褲和粉紅色寬鬆T恤的金髮女子。她頭髮沒梳，清晰的黑眼圈在她蒼白憔悴的臉上好像紫色油漆留下的髒污痕跡。

「進來吧。」

他們跟著她走過短短的玄關走廊，進入一個小而舒適的起居空間，左手邊有個小廚房，右手邊則有一扇落地滑門通往陽台。

「要不要喝點什麼？」她問道：「茶？咖啡？還是水？」

他們倆都搖頭，她便一屁股跌坐在一張藍色的兩人座沙發上，那沙發看起來實用性比舒適度更高，很像辦公室接待區通常會擺的那種。她把兩條腿盤到身子底下，用手梳了一下亂髮。

「抱歉，我看起來想必很糟。」她說：「醫生開給我鎮定劑幫助睡眠，我半小時前才剛起床，還沒來得及洗澡或換衣服。」

普萊斯往她對面的一張貝殼椅坐下。「沒問題，凱西。我們不會佔用妳太多時間。」

「我已經向昨天來的警察提供證詞了。」

普萊斯瞄了一眼站在門口的梅迪納。「我們只是想再問幾個關於艾美的問題。」他說。

一聽到朋友的名字，凱西的褐色眼眸淚水盈眶。她眨了眨眼，豆大淚珠滾下臉頰。她吸著鼻子反手擦臉。「你們想知道什麼？」

「妳和艾美是怎麼認識的？」普萊斯問：「妳們上同一堂課嗎？」

「沒有，我們是同時申請到這間宿舍才變成朋友的。艾美——生前——主修刑事司法，我連那是什麼意思都不知道。」她黯然笑了笑。「她真的很聰明。」

「那妳呢？」

「我修戲劇舞蹈。和艾美完全不一樣，不過寫作業的時候她還是幫了我很大的忙。我畢業以後想當演員，已經拍過兩三支廣告。」

普萊斯不必看就知道梅迪納翻了白眼。在這個城市裡，每個人都會認識某一個自以為能當上演員的人。

「妳們兩個感情很好，對吧？」

她點點頭。「我們當了兩年室友，她是我最好的朋友。」最後幾個字又激發出新一波的淚水，凱西不禁雙手掩面，窄窄的肩膀跟隨每一聲啜泣抖動著。「對不起，我真的好想她。」

這女孩看起來是真的悲痛欲絕，普萊斯暗想。如果這是她演技的展現，那珍妮佛．勞倫斯可得小心了，因為這孩子將來顯然有獲得奧斯卡榮耀的潛力。他等到她心情平復後，將上身往前傾。「我們想抓到那個對艾美做出這種事的人。」他柔聲說道：「但我們需要妳的幫助，凱西。」

她抬頭看著普萊斯，點頭說：「好。」

「艾美第一次跟妳說起約會的事是什麼時候？」

「唔，我不確定。大概是前一天吧。」

「她是怎麼認識那個男的？」

「好像是在網路上認識的。」

「妳是說約會網站？」

「對，也可能是App，學校裡每個人都用這個約炮。」

普萊斯想到湯米．蓋茲是如何描述和王艾美一起到夢幻旅館的男伴。「他也是加大的學生或是年紀比較大？」

她聳聳肩。「我不知道。」

「她有沒有跟妳說對方叫什麼名字？是哪裡人？」

凱西搖搖頭。

「這類的App通常都有資料照片，對吧？艾美有沒有讓妳看他的照片？」

「沒有。」

「那關於約會呢？她有沒有說和對方約在哪裡？對方要帶她去哪裡？有沒有酒吧或是餐廳的名稱？」

凱西別過頭咬起指甲來。「她好像沒告訴我她要去哪裡。」

她撒謊技巧很差。也許珍妮佛．勞倫斯終究還是可以放一百二十個心。

「妳知道嗎？我自己有個女兒，」普萊斯說：「年紀比妳們小幾歲，她叫蒂詠，有個最好的朋友叫雪莉。兩個人簡直形影不離。」

凱西盯著他看，等他說重點。

普萊斯接著說：「以我對青少女的了解，她們很喜歡跟閨密分享事情。蒂詠跟雪莉講電話可以講好幾個小時，天南地北無所不聊。聊男生、聊逛街、聊學校、聊電視節目、聊自己最近迷上的名人。只要妳說得出的都會聊。我曾經無意間聽到她們聊天，有很大部分都是關於小賈斯汀。」

「所以呢？」

「所以我的意思是，凱西，最好的朋友會互相傾吐心事。」

「我知道的事都已經告訴其他那些警察了。」

「我不這麼認為。」

她瞇起眼睛。「我不明白你的意思。」

「艾美跟妳說了她禮拜六晚上要去見誰，對不對？」

她再次轉開頭。「沒有。」

「醒醒啊，凱西！」普萊斯大吼道，把凱西和梅迪納都嚇一跳。「我們正在努力想要抓到殺死妳最好朋友的人。妳真以為我會相信艾美要去約會，卻一點細節都沒告訴妳？」

她嘟起嘴來。「我什麼都不知道。」

「妳在說謊，我想知道為什麼。妳企圖要保護誰？艾美？那個男的？妳自己？」

凱西猛地轉頭面對他，厲聲說道：「我沒做錯什麼。」

「那艾美呢？她做錯什麼了嗎？」

「沒有。」

「那就告訴我，她上禮拜六晚上的約會對象是誰，讓我們能阻止這傢伙再次出手。難道妳希望這樣嗎，讓他再去傷害其他年輕女孩？這樣妳良心真的過得去嗎？」

凱西嘆了口氣閉上眼睛，砰一聲倒在沙發上，像個氣全洩光的充氣娃娃。更多淚水流下她的臉頰。「那不是約會。」她終於喃喃地說。

「什麼？」

「我說那不是約會。現在你滿意了嗎？」

普萊斯的手機在褲袋裡響起，他置之不理。「如果不是約會，那是什麼？」

她咬著下唇。「艾美說那叫交易協定。」

「什麼樣的交易協定？」

她狠狠瞪著他。「非得要我說得明明白白嗎？」

「麻煩妳了。」

梅迪納的手機響了起來。他退到走廊上去，普萊斯可以聽見模糊的交談聲。

「艾美失去了一個重要的獎學金，好嗎？」凱西張開雙臂，往他們所坐的客廳揮比一圈。「這個地方也許稱不上四季酒店，但價錢也不便宜，還有學費也是。她知道她家人沒錢，又不想放棄成功的機會回俄亥俄去。她實在無法可想。」

「她為了錢和男人發生性關係？」

「拜託，她沒有站在街角攬客，沒有人替她拉皮條，她沒有吸毒，一個月頂多只做一兩次，而且只跟少數幾個固定的人。」

「那上個禮拜六呢？」

「她叫他法蘭克。以前可能跟他約過六、七次。我只知道這麼多。你要相信我。是我跟她說我完全不想知道那些男人的事，還有她跟他們做了什麼。」

「這個叫法蘭克的是她孩子的父親嗎？」

凱西張大了嘴。「孩子？什麼孩子？」

「艾美懷孕了。三個月。」

「騙人。」她似乎確實感到震驚。「艾美不可能懷孕。不然我會知道。」

「我沒騙妳，而且錯不了，凱西。艾美的的確確懷孕了，不過有可能她自己也不知道。」

凱西點點頭，但忽然間恍然大悟，變了臉色。「不，她知道。」她搖著頭低聲說：「幾個星期前她戒酒了，說她胖了幾公斤，想減肥。」

「她為什麼沒告訴妳？」普萊斯溫聲問道。

「因為她知道我會說服她去打掉。你難道看不出來？她戒酒，就表示她想保住孩子。」

普萊斯點頭。「她去見的這些男人……他們是怎麼找到她的？」

「在網路上。我不知道什麼網站。」

「我們有她的筆電，希望能從她的瀏覽紀錄找到一點線索。」

「不會的。她的筆電只用來做學校作業。她總是用手機做……其他事情。」

「她的手機不見了。」

凱西聳聳肩。「她向來都隨身帶著。」

梅迪納重新出現在門口，舉起自己的手機，指指街道方向。

普萊斯於是起身，從後口袋掏出一張名片交給凱西，說道：「上面有我的電話，妳要是再想到什麼，就打給我。我們自己出去，妳不用送。」

到了外面的樓梯間，梅迪納朝閉上的門努努嘴。「你不是說上大學需要大腦嗎？」

「誰打的電話？」普萊斯問。

梅迪納咧開嘴露出大大的笑容。「指紋科。指紋比對有結果了。」

8
潔西卡

潔西卡醒來時眼球背後隱隱作痛，嘴裡有酸澀味，兩腿纏著薄如香菸紙的床單。窗簾打開一道五公分的縫，在蒙著灰塵的硬木地板投下一束細細的光線。

過了幾秒鐘，她才想起自己待在哪間旅館。

哪個城鎮。

接著一切記憶才瞬間湧現。

哈勒戴離開酒吧後，她又點了一杯威士忌，接著又一杯，然後再點一杯雙份帶著上路，從酒吧沿著約克大道走到汽車旅館其實不到十分鐘。

此時有個東西隱隱戳刺著她大腦深處，那是一段醉死的記憶正逐漸破繭而出，發出極其模糊的呢喃。潔西卡緊閉雙眼，試著回想那段短短的路程有什麼事情那麼重要。然後她想起來了。就是每走一步都被監視的感覺。

每次一回頭，她都只看見暗暗的店面和空空的停車場，偶爾會有車頭的鈉光燈束掃過空蕩蕩的街頭，更加深她孤單的感覺。即使如此，她就是覺得有人在看她，在尾隨她。那種感覺會讓你手臂上的寒毛直豎，心跳略微加速。

此時酒醒了，身在上鎖的房間內，床頭櫃上還有一把克拉克26手槍，潔西卡理當能將內心的驚惶歸因於酒醉與深夜在陌生城市裡落單的緣故。但儘管房門上了鎖，武器也近在咫尺，她仍無法完全擺脫那種不安感。

潔西卡拉開床單，輕手輕腳地走進浴室。她沖了個冷水澡醒醒腦，並用粗毛巾搓去昨晚化的妝，刷完牙後用漱口水漱了兩次，以清除威士忌的餘味。然後她把頭髮擦乾，仔細地畫上眼影、眼線與睫毛膏，再穿上合身的黑色七分褲、條紋T恤和匡威布鞋。她需要咖啡和碳水化合物來徹底消除剩餘的宿醉。

外頭的熱氣厚重得有如羊毛外套，萬里無雲的天空閃耀著亮眼的藍綠與金黃。潔西卡覷一眼右側房間，門上釘了一塊數字六的銅牌，高處小窗的窗簾敞開，門前的停車位卻是空的。她往左轉，朝接待廳走去。

大廳裡不見哈柏或哈勒戴或任何人，但幸好櫃檯上的托盤裡還放了幾個甜甜圈。她疊放兩個在紙盤上，並用外帶紙杯從咖啡機倒滿一杯濃濃的黑咖啡，然後端著早餐回房。

她在桌前坐下，拿起一個甜甜圈，打開筆電。

身為私家偵探，潔西卡經常利用各種資料庫調查客戶的背景。接下來一個小時，她便盡可能地挖掘伊蓮娜．拉威爾的過去。一查之下發現，這個女人遺失的拼片比拍賣的二手拼圖還要多。不管怎麼努力找，潔西卡就是看不到完整全貌。

關於伊蓮娜的早年生活，哈勒戴說得沒錯。伊蓮娜的母親是眾所周知的吸毒者兼妓女，經年累月小罪不斷：賣淫、非法佔有、偷竊、醉酒與妨害治安行為。在一張前科檔案舊照裡的唐娜．

拉威爾，是個瘦骨嶙峋的二十來歲女孩，用劣質染料染的頭髮已經又長出五公分，眼神冷酷，顴骨尖得有如剃刀。

伊蓮娜是在一九六七年元月降臨人世，生下她的女人就在七個月後翹辮子了。那年發生了「愛之夏」，數十萬的嬉皮來到舊金山的海特艾許伯里區，展開音樂與藝術與抗議越戰的活動，現場還有死之華樂團、傑佛森飛船樂團與水銀使者樂團提供配樂。

約莫在同一時間，唐娜流連於好萊塢的後街暗巷，追逐嫖客也嗑點藥。那些「花之子」最後都長大成人、找到工作、年華老去。唐娜卻始終未曾做到。

她是在七月中某個週六被發現的。那是異常炎熱的一天，是那種太陽光會從車窗反射出來、公寓大樓閃閃爍爍、腳下的柏油路面開始融化的日子。是那種會讓人失去冷靜、脾氣一觸即發的日子。

在那個社區，你不會寄望鄰居打電話報警，不料唐娜的鄰居就是這麼做了，申訴說隔壁的嬰兒尖叫個不停。哭鬧聲持續了整晚和幾乎整個白天，隔壁的婦人深信是母親丟下孩子一個人，自己和眾多的男性友人之一跑出去了。

受理報案的兩名巡邏員警到了以後發現門沒鎖，微微開著，而唐娜則呈大字形躺在沙發上，手臂上纏著一條廉價的塑膠束帶，還有一支骯髒的針筒躺在她肚子上。她已經死了一天，也許兩天。

嬰兒穿著滿是屎尿的尿布和弄髒的連身衣，又熱又餓又營養不良。她立刻被送往附近的醫院，一星期後才送到育幼院。沒有任何關於嬰兒生父或其他已知親戚的紀錄。

讀著螢幕上的文字時，潔西卡並未忽略，一個鄰居惱怒之下的插手可能對她自己的人生造成多大影響。若非那個女人受不了嬰兒的尖聲哭鬧而採取行動，她今天恐怕根本不可能坐在這裡啜飲咖啡吃甜甜圈。潔西卡深吸一口氣，繼續看伊蓮娜下一階段的人生。

她在寄養家庭住了三年，期望能被收養但始終未能如願。潔西卡猜想那個寄養家庭的情況很可能是改變了。也許搬到另一州去，或是懷上自己的孩子，忽然間便容不下別人家的小孩。無論如何，伊蓮娜就是運氣不好。後來接連住過一個兒童之家和另外兩個寄養家庭，直到滿十八歲才脫離那些社福機構。

然後她失蹤了。人間蒸發。

伊蓮娜人生時程中的接下來三年，潔西卡找不到一丁點受雇、繳稅、買房或買車的紀錄，甚至沒有她名下的帳戶。她猜想伊蓮娜應該是以拿現金的酒吧工作謀生，類似艾斯酒吧那種工作，而且八成是借宿朋友家，或是找短期的現金租屋居無定所。但這一切都只是猜測。

伊蓮娜一直是個幽靈，直到一九八八年元月又忽然重新出現，似乎還成了奉公守法的鷹岩市民。她開了一個銀行帳戶，在一家建設公司找到工作，規矩繳稅，也買了車。

她與塔夫建設的聘雇關係持續十個月，可能是準備要當全職母親而離職。在女兒艾莉西亞誕生後，伊蓮娜開始靠補助金度日，並在鷹岩一直住到一九九二年秋天去世為止。

潔西卡不知道伊蓮娜不為人知的那幾年與她的猝死有無關聯，也不知道她做的事、去的地方、認識的人，與她的遇害及她女兒的失蹤有沒有任何關係。

搜尋目前洛杉磯地區塔夫建設的資料，一片空白。五分鐘後，潔西卡找出原因了。那家公司在一九九三年初，由於老闆林肯・塔夫尼爾去世，賣給了一間對手公司優等建設，售價六百萬並不算賤賣。林肯死後塔夫建設由女兒凱瑟琳繼承，出售案便是她批准的。後來她用部分現金成立自己的廣告公司，網路上各種簡介資料都把她描述為成功而傑出的女強人。

潔西卡站起來伸伸懶腰、轉轉脖子，放鬆緊繃的肌肉。她從袋子最下面摸出一包萬寶路淡菸和一個BIC打火機，便拿著手機走向房門。

她站在敞開的門口，點起菸，打電話到凱瑟琳・塔夫尼爾的廣告公司。與她的秘書短暫交談後，接著被韋瓦第《四季》的樂曲以不必要的巨大聲量轟炸了六十秒鐘，潔西卡竟然就和那個女人約好當天下午四點在帕薩迪納見面。

緊接著，她試撥洛杉磯警局好萊塢分局的總機，被告知傑森・普萊斯警探無法接電話，不管她有多重要的事，他們都無法提供他的手機號碼，這個結果倒不太令她意外。於是她留了自己的姓名與號碼，並再次強調她必須盡快和他說上話。

潔西卡吸完最後一口菸，把菸蒂丟到地上，以布鞋底踩熄。拿在手上的手機螢幕告訴她，此時剛過中午，和凱瑟琳見面之前還有一點時間要打發。她抓起袋子和車鑰匙，將手槍插入腰帶用T恤蓋住，隨後反手將門關上。

鷹岩當地的報社位在一棟低矮寬闊的一層樓店面建築，夾在一間手工冰淇淋店和一間黑膠唱片行中間。每次看到咖啡館櫥窗擺出各種名堂奇怪、設計特殊的乳製品，潔西卡從來都沒有強烈的品嘗慾望。不過排隊買黑麵包、焦糖和紅紫色奧利奧餅乾冰淇淋的人龍已經溢出店門，蜿蜒於人行道上，希望在此溽暑熱天裡找個好玩的方式清涼一下。

她搖搖頭。也只有在洛杉磯了。

可惜相較之下，唱片行便冷冷清清，整齊排放著五〇、六〇與七〇年代唱片的櫥窗後面，只有一個百無聊賴的收銀員。

冷不防地，一段關於東尼的回憶躍入潔西卡腦海。她第一次聽到強尼·凱許那張極具代表性的專輯《弗爾森監獄現場錄音》，是在十六歲那年。那天是週六夜，她從朋友家回到家時，東尼又再度陷入低潮。屋裡燈光昏暗，半瓶金賓威士忌擺在茶几上，旁邊的菸灰缸堆滿菸蒂，因為唱片不停跳針，凱許的聲音變得斷續抽搐。

東尼臉上又出現喝酒時偶爾會有的哀傷、恍惚的表情，雙眼直盯著一個只有他看得見的影像。

潔西卡拿起唱片封套，看著背面列出的歌名。「怎麼了，東尼？」她揶揄道。她總是喊他東尼，從不叫爸爸。「可別跟我說你得了〈弗爾森監獄藍調〉的憂鬱。」

他笑了一聲，但她注意到他眼中並無笑意。她一屁股坐到沙發上，和他一塊兒聽了兩三首歌，然後跟他說她覺得這個叫強尼·凱許的傢伙要不是很勇敢就是很呆，才會跑到關了一堆殺人犯和強暴犯的監獄現場演唱。

東尼沉默了幾分鐘，她以為他沒聽到她說話。接著，他才用低到她幾乎聽不見的聲音說：「這世界上不是每件事都黑白分明的，小潔。有時候好人也會犯錯，有時候清白的人也會無辜入獄，還有時候真正的壞蛋從來不必為自己做的事付出代價。」

當時，潔西卡完全不知道他在說什麼，只把這段讓人摸不著頭緒的話歸因於他喝了太多酒又聽了監獄音樂。

而現在，她已不確定自己想知道了。

她推開厚重的玻璃門，進到《鷹岩改革者》報社小巧的接待區。櫃檯後面坐著一個身形龐大笨重、稻草色頭髮、陰沉著臉的女人，她穿著寬鬆的黑色洋裝，兩隻手腕上各戴著一串廉價的金屬手環，手一動就叮噹響。她有可能四十五歲，也可能六十歲，看不出來。

東西兩側牆面掛著裱框的頭版新聞，十分醒目，那些是報社這許多年來最重大的幾則新聞報導。其中有鷹岩某社區發現了「山坡扼喉殺手」早期殺害的一名被害人；有一個八歲女童遭「黑夜跟蹤狂」綁架的事件；有班．艾弗列克以《心靈捕手》獲得奧斯卡最佳劇本獎之後的專訪，他曾經就讀這附近的西方學院。此外還有當地一名女子的命案與她年幼女兒的失蹤案。

伊蓮娜和艾莉西亞從玻璃後面睜大眼睛往外看，潔西卡別開頭不去看那如今已然熟悉的面容，轉而透過櫃檯人員背後敞開的門，凝視門內一間中型辦公室。她對編輯室的印象無疑受到老電影與電視劇的影響，因為她以為會看到吵雜忙碌的景象：電話響個不停、鍵盤敲得喀嗒喀嗒響、濃濃的香菸煙霧瀰漫繚繞。

然而在她眼前的是四個小隔間拼湊成一個怪異的四方形，其中三個座位空著，第四個隔間裡有一位年輕男子邊咬鉛筆邊研究一本線圈筆記本的筆記。背景裡無聲地播放著CNN。電話悄然無聲。潔西卡暗自懷疑，其他記者是否正在外面排隊買奇怪的冰淇淋。

櫃檯的女士越過玳瑁框眼鏡上緣狐疑地盯著她看，目光先是落在潔西卡手臂上的刺青，旋即飛快地瞥向她穿洞的鼻子。她看起來十分戒慎小心，似乎滿心預期潔西卡會跳過櫃檯，自行拿取免費的報紙或是洗劫文具櫃。

「有什麼需要我幫忙的嗎？」她皺著眉頭問。

女子摘下眼鏡，讓眼鏡順著脖子上的鍊子垂掛下來，手環叮噹大響。她讓潔西卡想起高中時一位對她十分不滿的級任老師，她恨死那個老師了。

潔西卡對女子露出她希望是友善的微笑，但感覺好像比較像苦笑。「希望如此。事實上我想請妳幫個小忙。」

女子高聳起眉毛，嘟起嘴唇，但未發一語。

「我叫潔西卡．蕭，是私家偵探。我正在替一位客戶調查兩個曾經住過鷹岩的人的消息，希望可以看看過期的報紙，找到多一點相關資訊，可以嗎？」

潔西卡話還沒說完，櫃檯女士便連連搖頭，說道：「這裡是報社，不是公立圖書館。我們不能隨便讓路人走進來就去看我們的檔案。」

「我已經去過圖書館。」潔西卡說：「他們沒有保存《鷹岩改革者》的舊報紙，只有《洛杉磯時報》的微縮資料。我希望能找到比較在地的視角，他們就建議我到這裡來。」

「那應該是妳運氣不好了。」

櫃檯女士重新戴上眼鏡，轉回電腦螢幕，明白表示談話結束。潔西卡轉身正要離開，就在跨出大門前一步，忽然聽到身後有個男子的聲音。

「私家偵探啊？」

她回頭看見一個記者悠哉地斜靠著辦公室門框，雙手交叉在胸前，嘴角露出饒富興味的微笑。他年紀沒有她起初想的那麼年輕，和她差不多大，有點可愛，卻穿著皺巴巴的扣領襯衫和茶色燈芯絨褲，活像誰的老爸。

「沒錯。」潔西卡說著又走回接待區。「我在查幾個以前住在這裡的人的背景。我想她們應該上過一兩次報，所以希望能看一些過期的舊報。」

「發生什麼事了嗎？」他問道：「如果能有個不錯的新聞做下星期的頭條，我當然求之不得。今天沒發生什麼大事。」他笑了笑說：「應該說整個月都沒什麼大事。」

潔西卡微微一笑。「沒有，可惜沒發生什麼事。我在調查的這兩個人都沒有在鷹岩住很多年。」

他露出失望的表情，潔西卡暗忖，如果他知道自己現在說話的對象可能是他職業生涯中最大的獨家之一，不知會作何感想？

潔西卡繼續說：「不過要是我剛好聽到什麼有意思的事，一定會告訴你。算是回報吧。」

「聽起來很公平。」他說：「妳說妳叫什麼名字？」

「潔西卡．蕭。」

他轉向櫃檯女士。「妲拉，請妳帶潔西卡到圖書室，幫她找她想看的舊報好嗎？」

妲拉漲紅了臉，嘴裡在和記者說話卻怒瞪著潔西卡。「我已經告訴過蕭小姐我們不能讓——」

「噢，拜託，妲拉。」他打斷她的話：「我們放在那裡的又不是什麼最高機密，每一份報紙都曾經在某個時間點公開販售，記得嗎？好了，拜託一下，去幫潔西卡找到她想找的。」

他厚著臉皮對潔西卡眨眨眼，回到自己的座位。妲拉繼續在位子上多坐了一兩秒鐘，似乎在斟酌要不要照他的話做。也或許她只是在等暴怒的情緒緩和下來。最後她站起來，唐突地比劃一下，要潔西卡跟著她穿過辦公室，走向辦公室後方一扇玻璃門。當潔西卡經過那位記者的桌旁，他從桌上一個皮製名片盒抽出一張名片遞給她。

「如果妳在調查過程中發現什麼有趣的事的話。」

她看了看名片，上面寫著「蓋瑞特．湯瑪斯，《鷹岩改革者》資深記者」，還有他辦公室的專線電話和手機號碼。她說：「好的，沒問題，蓋瑞特。」

所謂圖書室其實是一間沒有窗子的大儲藏室，三面牆邊立著高達天花板的金屬架，架上全是過期的《鷹岩改革者》的裝訂本，依年份排放。一張漆亮木桌加上兩邊各一張皮面椅，就佔去中間的大半空間。這個房裡有霉味，像舊紙張的味道，讓潔西卡想起在真正圖書館逗留的年輕歲月。

「妳想找什麼日期？」妲拉問道。

「一九九二年十月。」

潔西卡拉出一張椅子坐下來，把包包直接丟到地上。見妲拉沒動靜，她便抬起頭，發現這女人釘在原地，面無血色。

「妳沒事吧？」她問道。

妲拉眨了兩下眼睛。「我沒事，我去找那些檔案。」

她走向其中一個架子，端詳書背標籤片刻後抽出一本大而厚重的皮革裝訂本，書背與封面用金字印著「一九九二年七月至十二月」。她把裝訂本放到潔西卡面前的桌上，雙手在發抖。「我就不吵妳了。」她說完便快步走向門去。

潔西卡等到妲拉關上玻璃門，才打開本子，小心地翻動紙頁，直到翻到她在接待區相框內看到的那份頭版。

鷹岩女子命案追凶——孩子依然下落不明

本報記者吉姆・詹森報導

警方於週三開始追捕一名持刀男子，據稱此人在鷹岩一處住家中刺殺了一位本地女子。

經查，死者身分為伊蓮娜．拉威爾，二十五歲，當場宣告死亡。據悉，她的臉遭受重擊，身上有多處刀傷。

她的女兒艾莉西亞，三歲，在莫里森路的事故後至今仍下落不明，事故發生時間在週五深夜／週六凌晨。

據本案的調查負責人比爾．紀爾森警探表示，警方已找到「一條確切的追查線索」。「初步得知的訊息讓我們認為拉威爾女士與凶手相識。」他告知本報記者。

過去幾天，警方都在搜索命案現場與鄰近社區。

報導文章最後請民眾若有任何訊息，可以撥打舉報專線電話。潔西卡翻了幾頁，來到下一週的報導。拉威爾母女依然是頭版新聞。

警方搜尋鷹岩殺人案「關係人」

本報記者吉姆．詹森報導

警方正在追捕殺害本地女子伊蓮娜．拉威爾的凶手，調查過程中希望能約談某位「關係人」。

拉威爾女士，二十五歲，週一舉行非公開儀式後，在格倫岱爾紀念墓園下葬安息。

她的女兒艾莉西亞，三歲，自從鷹岩住家發生事故後便下落不明。

一位警方消息人士向本報透露：「我們認為有一位與伊蓮娜．拉威爾相識的男性，可能掌握著有助於調查工作的關鍵資訊，希望能盡快將此人約談到案。」

據悉，比爾．紀爾森警探與其團隊，至今仍無法確認這位可能的證人自拉威爾女士慘死後的行蹤。

被問及這名男子是否殺人嫌犯時，消息人士指出：「目前我們只將此人視為『關係人』。」

與此同時，鷹岩居民也對這起凶殺案／綁架案表達震驚之情。

維若妮卡．郝，五十二歲，表示：「這種事竟然會發生在自己家門口，實在難以置信。希望警察查明是誰做出這麼可怕的事，讓我們大家晚上都能睡得安穩些。」

湯姆．康納利，四十一歲，表示：「我就住在隔壁街。她們這家人看起來很不錯。發生這種事真是悲慘。」

潔西卡用手機拍下這兩篇文章，然後搜尋一九九二年剩餘時間的其他每一版，但都沒有找到關係人或逮捕任何人的相關報導。她走向架子，到妲拉取出這本裝訂本的地方，找到一本是一九九三年初的。她瀏覽了年初兩三個月的報紙，還是沒有重大進展。調查未能有所突破，意味著這則新聞很快便從頭版撤除，接著更是完全不再報導了。潔西卡收拾好東西，將兩本裝訂報紙歸位。

「有什麼發現嗎？」她走向出口時，蓋瑞特喊著問道。

「沒什麼特別的。」她說。

即使在說這句話的同時，已知曉的事實在潔西卡腦中呼呼飛轉著：伊蓮娜的命案——以及艾莉西亞的失蹤案——警察查到了一名嫌犯，卻始終沒能追到人。

9 潔西卡

與凱瑟琳．塔夫尼爾見面是在她家，而不是如潔西卡所想，在她辦公室。

橡丘南路那一帶，光是要進去替居民送信就需要有個信託基金和常春藤名校的文憑。街道兩側有橡樹夾道，這也是地名的由來，許多價值數百萬的住宅並不臨街，而且隱藏於華麗的鑄鐵柵門背後。

潔西卡低頭瞅一眼自己的穿著，想到稍早妲拉不以為然的眼神。也許她應該穿高跟鞋搭配俏麗的筆管裙或是時髦褲裝，至少盡量掩飾一下刺青。但她很快便嘟噥一句「管他去死」，甩掉這個念頭，也想清楚了她真的不在乎凱瑟琳．塔夫尼爾對她的衣著選擇有何想法。她是來調查事情的，不是來面談找工作。

潔西卡又再確認一遍草草寫在立可貼上、貼在儀表板的地址號碼，然後把車停在一道雙柵門前，柵門兩邊的樹籬整齊美觀，就好像經過蜜蠟脫毛處理似的。她還沒來得及放下車窗尋找對講機，大門就往內開啟，讓她進到一棟美侖美奐的西班牙殖民風格住宅的庭園。這棟房子很可能建於一九二〇年代，但潔白耀眼的灰泥外牆與紅磚瓦頂卻完美無瑕。

她將車停在車道上一座嘩嘩作響的人造噴泉旁，緩緩走向大門。門打開後，出現一個瘦小如鳥一般的女人，五官清晰分明，一頭灰色短髮，穿著乳白絲質襯衫和海藍色長褲。

「塔夫尼爾女士嗎？」

女子全然不像潔西卡在網路上看到的照片，但她仍伸出手來。女子的手握起來潮潮黏黏，軟弱無力。她微笑著搖頭說：「我是艾芮絲，凱瑟琳的管家。妳想必就是潔西卡吧？」

她點點頭。

「請進。」艾芮絲說著退到一旁，讓潔西卡進屋。「凱瑟琳正在等妳。」

潔西卡走進一個令人難忘的玄關，一座木質與鑄鐵樓梯矗立其中，並以現代油畫與巨大花瓶作為裝飾，那些裝飾品恐怕用她一年的酬勞都買不起。她兩隻手臂貼在身側，小心謹慎以免碰撞到什麼，一面隨艾芮絲進入一個廳室，裡面有梁木外露的天花板、有徹斯特菲皮沙發，還有塞滿精裝書的書架。

廳裡最主要的部分是一座偌大的白色石壁爐，裱著閃亮銀框的照片等距擺放在壁爐架上，壁爐上方的牆壁則掛了一台六十吋的電視螢幕。艾芮絲請潔西卡自便，不用拘束，然後便去找主人了。

獨自待著的潔西卡晃到書架前，一一端詳書名，卻發現沒有一本書或一個作者是自己熟悉的。完全沒有詹姆斯．派特森或丹．布朗的作品。她走到壁爐前面看照片，發現照片也沒比書有趣多少。

其中有一些黑白照，除了一對年輕夫妻的婚禮照，還有一個金髮小女孩的獨照。有一張較近期的照片，裡面有一個穿白色網球衣的中年女子，手裡抓著一個銅盃。另外還有同一名女子和兩位友人的合照。他們全都高舉著香檳杯，圍坐在一個蛋糕旁，蛋糕上插著一根「50」的數字蠟燭和幾根仙女棒。

潔西卡正彆扭地往一張沙發邊緣坐下，照片中的女人便乘著一團香奈兒五號香水的香霧，如旋風般掃了進來。

凱瑟琳．塔夫尼爾也和這屋子一樣，是新與舊的品味組合。正如慶生照片所透露，她已經五十多歲，但有些部分的她確確實實離五十歲還遠得很。

她的鼻子非常筆直，胸部雖小，卻比二十歲少女還要堅挺。她的臉色健康明亮，似乎會定期做昂貴的臉部保養，或者比佛利山某位頂尖整形醫師的電話就在她的快撥清單中。

她穿一件無袖黑色洋裝，露出寬闊的肩膀與日曬過度的黝黑手臂。她那銀金色頭髮就好像剛剛上完美容沙龍，經過專業吹整。儘管如此，她給潔西卡的印象不是美麗或漂亮，而是帥氣。

凱瑟琳自信地大步走過客廳，潔西卡連忙起身握住她伸出的手，她的手勁比起有氣無力的管家要強勁多了，雖不至於傷筋碎骨，卻也不是軟趴趴的淑女握法——這種握手力道顯然是經過多年董事會與交易談判磨練出來的。

「謝謝妳願意見我，尤其還是在妳家。」潔西卡說：「我本來以為我們會在妳的辦公室碰面。」

凱瑟琳微笑道：「我已經慢慢進入半退休狀態了，所以現在多半只有上午會進辦公室。而且我覺得在家裡聊天的氣氛會比較愉快。」

「很美麗的家。」潔西卡說，主要是因為她覺得有必要讚賞一下這個豪華環境。但確實如此——這房子果真擁有令人驚嘆的元素。像這樣的一流房產，她猜想拿出四百萬之後恐怕所剩不多。

「謝謝妳。」凱瑟琳說：「我自己也很喜歡。妳要不要喝點冰茶或咖啡？或者我有一支二〇一三年的納帕谷金芬黛，很不錯。」

「冰茶就好，謝謝。」

凱瑟琳轉向在門口徘徊的管家。「麻煩給我來點葡萄酒，艾芮絲。把飲料端到外面來好嗎？天氣太好了，坐在屋裡可惜。」

潔西卡跟隨凱瑟琳穿過一扇落地窗來到外面的後院，院子裡有個腎形泳池和一個按摩池，包圍在蓊蓊鬱鬱的樹木、植物與花卉當中。整個地方都經過細心設計，地面鋪著八邊形的薩爾蒂約磁磚，泳池邊有一個爬滿藤蔓的藤架，陽台上擺了一張餐桌以及放置許多蓬軟抱枕的轉角座位區，另外還有更多裝飾花瓶與放了小蠟燭的燈籠。

空氣中瀰漫著香甜醉人的金銀花香，輕易便能想像在這裡舉辦戶外派對會有多棒，有水池，有全部點亮的小燭光，還有源源不絕的納帕美酒，賓客在溫和的晚風裡杯觥交錯。

負擔得起的話，倒是很不錯的生活方式。

她們坐在餐桌旁，有樹蔭遮日，但仍能享受到剩餘的美好午後，陽光從泳池如玻璃般的青綠水面反射閃耀，蟬則隱身在附近的葉叢裡鳴唱。

凱瑟琳不等潔西卡提示便主動進入正題，無疑又是一種商業會議策略。「所以說妳是私家偵探？」她說：「一定很刺激，也有點危險吧，我想。」

潔西卡微微一笑。「有時候。」

「我聽秘書說塔夫建設和妳的某項調查工作扯上關係，這讓我很好奇。我在二十多年前就賣掉公司了。千萬別告訴我過了這麼久以後，妳找到一個我欠錢的債主。」

潔西卡笑起來。「不，不是那樣。其實我是想問妳關於塔夫建設的一個前員工。一個名叫伊蓮娜．拉威爾的女人。」

凱瑟琳臉上很快閃過一道陰影。她點點頭。「在鷹岩遇害的年輕女子。我想孩子一直沒有找到，對吧？」她看著潔西卡。「或者這正是妳調查這個案子的原因？他們有找到那個小女孩或是殺死她母親的人嗎？」

「沒有，可惜沒有。」潔西卡說：「案情並沒有任何新的進展。因為就快滿二十五週年了，我的委託人只是希望我能換個角度來審視這個案子。」

凱瑟琳露出若有所思的神情。「二十五年啦，時間過得真快。」

艾芮絲端來了用高玻璃杯裝的冰茶和一個有如金魚缸的酒杯。她將飲料放在兩張餐巾紙上，像個雞尾酒女侍似的，隨後又急匆匆地進屋去了。潔西卡出於禮貌喝了點冰茶，不過還真是好喝。

「妳認識伊蓮娜・拉威爾嗎？」她問道。

凱瑟琳小啜一口酒，搖了搖頭。「我從來沒見過她。我知道她替我父親工作過很短一段時間，但當時我人在波士頓念書。無論如何，那時候的我對公司的事沒什麼興趣，男生和派對讓我更感興趣得多。我很少進公司，所以沒有真正認識哪個員工。」

「可是妳卻記得這個案子？」

「當然了。」她說：「每個人都嚇壞了。一個年輕女子竟然在自己家受到那樣的攻擊。不過有很多細節我恐怕都記不得了。當時我們家人過得很辛苦。

「那年八月，我父親被診斷出癌症末期，而且身體狀況惡化得非常快。我和母親花很多時間在醫院陪他做各種檢驗和治療，最後還是進了安寧病房。花了那麼多錢還是救不了他。」

凱瑟琳露出傷感的微笑，陷入回憶中。

她接著說：「他在一九九二年十一月過世，他死後的幾個星期，我大半時間都為了公司和他資產的事在和律師周旋。我確實記得差不多同一個時間，那名女子和她女兒經常上新聞，但我的注意力都放在我父親身上。我們感情很好。」

「我父親也在兩年前去世了。」潔西卡說：「我想那種事你永遠都過不去。」她的聲音微微哽咽，便咳了幾聲清清喉嚨。「希望妳不介意我這麼問，令尊為什麼把公司留給妳，而不是留給妻子？」

凱瑟琳短笑一聲。「我母親是個可愛的女人，但完全沒生意頭腦。關於金錢，她唯一懂的就是怎麼花。當然，她被照顧得很好，但我父母親都很高興能把塔夫建設交到我手裡。而且我賣掉公司成立自己的事業，也受到父親的祝福。他一向都知道建設產業並不真的適合我。」

「對於妳後來的成就，他一定會感到很驕傲。」

「是啊，我想也是。」她傷心地淡淡一笑。「總之，就生意上來說是這樣。」

根據潔西卡在網路上看到的個資，凱瑟琳結過兩次婚，但始終沒有小孩。她的第一任丈夫是波士頓大學的同學，那段婚姻十分短暫。第二任丈夫是某家律師事務所的合夥人，在前一段關係中有兩個兒子，但和凱瑟琳並未生小孩。

以八卦新聞的角度來看，這一切都非常有趣，但潔西卡敏銳地將話題轉回到拉威爾母女。

「令尊有沒有提起過伊蓮娜．拉威爾？」她問道：「譬如她是什麼樣的員工？她在公司裡做哪類的工作？」

「她是辦公室裡三個行政人員之一，」凱瑟琳說：「我想她的工作應該就是整理檔案、接電話、處理顧客的詢問之類的。我相信她做事做得夠好，塔夫建設的客戶都很喜歡她。據我父親的說法，她是個活潑外向的女子。」

「那麼是好員工囉？就妳所知沒有什麼問題？」

凱瑟琳顯得不太自在，長長地喝了口酒之後才回答。

「我父親認為她和另一名員工有私情。」她終於說道：「每當建築工人到辦公室來，她都會和他們有點打情罵俏，而我父親懷疑打情罵俏到後來，發展成和其中一個男人有了他覺得不恰當的關係。他從來沒說那個男人是誰，也沒說他為什麼覺得他們在交往，但他確實針對這件事問過我的意見。」

「那妳怎麼說？」

「我叫他別再那麼老古板，就由他們去吧。除非他在工作場合當場逮到他們，否則我不認為這關他什麼事。有很多人都是在職場認識另一半的。後來女生懷孕，辭職去當全職母親，情況也就自動解套了。我再次聽到她的名字是在新聞報導上。」

潔西卡點點頭，由於想不出還要說什麼，便將剩下的冰茶喝完站起身來。「謝謝妳撥空見我，凱瑟琳，幫助真的很大。」

「千萬別客氣。如果再想到要問什麼，就打電話給我。」她從洋裝的內口袋掏出一張名片，遞給潔西卡。「我送妳。」

回到車上後，潔西卡從手套箱拿出手機開機。螢幕一亮起，出現了紐約那位IT支援者的訊息。不是好消息。他可以告訴潔西卡，那位無名男的網際網路服務提供業者是誰，還有那封郵件是從洛杉磯地區寄出，如此而已。死胡同一條。

潔西卡嘆了口氣，按下重撥鍵，再試一次好萊塢分局，但傑森・普萊斯仍然無法接電話。她給警探再留一次口信，也再一次強調她有非常重要的事，務必盡快和他談談。然後她慢慢將

Silverado駛出柵門，回到橡丘南路上，再循著GPS的指示返回鷹岩。

潔西卡上了阿羅約塞科林蔭大道約莫五分鐘後，才第一次從後照鏡注意到那輛黑色SUV。

10 艾美

位在拉斯帕瑪斯路上那家酒吧外面整個都是鐵皮，裡面則是裸露的磚牆。十來台平面電視、噴罐塗鴉藝術，加上五塊錢的一口杯烈酒，這裡有一種拖車住宅區美學與老派氛圍，這麼說應該是諷刺意味大於真實情形。

艾美一眼就看到他了，因為他是這裡面唯一一個超過二十五歲的人。法蘭克（姓氏不明）輕鬆隨意地斜靠吧檯，手裡拿著一瓶啤酒。他穿了一件正式的襯衫，下襬紮進牛仔褲裡，褲腰帶上方頂著圓滾滾的肚子，混在一堆衝浪客和大學生群中完全格格不入。

來這間酒吧是法蘭克提議的，她替他覺得難為情，竟選擇一個與他年紀如此不搭的場所。但或許他是為她著想，想讓她感覺自在一點。

唉，怎麼可能。

艾美穿梭過擁擠人群最後來到吧檯前，拍拍他的肩膀。「對不起，我遲到了。」

他噴太多古龍水，她說話時嗆到了，咳嗽起來，但法蘭克似乎沒有注意到。「辛蒂！妳來啦。」

他往她臉頰印上一個濕答答的吻，她好不容易忍住衝動，才沒有擦去留在皮膚上的濕痕。

「跟平常一樣嗎？」法蘭克問問題的聲音正好足以讓附近的其他客人聽見，好像企圖讓別人以為艾美是他老婆或女友。她留意到酒保——是個性感帥哥，身上有很多刺青還戴著牛鼻環——對她露出不解的表情，彷彿在說：妳搞什麼，幹嘛跟這個又老又肥的傢伙在一起？

「健怡可樂就好，謝謝。」

法蘭克皺起眉頭。「妳確定？不想喝一杯夏多內嗎？」

「可樂就好。」

法蘭克點飲料時，艾美四下環顧一周。店裡全是與她年齡相仿的年輕人在說笑、喝酒、調情、玩樂。她心裡一陣劇痛，分不清是忌妒或怨懟。

可樂來了，她啜飲一口，暗想還是應該點些酒才對。她內心天人交戰，既希望這一晚盡快結束，又希望即將發生的事能愈往後拖愈好。

法蘭克看著她喝，眼中的慾望幾乎藏不住。那雙眼睛小而晶亮，將她全身的每分每吋都納入眼底。他將他的百威啤酒一飲而盡，舔舔嘴唇。「我呢，已經想好今晚的去處，就在附近，準備好可以走了嗎？」

艾美還沒準備好，她不想離開酒吧，還有這裡的人、音樂和無憂無慮的歡笑。「我在想，也許可以再在這裡喝一杯？這地方看起來很酷。」

「那不如順路去買一點酒？培養一下情緒，私人派對要好玩多了。」

他眨眨眼，暗中用胯下壓擠她的臀部，顯然已經情緒高漲。

「好啊。」

她從已進入亢奮狀態的法蘭克身旁移開，將杯子放到吧檯上，目光正好與帥哥酒保對上。

「這麼快就走啦？」他問道。

「應該是。」

「可惜。」他帶著羞怯的微笑說。

「是呀，可惜。」

她隨法蘭克往門口走，感覺像個步向刑場的女人。

法蘭克的Corvette敞篷跑車停在半條街外，艾美放低身子坐上副駕駛座後，瞄了側面後照鏡一眼。軟頂篷闔上了，她扭過身看著小小的後照鏡。

最近與其他客戶外出，她已兩度注意到一輛黑色SUV車，很擔心是被不滿的老婆盯上。不過，不是法蘭克的老婆。當他佯稱加班開會時，那個可憐的女人似乎並不知道自己丈夫在搞什麼鬼。

沒看到玻璃染色的黑色SUV。

「怎麼了嗎？」法蘭克顯得忐忑。也許他的妻子終究不是那麼懵然無知。

艾美說：「沒事，只是好像看到大學同學。」

她繫上安全帶，法蘭克也同時發動引擎，將車慢慢駛入夜晚的車流中。他吹噓著自己談成一筆保險大單，她卻聽到恍神。

他們倆都沒注意到，方才停在Corvette後方距離三個停車格的福特Focus，跟著他們轉進了好萊塢大道。

11 潔西卡

那輛車又寬又大，有銀色水箱罩和染色玻璃窗。很可能是福特或速霸陸。潔西卡行駛在高速公路時，它始終維持五輛車的距離尾隨，她的視線便在前方道路與後照鏡間瞟來瞟去。

潔西卡依照GPS指示在下一個交流道下，轉上約克大道後，發現那輛黑色SUV也跟上來，現在距離她三輛車。於是她沒有繼續待在約克道上，而是向右急轉駛上菲格羅亞北街，SUV車仍然跟在後面。潔西卡的心臟怦怦擊打著肋骨，呼吸也變得急促。她打方向燈左轉進入優勝美地路，再瞄一眼後照鏡。

那輛SUV不見了。

潔西卡安心之餘重重吐了口氣，但回汽車旅館的路上，始終保持警覺以免尾隨車輛再次現蹤。幾分鐘後，當她把車停在藍月旅館的停車場，很確定自己沒有再被跟蹤。

如果剛才真有人跟蹤她的話。

也許SUV的駕駛只是剛好和她走類似路線。即便如此，潔西卡還是決定從現在起，武器都要近身放著。

就潔西卡所知，東尼是個連架都不曾打過的和平主義者，但他總是很注重個人防護，總是堅持家裡要有槍。當她到了一定年紀後，他們經常會在週日下午一起到第二十西街的靶場練槍。潔西卡，是個剛開始學習如何正確操作武器的新手。東尼，則是複習既有的技術。

有時到了週末，他們會前往位於紐約上州森林裡的一間小木屋，射擊錫罐、獵捕松鼠和兔子。「以後，妳可能必須開槍射某個比小動物大的東西。」東尼對她說：「妳有可能是被獵的對象而不是獵人，所以妳要做好準備。」

她當私家偵探第一天的前一晚，東尼送給她一個用粉紅棉紙包起的盒子，裡面包覆著更多層的棉紙，像包裝新鞋一樣，當中躺著一把克拉克17。在她做這份工作的前兩年，它提供了不少助益。如今，她更喜歡小巧低調的克拉克26。對潔西卡而言，槍是為了防衛，不是挑釁。儘管她已經拔過無數次槍，至今卻仍未射殺過比兔子更大的東西。

兩個小時後，潔西卡又回到艾斯酒吧，武裝配備除了她的小克拉克手槍還有一瓶百威淡啤酒。她仍然坐同一個雅座，現在的她漸漸覺得這是她專屬的座位。她點了起司漢堡和薯條，而且經過早上的宿醉，她決定還是喝啤酒，不去碰烈酒。

酒吧裡很安靜，沒有傑克．哈勒戴，沒有帽子男和他任何一個工作夥伴。那個老人又來了，坐的雅座她猜想應該是他的老位子，正在用撲克牌玩接龍。艾斯．福里曼在吧檯後面，潔西卡還沒跟他說話，只是點餐而已，但她很確定他就是艾斯．福里曼，因為他右手臂二頭肌上刺了「Ace」（艾斯）一字，下方還有一張么點撲克牌的刺青圖樣。

就算不是私家偵探也猜得出來。

潔西卡坐著觀察了一會兒，看他忙著切檸檬與萊姆做飲料裝飾、擦拭吧檯檯面、把冰箱裡的啤酒和葡萄酒補滿。

他留長髮，鬆鬆地紮成馬尾，髮色太黑太亮很不自然，尤其他又是上了歲數的人。他和年紀較輕的酒保一樣，一身牛仔褲加樂團T恤的休閒打扮，而他的T恤正面印的是「超級殺手」，背面則是巡迴表演日期。他從後面看瘦瘦的，但前面那顆啤酒肚暴露了他對自家產品的喜好。

他端著一杯威士忌和一杯啤酒去給老人，現在店裡除了潔西卡，只有他一個客人。接著福里曼信步走到她的座位來。

「還需要來點什麼嗎？」他問道。

「再一瓶百威淡啤酒，順便耽擱你幾分鐘。」

他點點頭。「我先把這些收走。」他拿起盤子、餐具和空啤酒瓶，消失在後面的廚房，兩三分鐘後又拿著兩瓶啤酒出現。他滑進雅座與潔西卡對面而坐。

「剃刀跟我說昨天晚上有個金髮小美女來這裡說要找我。就是妳嗎？」他的聲音沙啞，似乎是菸抽太凶。

「剃刀？」

「我的打工小弟，他上晚班。」

潔西卡想到那個瘦巴巴的酒保，強忍住笑。「他為什麼叫剃刀？」

福里曼聳聳肩。「我從來沒想到要問。」

「我要大膽猜測一下，應該和敏銳機智或硬漢形象無關吧。」

福里曼又聳聳肩。「好了，像妳這樣年輕迷人的女孩子找我這個糟老頭做什麼？妳是條子？」他咧開嘴，挑挑眉毛說：「我被捕了嗎？妳要給我上銬嗎？」

潔西卡不理會他半調情的話語。「不是，我看起來像條子嗎？」

「不像，可是妳跑到這裡來問一堆問題，還嚴肅得跟什麼似的。」

「我只問了一個關於剃刀這個綽號的問題。至少我希望這是綽號，不是他的本名。」

「他本名叫布魯斯。不過妳不是來談剃刀的，對吧？」

「對。」

「那妳是來談誰的？」

「伊蓮娜．拉威爾。」

「妳不是說妳不是條子嗎？」

「我不是啊，我是私家偵探。」

他上下打量她一番後點點頭。「我想那滿酷的。妳想知道什麼？」

「你不妨先跟我說說你是怎麼認識伊蓮娜的。」

「我第一次看到伊蓮娜．拉威爾，是在她走進店裡說要找工作的那天晚上。她可真是個尤物，可愛的碎花迷你小洋裝、馬丁大夫靴，還有那一頭紅髮。說實話，我不是真的缺人手，但我還是雇用她了。天哪，她真不是一般的美。」

「那是什麼時候的事？」

福里曼從被尼古丁染黃的牙齒縫間嘶嘶吐氣，整張臉皺起來，好像拚命地在回想。「妳這麼問的話，可能是八〇年代後期吧。」

「你記得你們第一次見面時她穿什麼衣服，卻不記得那是哪一年？」

「我能怎麼辦？我是個老頭子，最近記憶力沒那麼好了。我的腦子大概是把已經不需要的東西過濾掉，只留下值得記住的。」他咧嘴一笑，對她眨眨眼。「那件可愛的小洋裝絕對值得記住。」

潔西卡瞪著他看。這個男人好像覺得對一個死去的女人、一個命案受害者抱持幻想，把她當成《花花公子》雜誌當月的折頁女郎，是再正常不過的事。都過這麼多年了，艾斯・福里曼還對伊蓮娜・拉威爾存有妄想，讓她覺得實在太奇怪了，而且根本是毛骨悚然，但她沒說出來。

「會不會是一九八七年底？」潔西卡問：「還是一九八八年初？」

「嗯，也許吧。」他忽然彈指說道：「感恩節！她就在感恩節前夕出現的。我記得我還問她想不想來跟我們夫妻倆一起吃飯。我以為她在鷹岩應該不認識其他人，應該會自己一個人過節。」他敲敲太陽穴笑著說：「妳瞧，這些老灰質細胞畢竟還是有用的。」

「那她有嗎？」

「她有什麼？」

潔西卡忍住沒嘆氣。「她有和你們一起吃感恩節晚餐嗎？」

「沒有，她說她要和哈柏吃飯，那隻老癩皮狗。」

潔西卡詫異地聳起眉毛。「傑夫．哈柏？那個汽車旅館主人？」

「就是他。」

「為什麼伊蓮娜要和哈柏過感恩節？」

「她住在他的旅館。」

「我跟哈柏問起的時候，他沒跟我說她也是他的客人。」

「妳住在藍月旅館？」

潔西卡點頭。「是啊。」

「那妳自己要小心那個老哈柏，他特別會盯上年輕美女。而且他一直沒結婚，這就說明了一切。」福里曼一面轉動自己的婚戒一面搖頭，明顯對哈柏的單身狀況感到嫌惡。

「他對伊蓮娜了解很深嗎？」潔西卡問。

福里曼撇嘴笑了笑。「我猜是。這麼說吧，我可不認為他只給了她火雞肉和佐料。」

「什麼意思？」

「我說她住在那間旅館，不是指一兩個禮拜。她在酒吧工作的時候都住在那裡，所以是兩個月，也可能是三個月。當然，我也希望是我付給員工的薪水夠高，而且她拿的小費不少——原因很明顯——但我還是想不通她怎麼負擔得起那麼長時間的旅館費。何況還有三餐、衣服和一大堆妳們女人喜歡買的時髦化妝品和香水。」

「你在說什麼？」

「我在說她可能是用其他方式回報哈柏。」

「你覺得他們有男女關係？你有證據嗎？」

「沒有，那只是我當時候的一個想法。」

「伊蓮娜有沒有說過她來這裡工作以前住在哪裡，或是在哪工作？」

「她說她在好萊塢的幾家酒吧工作過。」

「有說是哪幾家嗎？」

「就算有我也不記得了，我又不是要推薦函什麼的。她會調酒、長得美、客人很喜歡她，在我看來這比什麼履歷都要好。」

「她從來沒提過她搬到鷹岩來以前的生活嗎？」

「應該沒有。妳找妲拉・甘迺迪談過了嗎？要是有人知道那些事，也就是她了。」

「妲拉？報社的櫃檯人員？」

「就是她。她們兩個，感情好得要命。」他搔搔下巴的鬍碴。「不過那時候她還叫妲拉・史蒂文森，不是甘迺迪。嫁給漢克・史蒂文森的時候，他們倆年紀都很輕，幾年前離婚了。」

妲拉和伊蓮娜是好友，難怪當潔西卡請她找伊蓮娜遇害那年的報紙時，她反應那麼奇怪。她暗中提醒自己要記得再去找妲拉・甘迺迪一趟。

潔西卡想起她在《鷹岩改革者》辦公室讀到的文章裡提過一個關係人。「你覺得伊蓮娜死的那個晚上發生了什麼事？」她問道：「你對這個也有想法嗎？」

福里曼黯然搖搖頭。「沒有概念，親愛的。鐵定是哪個瘋子吧，妳不覺得嗎？我是說，還有誰會闖進一個女孩家裡把人砍成那樣？」

「當時的報紙說警察有找到一名嫌犯，是伊蓮娜的男性友人。你知道這個所謂的關係人是誰嗎？」

「當然知道。」

「真的嗎？」潔西卡盡量用不經意的口氣說，假裝她的脈搏並未爆衝到天花板。「是誰？」

福里曼將身子探過桌面，一副神秘兮兮的模樣，她則試著不去吸入那陳年香菸與汗水的臭味。他環顧室內一周，似乎擔心隔牆有耳，即使店裡幾乎空無一人。那個老人還在玩牌，並未留意他們。

「一個叫羅伯．楊的人。」福里曼低聲說：「他也在這裡工作。事實上，是伊蓮娜要我雇用他的，說他們認識很多年了。」他格格一笑。「欸，我還真的知道一點她搬來這一區以前的生活呢。」

「那是什麼時候的事？」

「她死前四、五個月。」

「你覺得是那個人幹的嗎？」

「不可能。羅伯是個好孩子，而且他愛那個女孩愛得入骨。」

「你覺得警察為什麼會鎖定他？」

「在電影裡面，警察總會懷疑和死者最親近的人，不是嗎？其實羅伯和伊蓮娜老是分分合合，他又忽然落跑，那對他一點幫助也沒有。」

潔西卡點點頭。「報紙說這個人大概就是在伊蓮娜被殺的時候失蹤的。」

福里曼直視她的雙眼，說道：「不是大概，就是在同一天晚上。」

她略微坐直。「同一天晚上？」

「嗯哼。他和平常一樣在店裡上晚班，午夜左右離開，說要去莫里森路的伊蓮娜家。從那以後我就再也沒見過他。隔天伊蓮娜的屍體被發現，小女孩也不見了。」

12 普萊斯

關於最後和王艾美在一起的男人，夢幻汽車旅館經理湯米．蓋茲說得沒錯。

他是又老又肥。

現年五十六歲的法蘭克．薛曼，年齡幾乎是這個女大生的三倍。他體重九十幾公斤，全身沒有一塊肌肉。頂上灰髮漸禿，一張如麵團般的紅臉，還有一雙明亮的小眼睛戒慎地來回瞄著第二偵訊室內的普萊斯和梅迪納。

他們是從辦公室把他帶回來的，那是位在威爾夏路的一間大型汽車保險公司，他已經在那裡服務將近三十年。薛曼的職位夠高，在公司裡有一間專屬於他、用玻璃門隔開的小辦公室，俯臨一個擠滿二十來名客服專員的開放空間。起初他拒絕隨同警探到好萊塢去回答一些關於他和王艾美有何關係的問題，但很快便勉為其難地答應了，因為警探表示他若不肯配合，只好讓他戴著手銬走過一排排的同事座位。

到了警局後，他被請進一間沒有窗戶也沒有空調的偵訊室，獨自待了將近一小時。

「讓那個王八蛋冒冒汗。」梅迪納說。

結果奏效了。

當普萊斯和梅迪納在他對面坐下，薛曼滿是汗水的臉油光發亮，入時的白襯衫衣領也濕了。

梅迪納對薛曼說他並未被逮捕，並告知他房間天花板角落的攝影機會錄下談話過程。

「我需要找我的律師來嗎？」薛曼問道。

「我不知道，薛曼先生。」普萊斯說：「你需要嗎？」

「我沒做錯什麼。」

「很好，那麼我們很快就能離開這裡了。我們只是想確認幾件事，也許對調查工作會有幫助。那我們就開始了，好嗎？」

薛曼遲疑了一下才點頭。「好。」

「梅迪納警探？」普萊斯說。

梅迪納拿起他帶來的資料夾，打開來，抽出一張王艾美的照片。這和尋人啟事海報用的是同一張。他將照片放在桌上倒轉過來，讓它正對薛曼。「關於你和王艾美的關係，你能告訴我們多少？」他問道。

薛曼沒有看照片，而是越過警探的肩膀，凝視灰色水泥牆上的一點。「沒聽過這個人。」

「你沒聽過王艾美？」梅迪納問道：「這幾天，報紙和電視上全是她的名字和照片耶。」

「噢，對，我可能看過有關一個女孩失蹤的新聞。我的意思是說我不認識她，從來沒見過她。」

「拜託，看一下照片，薛曼先生。」

梅迪納將照片往薛曼又推近兩三公分，並用手指甲敲了敲。

薛曼勉強將目光拽離牆面，很快地低頭瞄一眼女大生的8×10照片。他艱難地乾嚥一口，喉結在繃緊的衣領上端上下跳動。他搖搖頭。

「我說過了，我不認識她。」

梅迪納嘆了口氣。「薛曼先生，有一位目擊證人說看到一個特徵與你相符的男人，在上週六晚上和王艾美一起入住拉布雷亞路的夢幻汽車旅館。」

「是嗎？那這個目擊證人一定是看錯了。肯定有很多人跟我長得很像。上禮拜六我在家，整晚都在。」

「有誰可以證明嗎？」

薛曼略一遲疑。「有，我老婆。」

梅迪納揚起眉毛。「你老婆？你到外面嫖妓的時候，薛曼太太有替你掩護的習慣嗎？」

薛曼怒瞪著他。「你在胡說八道什麼？」他拿起面前的塑膠杯，卻發現原本裝滿的水已經空了，不由得把杯子揉捏成團。普萊斯和梅迪納都沒有主動表示要替他加水。

「你經常買春嗎，薛曼先生？」普萊斯問。

薛曼的小眼睛眨個不停，雙下巴更是晃得活像一盤果凍。「你們找錯人了。我想馬上離開。」他作勢要站起來，但有點被塑膠椅卡住難以起身。

「坐回去，薛曼先生。」普萊斯語氣堅定地說：「我們還沒問完。」

薛曼又坐了下去。

普萊斯接續道：「三年前，你在好萊塢一次路邊臨檢的時候，因為酒駕被捕。對嗎？」

薛曼點頭。

這個保險業務員當時認了罪，付了法院判定的近兩千美元罰金，並吊扣駕照一百二十天。如今看來，他為了那次酒駕被捕所要付出的代價，恐怕遠遠超過兩千塊錢和幾個月不能開車上路的不便。

「你酒駕被捕時留下的指紋，和在王艾美陳屍的旅館房間採到的指紋相符。」

普萊斯看著薛曼，等著。他卻慢吞吞地不回答。

直到最後才說：「呃，沒錯，現在仔細一想，我以前可能去那個旅館住過。但絕對不是禮拜六晚上。」

「我現在具體說的是從一只威士忌酒瓶採到的指紋，而且酒瓶上也有和死者相符的指紋。還有用來喝酒的塑膠杯也是。另外，我們還在死者皮夾裡一張二十元鈔票上採到一枚大拇指指紋，和你被捕當時建檔的指紋相符。你能不能就別再東拉西扯了，薛曼先生？王艾美被殺的那天晚上，你和她在汽車旅館房間做什麼？」

薛曼用手梳過頭髮，眼神狂亂地東張西望，彷彿在尋找逃生路線。「媽的！」他握起拳頭用力捶打桌面，然後雙手掩面。

普萊斯和梅迪納默不作聲地等候。

兩三分鐘後，薛曼抬頭看著他們，淚水濕了眼眸，汗珠從太陽穴往下流，頭髮都浸濕了。

「好吧，上個週末我是和那個女孩在一起。那是我們平常的慣例，先在酒吧碰面，喝幾杯，然後上旅館之前順路到酒類專賣店買酒。我事前先付她現金，然後做愛，然後我就走了。就只是這樣……我發誓。」

「你們平常的慣例？」普萊斯問道：「這不是你和王艾美的第一次性交易？」

薛曼搖頭。「過去幾個月，我們大概做了六、七次。」

「你是怎麼認識她的？」

「網路。」他說出一個專門安排亞洲長相的應召女郎的網站名稱。「她說她叫辛蒂，我從來就不知道她叫艾美。」

「你有從這些應召網站找過其他女人嗎？」普萊斯問。

薛曼垂下眼睛，點了點頭。

「全是亞裔的？」

他搖頭說：「有時候是拉丁裔。」他又說出另一個常用的網站名稱。

「你是小孩的爸爸嗎？」

「你說什麼？」

「你是王艾美肚子裡的小孩的爸爸嗎？她懷孕了。」

薛曼聳聳肩。「跟我沒關係。」

「你確定？」普萊斯追問道。

「她每次都堅持要用保險套，通常還都自己帶來。她要是被搞大了肚子，那是其他男人的問題。你們要是不相信，可以做檢驗什麼的。」

「我們會的。你老婆知道你召妓嗎？」

他搖搖頭。「拜託，當然不知道。」

薛曼拉扯著領帶直到領結鬆開，然後解開襯衫最上面兩顆鈕釦。普萊斯暗自納悶：是他太太每天晚上替他燙好這些襯衫讓他上班穿的嗎？是她每天早上幫他挑選上班打的領帶嗎？薛曼太太知不知道丈夫是怎麼花錢度時的？

「我來猜猜看好嗎？」梅迪納說：「你老婆不了解你，可是你花錢買春的年輕女孩卻了解，對嗎？」

薛曼怒目以對。「沒錯，我喜歡上年輕辣妹，可以嗎？這又沒犯法，不是嗎？」

「事實上，以金錢交易與另一人發生性行為或猥褻行為，確實是犯罪，薛曼先生。」梅迪納指向攝影機。「你在這次的訊問過程中已經坦承這項罪行，而且如你事前被告知的，已經錄影存證。」

薛曼睜大眼睛。「拜託，這件事不需要讓我老婆知道吧？你們不明白……這次她真的會離開我，再也不回來了。之前的酒駕違規——」

普萊斯打斷他。「不，薛曼先生，不明白的人是你。此時此刻，你召妓的罪名是你最不需要擔心的問題。」

普萊斯瞄一眼另一位警探。「梅迪納警探？」

梅迪納又打開資料夾，取出另一張王艾美的照片。這張是她死後，照相員警拍的特寫照片，呈現她慘遭痛毆的臉：鼻梁斷裂、顴骨瘀青，噴濺在她蒼白肌膚上的乾涸血漬全都清晰可見。薛曼盯著照片看了好長時間，接著忍住啜泣哽咽了一聲。他朝照片伸出手去，顫抖的手指懸在王艾美臉龐的正方上，但沒有真正碰觸到光滑紙面。

「辛蒂。」他喃喃喊道。

「是你殺死王艾美的嗎？」普萊斯平靜地問。

薛曼將照片推開。「不是！我絕對沒碰她，不是那種碰法。我絕對不會傷害辛蒂的，千千萬萬年都不會。媽的！你們一定要相信我。」

「那是誰殺死她的？」

「我哪知道啊？」他大吼：「我走出那個房間的時候她人還好好的。我走了以後，她肯定還安排了另一個客人。我告訴你們，那是別人幹的，我是被陷害的，我是清白的。」

「你們為什麼沒有一起離開旅館？」普萊斯問：「你怎麼不開車送她回學校？」

「她說她想沖個澡，清爽一點。她自己有車，說是停在拉斯帕瑪斯路那間酒吧附近。」

王艾美的車仍去向不明。等訊問一結束，普萊斯就會在拉斯帕瑪斯一帶，對那輛二〇〇四年的寶馬Mini發出全面追查令。

「王艾美是你殺的嗎？」普萊斯又問一次。

「不是，我沒殺她。你們馬上去把我的律師叫來，在他到以前，我不會再說半個字。」

威士忌酒瓶、塑膠杯和二十元鈔上的指紋都是有力的證據，足以證明薛曼曾在王艾美死前不久與她有過接觸——但卻不見得能證明他們一起待在旅館房間。鑑識人員沒能從房間裡採到有用的指紋，因為有許多之前的住客與房務人員留下的指紋。然而薛曼自己證實了王艾美遇害當晚他也在房間裡，對普萊斯而言這樣就夠了。

他轉向梅迪納。「能勞駕你嗎，搭檔？」

「榮幸之至，搭檔。」

梅迪納看著薛曼。「法蘭克．薛曼，我現在以謀殺王艾美的罪名逮捕你。」

薛曼的表情瞬間從暴怒轉為純粹的驚恐，小小的眼睛睜大起來。「你們不能這麼做，我又沒做錯什麼。」

梅迪納在椅子上動動身體，從牛仔褲的後褲袋拿出一張小小的白色塑膠卡片，約莫和提款卡同樣大小，開始宣讀印在卡片上的米蘭達警告。「你有權利保持緘默，你所說的一切都可能成為對你不利的呈堂證供……」

普萊斯將王艾美的兩張照片放回資料夾，然後夾到腋下。他起身往門口走去，留下梅迪納繼續宣讀薛曼的權利。

他慢慢沿著走廊走向小組辦公室，一面想著薛曼在偵訊過程中說的話。他知道應該要感到興奮不已，一件受到高度關注的命案，竟在屍體發現後二十四小時多一點的時間就逮到人了。案發後媒體緊迫盯人，逼警方找到凶手並給予王家人一點點為女兒討回公道的希望，如今這沉重壓力便迎刃而解了。

但普萊斯就是覺得有哪裡不對勁。

回到自己的辦公桌後，他從資料夾中取出照片，放回刑事檔案簿中的一個塑膠套內。他拿起放在桌上的一疊電話留言，很快地翻看。大多都是惡作劇電話，自稱知道是誰殺了王艾美，不然就是堅稱自己犯了罪的「假罪犯」。碰到像王艾美命案這種媒體高度報導的案子，這些電話是很令人沮喪的部分，也要耗費巨大的警力資源去查明。

普萊斯抬起頭，正好瞧見梅迪納出現在辦公室，臉上掛著大大的笑容。

「好啦，那才真叫做灌籃成功。」梅迪納往空中一跳，假裝做出灌籃的動作，隨後才走向辦公桌區，舉起手來準備擊掌。普萊斯卻視而不見。

「薛曼的資料登記好了嗎？」他問道。

「現在正在做。」梅迪納說著放下手來。

「灌籃成功是嗎？」普萊斯用大拇指和食指揉揉太陽穴，重重嘆一口氣。「我不知道，維克。這一切感覺真的有點太……簡單了。你明白我的意思嗎？威士忌酒瓶、現金，那麼多指紋留在現場。這傢伙為什麼不清除那些會把他和死者連結在一起的東西？尤其他又有前科，明知道系統裡會有自己的資料。」

梅迪納皺起眉頭。「怎麼，現在你希望那些變態更難搞嗎，阿傑？他只是慌了手腳而已。沒錯，和妓女上床他是經驗豐富，但我敢打賭像這樣殺人，他是頭一遭。急著離開現場，沒有停下來好好思考。相信我，老兄，薛曼就是我們要找的人。」

「那麼他推測在他離開後有另一個嫖客進到房間，你怎麼說？的確有可能，不是嗎？」

梅迪納搖搖頭。「不可能。那個王八蛋肥仔全身都散發著犯罪的氣味，就跟廉價古龍水一樣。」

「是啊，也許吧。」普萊斯重新拿起那疊電話留言，繼續翻閱。

「嘿，一起去喝兩杯啤酒怎麼樣？」梅迪納說：「慶祝我們抓到人。」

普萊斯沒有答腔，而是直瞪著手上一張紙條。上面草草寫了一個名字，旁邊有個電話號碼，和底下畫了兩條線的「緊急」二字。

這個訊息不是惡作劇者留的。

這麼多年來，那個名字的主人曾無數次在他腦海飄進飄出。他曾希望再也不要看見那個人，不管什麼情況下，他都無法容許那個人再回到他的生命中。他看了下一張紙條，還是同一個女人留的。他想起前一晚讓自己輾轉難眠的沉重、糾結的恐懼感，頓時明白自己的憂慮是對的。

「有問題嗎？」梅迪納的聲音打斷他的沉思。

普萊斯將兩張紙條揉成一團，丟進桌子底下的垃圾桶。他搖搖頭。

「沒問題。」他說：「沒什麼重要的。」

13 潔西卡

潔西卡正打算向福里曼多打聽一點關於羅伯．楊的事，店門忽然打開，傑克．哈勒戴走了進來。

這次還是一樣，他的外表足以讓《瀟灑》雜誌的男模自慚形穢。一雙長腿被黑色牛仔布包裹著，灰色運動T恤展現出黝黑健美的手臂，也隱約能看出衣服底下結實的腹肌。因為沖過澡，頭髮還是濕的。這次他沒有揹郵差包。

「客人來了。」福里曼帶著歉意的微笑說完，便從皮座椅滑出雅座，起身時一手按著下背，並誇張地呻吟了一聲。他端起自己的空啤酒瓶，指向她的百威淡啤酒。「要再來一瓶嗎？」

潔西卡在談話期間幾乎沒碰酒。「不用，謝謝。這瓶還很滿。」

「沒問題。店家請客。」

「太棒了，謝謝。」

哈勒戴與她對上眼，微微一笑，同時走向吧檯。潔西卡雙頰火燙，不禁低下頭端詳酒瓶上的標籤，好像那是她有生以來讀到最有趣的文字。她喝了長長一口，偷偷瞄一眼正在點餐的哈勒戴。

黑色牛仔褲、灰色T恤、濕濕的頭髮。沒有郵差包。

潔西卡拿起酒瓶最後再喝一大口，便抓起自己的袋子，快速走向門口。從哈勒戴身旁經過時，他輕輕抓住她的手臂。「嘿，妳該不會要走了吧？我剛剛買了飲料要請妳。」吧檯上放了兩瓶啤酒，看起來幾乎就跟哈勒戴本身一樣誘人。

潔西卡甩開他的手。「抱歉，我得走了。」

他露出失望神色，她的胃奇怪地猛跳一下，但她知道哈勒戴對她感興趣純粹是與案子有關。她推開了門。沿著約克大道快步走向旅館時，夜風吹在泛紅的臉上感覺很舒服。

商店和咖啡館多半都關門了，附近卻仍然有人。一對男女手挽著手閒晃過街，幾個青少年踏著滑板疾馳而過，暮色已降臨，但天尚未全黑，潔西卡每走幾公尺就回頭瞥一眼，只為了確認沒有人或車在尾隨她。不過她已經沒有前一晚被監視的感覺，也沒看到有人躲在陰暗處或是某輛車窗染色的黑色 SUV 的蹤跡。

潔西卡抵達藍月旅館時，大廳的燈光燦亮，可以看到哈柏正坐在櫃檯後面翻閱雜誌。當她經過窗前，他抬起頭微微一笑，並友善地揮揮手。她也揮手回禮，並暗暗提醒自己，明天要找他談談伊蓮娜住在這裡的事以及關於他們倆關係的傳言。

此刻，她有更要緊的事要辦。

她緩緩地跨大步經過一到四號房，來到自己房間後仍繼續走，到了六號房門口才止步，很快地左右張望一下。她希望自己的神態還算輕鬆自然，就像準備回房休息的房客，而不是打算做壞事的人。

屋頂的霓虹燈在她的手與手臂上投下一種帶有鬼氣的藍光，讓她的皮膚慘白有如死亡多日的屍體。在離接待廳這麼遠的地方，那是唯一真正的光源，對於她想保持低調的企圖而言，這是件好事，但卻有些不利於手邊的工作。

潔西卡在包包裡摸索一番，找到一支Maglite迷你手電筒，重複按了幾次開關以確認電池的功能。還有電。她再次關掉手電筒，從袋中掏出一個黑色皮製小盒，外觀類似那些善於打理自己且注重外表的女性可能隨身攜帶的美甲套組。裡面有十來件小工具用黑色塑膠線固定住，但沒有一件是指甲銼板或甘皮推刀。

她考慮了一兩秒，隨後挑中一把大小與形式都最適合眼前的舊式門鎖的開鎖單鉤。她再次左右看了看，見四下無人，才安心地打開手電筒，將單鉤插進鑰匙孔，不消幾秒鐘就聽到令人滿意的喀啦一聲。

竟然如此快速而簡單就能進到房裡，她既感到不可思議也有些憂慮不安。她住的房間就在隔壁，應該不會更安全，只要是稍有概念的有心人同樣能輕易闖入。潔西卡當下決定，從現在起只要還住在城裡，就要拴上門鍊，這樣能睡得安穩得多。

對左右無人依然感到滿意的潔西卡跨入了哈勒戴的房門，隨即迅速而安靜地將門關上。她藉由手電筒的光線與從小窗射入的一絲銀色清冷月光，審視四周環境。

這裡和一牆之隔的她的房間，擺設相同。一張加大的雙人床、一個床頭櫃、一張桌上擺了一台舊款電視，還有一張坐起來不舒服的椅子推入桌面底下。衣櫥敞開，頂端架上放了一個尚未使用的咖啡壺，吊桿上有四支衣架。哈勒戴將衣架做了充分利用，每支都掛著牛仔褲和襯衫，而且全部等距相隔。不像潔西卡的房間，一只行李箱攤開在地上，吐出凌亂的長褲、T恤和內衣褲。

多虧一台高階的小型筆電、一台數位相機和放在桌上一疊紙旁的白色迷你耳塞式耳機，旅館房間非蓄意的復古風格才得以與現代科技交會。那些是工作用的東西。至於床頭櫃上的物品較為私人，讓潔西卡對這位記者有稍微多一點認識。

哈勒戴這個男人會擦昂貴的法國鬍後水，會看美國作家寫的動作驚悚小說，會喝肯塔基的波本威士忌。他會直接脫掉球鞋，沒有先解開鞋帶，讀床邊的平裝小說時需要戴眼鏡。他開的是福特車，應該就是停在外面那輛深綠色皮卡。他會吃綜合維他命，也會吃史奈德蝴蝶餅當點心。

而且傑克．哈勒戴有潔西卡全心全意想弄到手的案件檔案。

她拿著手電筒往狹窄的空間大大掃了一圈，發現郵差包放在桌子下面。帶扣已經解開，她掀開袋蓋取出資料夾。袋子裡沒有其他東西。她將桌上的紙張推到一旁，打開資料夾，快速翻閱內容。哈勒戴持有的顯然不是原始檔案資料，而是刑事檔案簿與失蹤人口報告的彩色影印本。

潔西卡正要翻過一頁時忽然僵住，深信聽到門外有聲響。聽起來像是汽水空罐彈跳過柏油路面。她屏住呼吸，脈搏狂跳，暗數五秒鐘、十秒鐘、三十秒鐘。再沒聽到其他聲音，這才慢慢舒了口氣。

她咬著手電筒，拿出手機，開始給每張資料拍照，一如她在《鷹岩改革者》辦公室給報紙文章拍照那樣。

頭上燈光倏地亮起。

手電筒與手機分別從潔西卡的嘴裡與手上掉落，一起打中硬木地板發出砰然巨響。拉威爾的檔案資料也散落一地。

「搞什麼東西啊！」她大喊。

她手忙腳亂地在袋子裡摸找手槍，一轉過身，看見哈勒戴站在門口，臉上並無特殊表情。她左手抓住胸口，覺得心臟就要從胸腔暴衝出來。

「妳好像走錯房間了，蕭小姐。」哈勒戴指向她的房間。「妳應該是住五號房才對。這裡不是五號房。」

「拜託，哈勒戴，差點被你嚇死。相信我，我可不會說這是小事。」潔西卡把槍丟回袋中。

「我沒對你開槍，算你走運。」

哈勒戴不敢置信地放聲大笑，同時搖頭。「妳還真是與眾不同……妳自己知道嗎？」

「知道，有人跟我說過。」

「妳闖進我的房間，結果我卻變成壞人？妳知道嗎？我應該立刻報警。」

「然後怎麼跟他們說？說我在找你本來就不應該有的警方紀錄？那就去啊。只不過我不覺得你和你那位證物室的警察朋友可以安全下莊。」

潔西卡彎身拾起地上的手電筒和手機，兩者似乎都還運作正常。犯罪現場照片散落在腳邊，有如恐怖詭異的彩紙。她撿起其中一張，照片中的伊蓮娜躺在厚厚的長毛地毯上，頭轉向一邊，一隻手臂擱在臀邊，另一隻往外伸向一只空酒杯。若非她喉間那道五吋開口，以及毀損她美麗臉龐的血漬與瘀青，她有可能只是睡著或是一夜狂歡後醉死過去。她身旁環繞著暗色污漬，從照片上分不出是紅酒或血跡。

哈勒戴在她身旁蹲下，開始和她一起撿拾紙張。他站起來，把紙放回資料夾，接著把桌上的其他文件掃進抽屜。有一張照片邊緣吸引了潔西卡的目光，是個黑黑亮亮的東西，但她還沒來得及看清楚，他就用力關上抽屜。

他二人相對而立，潔西卡將她還拿在手上的伊蓮娜遇害現場照片交給哈勒戴。「現在怎麼辦？」

「看妳嘍。」哈勒戴說：「雖然妳剛才偷跑進我房間，跟我說話又常常當我是個屁，我的提議還是有效。告訴我妳的委託人是誰，我就讓妳看資料。如果我們同意互相幫助，或許真能有點進展。」

潔西卡思考片刻。「好，但有一個條件。」

「說。」

「我可以告訴你委託人的名字，但也就這麼多。不能追問其他問題，地點、方式、原因都不能問。」

「成交。」

哈勒戴消失在浴室裡，幾秒鐘後回來時，手裡多了兩只小而厚實的玻璃杯，就是這類汽車旅館會用來放牙刷牙膏的那種。他走到床頭櫃前，舉起「野火雞」酒瓶。「要喝嗎？」

「好啊，有何不可？」

接下來兩三個小時，他們一邊喝著波本威士忌，一邊瀏覽刑事檔案簿。裡面有現場照片、解剖報告、鑑定報告、證人供詞和潦草寫在空白處的警探筆記。潔西卡看完時，由於酒精的作用，眼前的房間景象出現了模糊毛邊，但她已較清楚知道伊蓮娜被殺的那天晚上發生了什麼事。

艾莉西亞最後一次被目擊，正如同「協尋洛杉磯人」網站所記載，時間是某星期五，中午用餐前後，在約克大道的一間小郵局，伊蓮娜順路帶女兒去繳水電費。她與其中一位名叫查克．羅倫斯的郵務人員有過短暫交談，然後付完錢就離開了。

繼續往下讀之後，潔西卡發現隔天在莫里森路的住家發現屍體的人正是羅倫斯，他是去送包裹的。

妲拉．史蒂文森（這是她當時的姓氏）在證詞中供稱，伊蓮娜去世當晚，她二人曾共處過九十分鐘左右。她們在伊蓮娜住處分享一瓶葡萄酒，聊一些芝麻綠豆小事，妲拉記不清細節了。她沒看到艾莉西亞，以為孩子已經就寢。她是在八點過後離開莫里森路的房子，去艾斯酒吧與丈夫漢克．史蒂文森會合，這是他們事先約好的。妲拉最後一句證詞證實，她最後見到伊蓮娜時，她還活得好好的。

艾斯．福里曼對警方陳述的供詞，多半是關於他的員工羅伯．楊，在警察約談酒吧老闆以前，顯然是將楊列為行凶嫌犯。他跟他們說的和他告訴潔西卡的內容相同。楊是伊蓮娜的交往對象，但很可能不是唯一。他在午夜左右離開酒吧，對福里曼說他打算去伊蓮娜家過夜。後來福里曼再也沒見過楊。有趣的是，福里曼在供詞中提到妲拉來到酒吧時，明顯心情不佳，他偷聽到她對楊說她和伊蓮娜吵架。福里曼還聲稱漢克見到妻子出現在酒吧十分驚訝，因為他本來很期待他所謂「擺脫老太婆的一晚」。

在後續的訊問中，妲拉否認與伊蓮娜起爭執，宣稱她們是和平分開的。

漢克的證詞簡短並切中要點。他是在晚上六點前後到達艾斯酒吧，後來妻子在八點半左右依約來與他會合，他們在店裡待到十一點，然後兩人就回家睡覺了。他說妻子並未提及與伊蓮娜爭吵一事。

而這當中最耐人尋味的，是一對姓麥庫爾的夫妻邁克與摩拉所提出的證詞，他們是出租車庫給楊充當小公寓的房東。他們聲稱，楊在命案發生前幾天曾告訴他們，他打算離開此地北行。也許去波特蘭，或是西雅圖。當天晚上楊值夜班期間，邁克大部分時間都在艾斯酒吧，摩拉則在家趁小夥子出發前替他洗燙並收拾衣物。

午夜過後不久，他出現在他們位於艾爾帕索路的家。大約半小時後，摩拉便上床了，邁克則和楊熬夜邊喝啤酒邊看一場重播的足球賽。他們倆雙雙在沙發上睡著，半夜起來喝水的妻子也可以證明。隔天一大早，邁克載楊到格倫岱爾的五號公路附近，他打算從那裡搭便車。

事實上，麥庫爾夫妻等於為紀爾森查辦的案件的頭號嫌犯，提供了不在場證明。楊唯一有機會下手的空檔，就是從他離開酒吧到麥庫爾夫妻說他抵達他們家之間的十分鐘。這麼短的時間內，他根本不可能去到莫里森路的房子、殺死伊蓮娜，再趕回艾爾帕索路。

另外還有艾莉西亞失蹤一事要考慮。

警方搜索了麥庫爾的住家、車子與車庫公寓，毫無所獲。始終沒有找到凶器。紀爾森警探特別註明，麥庫爾家的別克 LeSabre 轎車在週六上午送去做汽車美容，也就是查克・羅倫斯發現伊蓮娜屍體的幾個小時前。

潔西卡看完最後一頁抬起頭來，只見哈勒戴坐在桌旁的椅子上，也在翻看刑事檔案簿的內容，以防第一次漏看了什麼。

「邁克和摩拉・麥庫爾是誰？」她問道。

「妳知道那個一天到晚在艾斯酒吧玩牌的老人吧？他就是邁克・麥庫爾。」

「你跟他談過了嗎？」

哈勒戴笑了一聲。「有啊，如果『我不跟混帳記者說話』也算談過的話。相信我，邁克・麥庫爾一點都不好相處。」

「那他老婆呢？」

「我試著去找過她兩三次，她不開門。」

「我會去找邁克・麥庫爾試一試，看他是不是比較有說話的心情了。」

「別說我沒警告妳。」

潔西卡從床上起身，伸展一下四肢。今晚差不多可以告一段落了。「多謝你的酒。」她說，酒瓶幾乎空了。「明天再找個時間碰面，決定下一步該怎麼做。」

她起步朝房門走去。

「潔西卡？」

「怎樣？」

「妳還沒告訴我妳的委託人叫什麼。」

潔西卡轉身面對他。「喔，我還沒說，對吧？我的委託人是艾莉西亞．拉威爾。」

她看著哈勒戴張大了嘴，然後隨手將門帶上。

回到五號房，潔西卡鎖上了門並拴上門鍊。以防萬一。

14 潔西卡

星期五早上。

旅館房間溫暖明亮。還不到九點，但已慢慢感覺得出這會是炎熱沉悶的一天。時序雖已入秋，夏天卻還不準備放手。

潔西卡坐起身來，拿起床頭櫃上的玻璃杯啜飲一點水。她的嘴裡好像塞滿棉花球，不過儘管昨晚喝了酒，大致上仍逃過重複前一天宿醉的命運。

她的腦袋並未砰然抽痛，而是充滿問題。

過去四十八小時間，這些問題大多都是關於有可能是她母親的女人。她知道自己迴避了那些關於應該是她父親的男人的問題。

踏進淋浴間時，水龍頭仍是冷水設定。她沒有轉到熱水，洗完出來以後，覺得神清氣爽、精力充沛。她穿上牛仔抽鬚短褲、白色T恤和網球鞋。化了點妝，用手指梳理仍濕的頭髮後，照了照鏡子，看起來還可以，雖然有點疲態。

咖啡壺還放在衣櫥架上，潔西卡將它取下放到桌上，煮上一壺。她手機裡最後一個通話號碼是好萊塢分局的總機。她按下重播，說要找普萊斯，然後喝著黑咖啡靜候，對方必然又會請她留話。等了片刻後，她聽到一些嘟嘟聲和喀啦聲，電話被轉接過去了，緊接著線上傳來一個男人的聲音。

「我是普萊斯。」

終於和警探通上話的潔西卡太過驚訝，一時發覺自己並未完全準備好想跟他說什麼。於是她只說：「早安，普萊斯警探。我叫潔西卡．蕭。」

對方停頓了一下。接著：「有什麼需要我效勞的嗎，蕭小姐？」

「我昨天留了兩次話給你。」

「很抱歉。我桌上有一大疊留言，我現在還在看。妳來電是為了某個案子嗎？」

「不是，其實是一點私事。我認為你認識我父親東尼．蕭。」

又停頓一下。「對不起，我不認得這個名字。」

普萊斯的聲音聽起來緊繃，但也可能是她自己的想像。畢竟她對這個人一無所知。

「兩年多前你去參加過他的葬禮。」她說：「在紐約布利斯維區。當時我沒有機會和你說上話，但兩天前你上電視，在那個大學生陳屍的旅館接受採訪，我認出了你。」

這回沉默得更久，潔西卡還以為電話斷了，直到普萊斯終於再度開口。

「可不是嘛，」他說：「東尼．蕭，真令人傷心。那時我剛好在曼哈頓，在報上看見家人刊登的訃聞，就想到順便去弔唁一下。請節哀，蕭小姐。」

「謝謝。我只是好奇你們怎麼會認識。」

「我和東尼是同學。」

「高中同學？」

「對，高中同學。真的很抱歉，請原諒我的無禮，但我現在手邊的案子有了一些進展，我真的得掛電話了。」

「是哪間學校？」

電話已經斷了。

潔西卡打開筆電。照情形看來，昨晚並沒有人企圖撬開門或偷開鎖。地板上有一張格線筆記紙，是從門下面塞進來的，紙張整整齊齊地對折再對折成小方形。她撿起來打開一看，上面寫著：

我們需要談談。打給我。傑克。

簡短訊息底下寫了一個手機號碼。潔西卡重新折好紙，塞進短褲後口袋，在桌前坐了下來。東尼跟她說過，他在西北洛杉磯長大，此時她試圖回憶那些對話，看他有沒有提起過他讀哪間高中。潔西卡覺得應該有，只是她想不起來。

網路上關於普萊斯的生平，主要重點都放在他任職洛杉磯警局的經歷，並未擴及早年高中時期。但經過二十分鐘的搜尋，她找到了他位在凡奈斯區的母校校名，以及他畢業的年份。她打開該校網站，點進校友選項。

網頁頂端有一個八七年畢業生畢業三十年重聚活動的照片集，是幾個月前在謝爾曼歐克斯區的最佳西方酒店拍攝的。和潔西卡想找的畢業年份剛好差一年。另外還有其他屆畢業生的臉書網站連結，以及有關申購高中畢業證書的資訊。

她在網頁最下方找到了她想找的東西——歷年畢業紀念冊。許多年代較久遠的都是校友捐贈，也就是說並非每一年都有。潔西卡瀏覽販售清單後，發現有一本是一九八六年，不禁鬆了口氣。三年（含）以上的紀念冊售價為五十美元，潔西卡大吃一驚，高中懷舊之旅顯然並不便宜。

上頭有訂購的電郵地址和電話專線。潔西卡在手機上鍵入號碼，與辦公室主任，一個名叫黛比·柯拉的女人簡短交談後，確認了校方確實仍有一本一九八六年的紀念冊。更好的是，如果她就在附近可以親自去拿。潔西卡心想，與其等候郵寄還不如直接開車到凡奈斯要快得多，而且還能省下十塊錢的運費。

三十分鐘後，潔西卡已經坐在學校主要建築前面的停車場內，那裡停滿各式各樣的車輛，你想像得出的都有。有實用型的轎車，有時髦的小跑車，有閃閃耀眼的4×4貨車。大多數的車都比她升級到Silverado之前開的車更引人注目。潔西卡在學時期，甚至沒有車，只有一張搭地鐵用的「都會卡」。

她走進學校大門，晃過一條寬敞空蕩的走廊，兩邊有成排的冷灰色置物櫃，日光燈在頭頂上嗡嗡作響。她覺得好像回到十年前的高中時期，上課就要遲到了。

走向走廊盡頭的辦公室時，鞋子踩過光亮亞麻地板的吱嘎響聲預告了她的到來。有個六十多歲的女人坐在一張凌亂的辦公桌後面，短短的刺蝟頭染成驚人的紫紅色。她戴了一副青綠色眼鏡，穿著亮綠色洋裝，抬頭看見潔西卡露出好奇的微笑。

「有什麼需要我幫忙的嗎？」她問道。

「我剛才打過電話問紀念冊的事。」

「噢，沒想到妳來得這麼快。我是和妳通電話的黛比。紀念冊就在這裡。」

黛比將手伸進一個抽屜，拿出一本A4大小的精裝冊，封面是褪色的酒紅色配上淺藍色字樣。她將冊子放進一個大牛皮紙袋，並用膠帶封起。潔西卡接過紀念冊，遞出兩張二十元鈔與一張十元鈔，看著主任將鈔票鎖進一個小金屬盒。潔西卡迫不及待想回到車上，撕開紙袋，從大量的照片中找人。她正要開口感謝主任然後離開，黛比卻先開口聊了起來。

「我們講電話的時候，我以為是妳自己的畢業紀念冊，但看起來並不是。」她笑著說：「否則我真的需要知道妳用什麼牌子的面霜，或者是找哪個整形醫生。」

潔西卡微微一笑。「不是，我的畢業年份要晚一點。」她舉起紙袋。「我父親是八六年畢業的。」

「哦，真的嗎？他叫什麼名字？我在這裡工作一輩子了，說不定認識他。」

「東尼・蕭。」

黛比的眉頭皺起來。「沒有，一點印象都沒有。不過話說回來，我們的學生人數在這一區是數一數二，我在這裡待這麼久了，要記的人名可不少。」

「那傑森．普萊斯呢？他是我父親的朋友。」

「啊，這個名字就聽過了。」黛比說：「是黑人？長得很英俊？我若沒記錯，他是體育校隊。棒球還是籃球吧，我想。」

「聽起來應該是。」潔西卡說。

回到車上後，她從紙袋抽出紀念冊打開來。紀念冊的主人叫吉米，封面內側寫滿了同學的留言。

祝大學學業順利，吉米！

後會有期了老兄，祝未來事事如意！

嘿，吉米，別忘了：人生過得很快！

最後一句是電影《蹺課天才》裡的台詞。那是東尼最喜歡的電影之一，應該也是他高中畢業那年暑假的熱門電影。

潔西卡和父親每個月都會有一個所謂的「星期五電影日」。爆米花、披薩、啤酒，兩人各選一部片。只要是八〇年代的片，只要是約翰．休斯的片，東尼都喜歡，尤其是《蹺課天才》。潔西卡懷疑東尼總是暗自嚮往能像主角費瑞斯那樣：妙語如珠、有個辣妹女友，一天到晚違規卻滿不在乎。事實上，他遠遠更像費瑞斯的摯友卡麥隆：有點壓抑、喪氣，有如一個等待釋放的彈簧圈。

在冊子裡看到這句祝詞時，她的心突了一下，但留言的署名是縮寫BF，不是東尼。

潔西卡翻著銅版紙，來到姓氏開頭P的畢業生，很快就找到了傑森．普萊斯。黛比說得沒錯。從潔西卡在電視上看到的畫面，他如今仍是個有魅力的男人，但青少年時期的他完完全全是個少女殺手。根據簡介內容，他是田徑隊明星，不是籃球或棒球，但黛比想的無疑是同一人。

潔西卡又翻了幾頁，照片裡全是螺旋燙髮型的女孩、難看狼尾頭髮型的男孩，還有男生女生爭相炫耀、醜不拉嘰的羽毛剪。大家都戴大大的眼鏡、穿著更大的墊肩，還有許多淺藍色眼影和珠光口紅。她翻到S開頭的姓氏，但找不到東尼．蕭。

潔西卡帶著愈來愈高漲的驚惶之情，繼續翻著紀念冊，一直翻到姓氏以Y開頭的畢業生。她伸出食指慢慢往下劃，找到一個鮑比．楊和一個瑞秋．楊和一個蒂娜．楊，還有一個比爾．楊格。

但沒有羅伯．楊。

頁面上也沒有她父親的照片。

15 普萊斯

普萊斯與梅迪納搭檔已超過十年，這麼長時間以來，他從未對他說過謊。

至少，重要的事情上面沒有。

當然，難免會有一些善意的小謊言。譬如婉拒湖人隊賽事的門票，因為他「另有計畫」，但其實他當晚只是想縮在沙發上與安琪共度。或是假裝喜歡梅迪納某年聖誕節送的古龍水，而其實那味道讓普萊斯想到貓尿。

善意的小謊言。不是惡意的漫天大謊。一直到昨天，他對梅迪納說他拿在手上的電話留言沒什麼問題。

這個謊就跟帝國大廈一樣巨大。

多年來，普萊斯一直在密切留意潔西卡和東尼的動向，儘管明知這樣很冒險。偶爾會用追蹤不到他的電腦上網搜尋，例如網咖、圖書館，從來不會在家裡或辦公室。他正是透過某次搜尋，得知東尼．蕭意外猝死的消息。當時普萊斯根本不在紐約市附近，不像他對潔西卡所說。

又一個謊言。

他擔心東尼的死是暴力造成，擔心過往的事終究追上來了。後來發現朋友死於嚴重心臟病，並未涉及可疑情況，他鬆了好大一口氣，接著很快便陷入深深的哀傷。他們倆不只是最好的朋友，而是從小就親如兄弟。是沒有血緣關係的家人，有著牢不可破的牽絆，願意為彼此做任何事。

正因如此，當那天晚上在鷹岩一切出了差錯時，這位朋友才會向普萊斯求援。

看到東尼·蕭的死訊後，普萊斯立刻決定前往東部，親自向「兄弟」道別。這是他犯的第一個錯誤——走出網路的陰影，公然現身於葬禮。

而今早他犯了第二個錯，就是接了潔西卡的來電，並告訴她他與她父親是高中同學。

這回，說實話有可能奪走他——還有她——的一切。

他知道她是私家偵探，而且從各方面來說都是頂尖好手。她曾經在布利斯維一家事務所，一位資深偵探賴瑞·拉茲手下受訓過幾年，東尼死後便自立門戶。他知道潔西卡不用太久就會查出普萊斯沒有一個叫東尼·蕭的同學。

他試著說服自己，說他提供的資訊應該足以滿足她的好奇心，也許她會覺得沒必要再挖下去。但不知為何，普萊斯就是知道她不會罷手，想到這裡他的胃液便翻騰起來。

他重重地拍打方向盤，咒罵一聲。

此時他人在夢幻旅館的停車場，坐在自己的道奇挑戰者車上，旁邊隔兩個停車格就停著湯米·蓋茲的雪佛蘭老爺車。停車場內只有他們這兩輛車。受到高度關注的命案很明顯會影響生意。

普萊斯熄掉引擎，把鑰匙放進口袋。一下車，隨即從冰箱般的空調涼意變成從人行道反射上來的酷熱。眼下，潔西卡・蕭不是他唯一的問題。他還有另一個名為法蘭克・薛曼，以一團一百公斤重的肥油形態存在的問題。而薛曼之所以是個問題，原因在於普萊斯相信他說他沒殺王艾美，這是實話。

實話與謊言。

普萊斯大步走向王艾美陳屍的旅館房間。封條交叉貼在門上，底部邊緣脫落了，在暖風中輕輕翻飛。儘管知道現場清潔人員想必已將房間徹底清消完畢，普萊斯仍確信自己能聞到刺鼻的血腥味，舌尖也幾乎能嚐到那味道。他背向房門站立，朝外望著停車場，身體由左至右緩緩轉了半圈，將視線所及的周遭環境全部納入眼底。

在他左手邊是夢幻旅館監視器故障的接待廳。右手邊遠處，客房區盡頭再過去，是一間投幣式洗衣店的紅磚邊牆。正前方是一棟嶄新的七層公寓大樓背面，中間隔著一道二點五米高的樹籬。

普萊斯朝接待廳方向走，接著經過旅館建築與坐在桌前一臉無聊的湯米・蓋茲，一直走到街上。他右轉，走了二十公尺左右再右轉，進到公寓大樓背面與樹籬之間的後巷。有兩個畫滿塗鴉的垃圾桶，直接緊貼在大樓兩個緊急出口間的牆面。這條巷子很可能是供消防車與第一時間出動的緊急救援者使用。

普萊斯抬起頭看見公寓三樓高處的兩邊各有一台監視器，方才在夢幻旅館停車場時，被茂密的樹葉擋住視線沒看見。這兩部機器精巧隱密，看起來要價不菲。普萊斯可以確定它們還在正常運作，不像汽車旅館的監視器。這裡裝設監視器的目的無疑是保護房客與屋主，以防巷子裡發生不當事故，但一想到也許其中一部或甚至兩部機器都能拍到旅館停車場與房間的一小部分，普萊斯便忍不住興奮起來。

他離開巷子，找到了毗鄰一間素食餐館的「都市高地」公寓大樓的正門入口。訪客接待處全是玻璃與花崗岩建材，還有光滑亮麗的皮沙發和醜陋的現代藝術品。大片落地窗看出去是一個戶外公共泳池區，有一道階梯通往十分先進的地下室健身房，是比普萊斯在洛斯費利茲大廈的公寓稍微豪華一點，但他猜想從他家俯瞰全市美景的視野，這裡一定比不上。

坐在大廳櫃檯後面的女子看起來不像拉布雷亞路轉角公寓大樓的接待人員，反倒更像是某世界性銀行大廳的服務人員：身材纖細、年紀二十五、六歲、一頭棕髮，穿著白色上衣搭配緊身黑裙。假如梅迪納也一起同來，肯定會留下名片並試圖問到她的電話。

當普萊斯慢慢靠近櫃檯，棕髮女子瞥見他腰帶上的警徽時，雙眉微蹙，優雅地皺起臉來，但很快便轉換成訓練有素的陽光笑容。「有什麼需要我效勞的嗎，警官？」

儘管知道她已經看見了，他仍指指警徽說道：「我是洛杉磯警局的普萊斯警探。能不能讓我看一看你們後面監視器的影帶？我們正在調查上個週末發生在這附近的一起重大刑案，錄影畫面或許能幫得上忙。」

普萊斯希望女子不會堅持要取得大樓所有權人的同意才讓他看帶子，否則可能要花上數天提出申請，然後等著搜索令發下來。

她略一遲疑，隨即微微聳了聳肩。「可以啊，我們有一位負責監視器的保全經理。我帶你到他的辦公室去。」

依普萊斯的經驗，一般零售店、飯店和這一類公寓大樓雇用的保全經理，昔日往往是軍人或警察，也可能是資質不夠好，無法以軍警為業的人。他希望這次碰到的不會是後者，否則八成還是得兩手空空回辦公室，申請搜索令。

普萊斯隨著女接待員走過一條狹窄走廊，她的高細鞋跟踩在磁磚地板上喀嗒喀嗒響，彷彿機關槍的斷續爆破聲。她敲敲一扇門，未等回應便開了門。「狄雷尼先生，你有空幫幫這位警探嗎？」

有個身穿黑長褲與配有黑肩章的白襯衫，打著黑領帶的男人，坐在椅子上翻閱《洛杉磯時報》的體育版。他前面有兩台電腦螢幕，各分割成四個黑白畫面，顯示公寓大樓的不同角落，其中包括普萊斯剛剛走過的正門入口與大廳。當這男人從報紙抬起頭來，普萊斯原本對於看錄影畫面的要求遭拒的擔憂立即煙消雲散。

奇普．狄雷尼曾是洛杉磯警局的警探，去年退休前在堤防區服務。他是個名聲不錯的好警察，而他留著小鬍子的粗獷長相與一頭深色捲髮，經常被拿來和拍《夏威夷神探》時期的湯姆．謝立克相提並論。小鬍子和頭髮仍在，只是都添了些許花白，不過狄雷尼似乎成功地抵擋了退休警察增重的潮流，反而瘦了幾公斤。退休生活顯然很適合他。

「嘿，普萊斯，你還好嗎？」狄雷尼從椅子起身，熱切地與他握手並用力拍他的背。

「還不錯，謝謝。你看起來很不錯，奇普。找到這個工作挺美的。」

狄雷尼靠著辦公桌咧開嘴笑。「付帳單沒問題。」

普萊斯知道狄雷尼在「都市高地」工作不真是為了錢，比較是為了充實生活，為了覺得自己還有用。花幾個小時打高爾夫球的生活，經過兩個禮拜後，很快就失去魅力了。

「我就不打擾兩位了。」接待員說。

她退出辦公室，隨手將門關上。普萊斯可以聽到她匆匆趕回前面櫃檯的工作崗位，高跟鞋的尖銳響聲跟著快速遠去。

「你還在好萊塢分局嗎？」狄雷尼問道。

「當然，所以我才會在這裡。我現在在辦一個案子，希望你能幫忙一下。」

「如果幫得上忙，沒問題。」

普萊斯解釋說隔壁夢幻旅館的監視器壞了，所以他想查看這附近其他的監視錄影器，也許有錄到王艾美被殺當晚一些派得上用場的畫面。他告訴狄雷尼，希望裝設在他們公寓大樓背面的攝影機會拍到汽車旅館的停車場或甚至部分房間。

「你說這些事是什麼時候發生來著？」

「上個星期六晚上。」

「算你好運。」狄雷尼說：「我們的帶子都只保留一星期，再晚幾天，禮拜六的畫面就洗掉了。」

狄雷尼比了比一張和他一樣的旋轉皮椅。「椅子拉過來，我們來看看。」

他按了鍵盤上幾個按鍵，四個畫面中的一個填滿整個螢幕，看到的是後方巷弄。螢幕最下方有幾個白色數字，顯示日期、時間與「後1」的字樣。普萊斯看見的是小巷與樹籬的絕佳即時畫面，但完全看不到汽車旅館。狄雷尼按下一個方向鍵，隨即變成小巷另一個角度的畫面，這回是「後2」攝影機。

普萊斯感覺到心跳加快。第二部攝影機的小巷畫面比較限縮，但拍到了一部分夢幻旅館停車場與接待廳，還有大約三分之二的房間。普萊斯從接待廳順著數四道門，那是王艾美死去的房間。

「中頭獎了。」他說。

「是嗎？」狄雷尼又按幾個按鍵，右下角的日期標記從今天變成了上個星期六。「你要找什麼時間？」

「就從晚上七點半開始好了。」

「可以。」

狄雷尼讓錄影畫面快轉，他們注視著人車以近乎喜感的誇張速度抵達與離開旅館。當時間來到剛入夜時，他按下播放鍵。從七點到八點四十五分，毫無值得注意的東西。接著到了八點四十六分，一輛跑車駛入停車場，停在湯米．蓋茲的雪佛蘭旁邊。

一個身形肥胖的男人從駕駛座下車，是法蘭克．薛曼。他從車尾繞過來，打開副駕駛座的門。普萊斯屏住呼吸。只見一個身材苗條、留著深色長髮、身穿牛仔褲與白色背心的嬌小女性，從車內現身。她肩上揹著一個皮包，手上拿著一樣東西。是威士忌酒瓶。普萊斯緩緩吁出一口氣。

「是她嗎？」狄雷尼問道。

普萊斯點點頭。他感覺一股寒氣席捲全身，好像看到鬼一樣。只不過這是有血有肉、活生生的王艾美，渾然不知自己將在兩個小時內喪命。

他看著畫面中的男女消失在接待廳，三分鐘後再次出現，慢慢走向房間，普萊斯知道是四號房。監視器架設的位置使得接待廳與停在外面的車輛畫面相當清晰，但隨著房間伸展的方向，離攝影鏡頭愈遠影像便愈模糊。

等王艾美和薛曼到達房間時，兩人在螢幕上幾乎只像灰色污漬一樣。普萊斯湊上前去，只能勉強看出兩個身影跨入門口，然後關上門。他看了時間：晚上八點五十一分。

狄雷尼敲下快轉鍵，時間標記迅速往前跳，直到四號房門終於再度打開。他略微倒帶。在晚上十點零二分，兩人當中身形較龐大的那個從房裡出現，並隨手關上門。他們看見他緩緩地走向停車處，腳步似乎不太穩。

薛曼從褲袋掏出車鑰匙，失手掉了，便將身體靠著車身作為支撐，彎下腰撈起鑰匙。他按下遙控器解鎖後，後車燈閃了一下，接著他略顯艱難地爬入駕駛座。此人的狀態明顯不適合開車。

普萊斯不禁納悶，以法蘭克・薛曼表現出來的酒醉狀態，有辦法以那麼粗暴的攻擊手段結束王艾美的性命嗎？車子慢慢退出停車格後，轉往停車場出口方向，隨即駛出鏡頭外。

「是你要找的人嗎？」狄雷尼問。

「也許是。」普萊斯說：「我們繼續看吧。」

時間標記顯示晚上十點零七分。

兩分鐘又三十七秒後，忽然出現一個人，穿著深色素面長褲、球鞋、寬鬆的長袖帽T，還戴手套。兜帽拉起，遮蓋住那人的頭髮與面容。他拿著一只圓筒袋。

他看起來身高與薛曼相仿，但體重少了三十到三十五公斤。普萊斯有把握，他絕對不是此時正被關在好萊塢分局裡的那個人。影帶中的人果斷地朝旅館房間的方向走去，低垂著頭，袋子在身側擺晃。

普萊斯看著那人在四號房前停下來，緊張到幾乎無法呼吸。門開了，他看見一抹白閃現。是毛巾布浴袍。穿黑衣的人進入房間，門再次關上。

「你能往回倒個幾秒鐘然後放大嗎？」普萊斯問道。

「當然。」

他二人再次仔細觀看，但畫面顆粒過於粗大，無法確定黑衣男進入房間身影消失前，和王艾美有無互動。狄雷尼按下快轉。二十七分鐘後，房門開啟，那個不明人士重新出現退出房間。他反手將門拉上後，往接待廳慢跑過去。這次仍然戴上兜帽，頭垂在胸前，藏起了臉。仍然揹著袋子的他經過接待廳，跑向拉布雷亞路。就在他從畫面上消失前，普萊斯注意到帽T正面印著某知名運動品牌的白色標誌。

「你能不能倒回到這個人剛出現的時候？」

「沒問題。」

他們看著黑衣男首度走進畫面，證實了普萊斯的懷疑。那件運動衫是純黑或深藍色，沒有運動品牌標誌。如今普萊斯知道圓筒袋的作用了。換衣服。那個人在旅館房間裡更換了穿著，將沾染血跡的衣物換成乾淨的。普萊斯想起了空空如也的浴室。那個黑衣男八成是在清理後帶走了旅館的毛巾，之後才將所有染血物件一併丟棄。

這是預謀殺人。

凶手是有備而來。

「我會需要這份帶子的拷貝。」普萊斯說。

「沒問題，」狄雷尼說：「我馬上做。」

保全經理去處理拷貝事宜之際，普萊斯往後靠著椅背，想到梅迪納將他們逮捕薛曼的過程描述為灌籃成功。普萊斯幹這一行也夠久了，知道何時該相信自己的直覺，而直覺告訴他事情有點不對勁。現在他知道了，他們把球灌錯了籃框。

實話與謊言。

法蘭克・薛曼說他沒殺王艾美，這是實話。

16 潔西卡

潔西卡和哈勒戴約在鷹岩大道上，一家名叫「派特與羅蘭」的館子共進午餐。這家餐館是她傳簡訊邀約後，哈勒戴提議的。潔西卡把車停在後面的停車場，與哈勒戴的福特皮卡並排，進店裡後看見他坐在一個兩人座的桌位，已經戴上老花眼鏡在研究菜單。她在對面的椅子坐下時，他抬起頭咧嘴一笑。

「這裡很酷吧？」

映入潔西卡眼簾的是素色美耐板桌面與番茄紅的合成皮座椅，裸露的白磚牆上裝飾著不搭的裱框圖片，高高的木架上擠滿廉價的小飾品。她聳聳肩。在她看來，這間店毫無特殊之處。

「還好。」她說。

「妳不認得了嗎？」

潔西卡拿起菜單開始瀏覽餐點選項。她的胃咕嚕咕嚕叫，這才想到早餐只喝黑咖啡。她暗自斟酌著，是要點「全日飽」早餐，然後擔心哈勒戴會怎麼看自己（女人在一個萬人迷帥哥面前吃東西時，往往會有這種可悲心態），或是只點一盤蛋，待會兒回旅館途中再順道去In-N-Out買個漢堡。

「我為什麼要認得這裡？」她問道。

「因為，它從九二年以後就沒怎麼變。」哈勒戴漫不經心地說：「我還以為妳會記得這個地方。」

潔西卡頓時背脊發涼。她艱難地乾嚥了一口，放下菜單。哈勒戴正目光灼灼地看著她，頭微微側傾。

「你剛剛說什麼？」她問道。

難道艾莉西亞在母親死前不久曾和她來過這家餐館？難道哈勒戴將艾莉西亞和潔西卡連結在一起了？帶她來這裡，難道是他故意開的變態玩笑？

「《霸道橫行》。」他說。

潔西卡茫然地瞪著他。

「給小費的那場戲。」他說：「妳知道吧？就是史蒂夫．布希米演的平克先生不肯留小費給女侍，其他人就罵他小氣鬼。那場戲就是在這裡拍的，在這間餐廳。天哪，真不敢相信已經二十五年了。」

「我沒看過那部電影。」

「妳沒看過《霸道橫行》？」哈勒戴不敢置信地問。「那是經典耶。要是妳沒看過《霸道橫行》，我實在不確定我們可以當朋友。」

「我怎麼不知道我們是朋友？」

哈勒戴臉紅起來，隨即將注意力轉回菜單。「我要點『全日飽』早餐，妳呢？」

「一樣。」

他認可地點點頭。

女侍替他們點餐後端來兩罐健怡可樂。他們在尷尬的沉默中靜坐了幾分鐘，啜飲可樂，之後哈勒戴才重新開口，展開潔西卡預期的談話。

「妳的委託人是艾莉西亞．拉威爾？」他壓低聲音說：「妳到底在搞什麼鬼，潔西卡？」

「我跟你說過了，我不會跟你討論任何細節。說話要算話。你自己同意的。」

他沮喪地用手梳過頭髮。「因為那時妳還沒告訴我，妳在替一個已經失蹤二十五年的人工作。要是妳拔掉手榴彈插銷丟進我的旅館房間，我可能都還不會這麼驚訝。」

潔西卡聳聳肩，不置可否。

哈勒戴環顧餐廳一周，靠上前來。「大家尋找艾莉西亞．拉威爾已經二十幾年了，而妳正好知道她的下落，妳不覺得應該和有關單位分享這個訊息嗎？」

「不覺得。至少目前還不覺得。如果你再不快點改變話題，我就要直接走人了。」

就在此時，女侍端著滿滿兩盤的蛋、香腸、培根和吐司出現。他們默默地用餐。

「只要回答一個問題就好。」哈勒戴最後說道：「如果妳已經知道艾莉西亞．拉威爾人在哪裡，怎麼還會跑到鷹岩來？」

潔西卡放下叉子，嘆一口氣。「因為她不知道是誰殺死她母親，又是誰帶她離開家。原因就在這裡。」

「她不知道是誰綁架她的？」哈勒戴疑惑地搖頭。「那她這二十五年來都跟誰一起生活？」

潔西卡拿起叉子，扠起培根放進嘴裡，慢慢咀嚼。她沒有回答他的問題，反而自己提問：「你為什麼對這個案子這麼感興趣？」

「妳已經問過了。」

「你沒有認真地回答我。」

「這是個有趣的案子。」

「這裡是洛杉磯，你可以報導的有趣案子數以百計，甚至千計。為什麼挑中這個？」

哈勒戴把玩著糖罐。「命案發生的時候我就住在鷹岩，當時年紀還小，十五、六歲吧，但我記得整個城鎮陷入的那種恐懼氣氛。一夕之間，大家忽然會在白天裡鎖門，小孩不許獨自出門，每個人都對其他人疑神疑鬼。」

「你說拉威爾的案子你已經查了一陣子。你在鷹岩找誰談過？」

「除了警察以外嗎？只有哈柏和艾斯．福里曼。我已經跟你說過，去找麥庫爾夫妻的時候碰了釘子。」

「就這樣？你不是寫了一堆週年的文章？」

「那些資訊大多都是從剪報和電訪洛杉磯警局消息來源得到的。這趟以前，我只來過這裡一次。」

「除了小時候住在這裡以外。」

「對。」

「你家人還在這裡嗎？」

「沒有，我們很多年前就搬到西好萊塢了。」

「你現在住哪？」

「威尼斯海灘。妳的據點在紐約，對吧？」

潔西卡搖搖頭。「以前是，現在不是。」

「那妳現在住在哪裡？」

「四處為家，我到處跑來跑去。」

「聽起來挺孤單的。有家人嗎？」

潔西卡又搖頭。「都沒了。」

「該死，對不起。出了什麼事嗎？」

「我爸兩年前心臟病發作。是我發現的。我對我媽沒印象了，我還是嬰兒的時候，她就死於一場車禍。」

「唉，難為妳了。」哈勒戴的手伸過桌面去握她的手，肌膚碰觸時，她感覺一道電流竄過全身血脈，就好像把手指插入通電的插座似的。潔西卡將手抽離。

「妳還好吧，小ㄚ頭？」哈勒戴問。

「沒事。」她無力地淡淡一笑。

「好吧，該換個話題了。妳那些刺青是怎麼回事？」

潔西卡的左手不由自主地伸向覆滿鮮豔彩繪的右臂。就在兩年多一點之前，這片肌膚仍未接觸過針頭，如今卻布滿心臟、骷髏頭和玫瑰。她摸摸前臂中央的船錨，那是她的第一個紋身，就在東尼入土短短幾個小時後刺的。

她在某個鄰居家的追思聚會上待不到一小時，就對那些稱得上是朋友和全然陌生的弔唁者說，她需要回家躺一下。

但潔西卡去了最近的酒吧。

喝下三杯雙份威士忌加冰塊後，她認知到光靠酒精解決不了問題。她需要一點真實的感覺，這一星期以來，大半時間她都躲在一個麻醉泡泡裡到處跑跳，她需要有樣東西來戳破這個泡泡。潔西卡想感受到被自己壓抑住的痛苦。

離開酒吧後，她跌跌撞撞進入雨中，酒精加上傾盆大雨讓她更難以看清對街一閃一閃的招牌。她瞇起眼睛看了一會兒，文字才終於成形，她立刻知道自己在找的東西找到了。

刺青師還沒來得及對她的滿口酒氣表示意見，潔西卡就重重癱坐在椅子上，對著他伸出手臂。他充滿渴望地注視那赤裸的乳白肌膚，很明顯地，不管她有沒有喝醉，他都不會錯過開發那片處女地的機會。

「妳看看這些，」他塞給她一本資料夾，說道：「看有沒有什麼吸引妳的。」

本子裡的圖案顯然都是針對第一次上門的女顧客：小小粉紅玫瑰、漂亮的蝴蝶、日本圖樣。

她搖搖頭，手指向牆壁的一張海報，上面有一個以黑、銀、藍色調呈現，大大的山區搖滾風船錨。

「我要那個。」她拍著手臂上一個確切的位置。「就在這裡。」

然後她往後靠坐，闔上眼睛，享受那美妙的針刺痛感。

如今潔西卡領悟到，選擇那個圖案有些諷刺，因為她好像從那時起便一直漂泊不定。

「刺青的事改天再說。」她對哈勒戴說：「我們還是買單吧？」

「好啊，我請客。」

「我不需要你請我吃午飯。」

「我知道妳不需要。」他露齒笑著。「下次換妳請。」

「一言為定。」潔西卡說：「你可別忘了給服務生小費啊。」

潔西卡與哈勒戴出來以後進到午後陽光底下，雙雙舉起手遮著臉，阻擋刺眼的陽光。當他們繞過建築物側面走向停車處，潔西卡注意到稍遠的路邊停了一輛車。是一輛黑色SUV，有銀色水箱罩和染色玻璃窗。

「王八蛋。」她說了一句。

「怎麼了？」

潔西卡遲疑了一下。「我好像把手機放在餐廳裡了。」

哈勒戴皺眉說：「剛才走的時候，我沒注意到桌上有手機。」

「我還是回去看看。你先走，我隨後就來。」

她往回走向「派特與羅蘭」的店門口，幾秒鐘後哈勒戴從旁駛過，她揮了揮手。那輛SUV仍停在路邊稍遠處一間美髮店外面，一輛銀色Honda後面。潔西卡邁開大步走向那輛車時，夾道的高大棕櫚樹在她的路徑上投下長長陰影。

正當她逐漸拉近與SUV的距離，引擎啟動的一聲轟然巨響加上猛踩油門的怒吼聲，打破了午後的寧靜。她眼看就要走到美髮店和SUV所在處，SUV卻忽然猛地駛離路邊，一時間空氣中充滿尖銳的吱嘎聲。大車衝上馬路後，燒灼的車輪在後面留下黑色條痕。

SUV以瘋狂至極的速度疾馳而過，潔西卡定定站在原地，隨後才奔跑起來。她兩腿有如幫浦般快速運動，腳底重踩著柏油路面，大腿肌肉的乳酸爆發，一心想要看清車牌號碼。她明白駕駛可能就是那個無名男，而車牌可能是她需要的線索。可惜車子已經幾乎消失在視線之外。

她回到停車場，坐上自己車的駕駛座。回藍月旅館最快也最直接的路線，是沿著鷹岩大道往南開，然後在ARCO加油站左轉上約克大道。

然而，她改走第四十六北路，繞行西方學院校園一圈，接著任意轉上某條街，直到碰上約克大道，再由反方向駛回旅館。這段期間，潔西卡不時察看後照鏡，看有沒有黑色SUV或其他可疑車輛，卻並未發現值得擔心的情形。

當她從路上轉進停車場，從接待廳的窗口看見哈柏坐在櫃檯後面，正在處理一些文件。潔西卡把車停在旅館的霓虹燈招牌旁邊，抽了根菸，一面觀察他幾分鐘。

隨後她穿過停車場前往接待廳。哈柏聽見開門聲，抬起頭來，露出一個在潔西卡眼中看似怯懦的笑容。

「午安，蕭小姐。」他語帶遲疑地說。

「請叫我潔西卡就好。」

「我，呃，剛才替妳換了床單，也在浴室留了幾條乾淨毛巾。」

「好極了，謝謝你，哈柏。」

他顯得有些不自在。「我好像欠妳一個道歉。」

「為什麼……你做了什麼？」她尖聲問道。難道他趁整理房間的時候胡亂翻找？看見了什麼不該看的東西？

「傑克跟我說妳很氣我告訴他妳來鷹岩是為了查拉威爾的案子。」哈柏低垂眼簾。「妳生氣是應該的。我這樣胡亂透露客人的資訊，實在太不專業了。妳繼續待下來的時間如果想找其他住宿地點，我完全可以理解，也很樂意把妳已經付的錢退還給妳。」

「算了，」潔西卡揮揮手打發他的道歉。「其實我是想再跟你聊聊，如果你不太忙的話。」

「沒問題。想來一點咖啡嗎？」

「好啊，黑咖啡，不加糖。」

「妳先坐，我端咖啡過來。」

潔西卡彆扭地坐到一張籐椅上，盡量想找個舒服的坐姿，椅子則被她的重量壓得咿呀大響。

哈柏將兩個冒著咖啡熱氣的紙杯放到面前的桌上，然後在她對面坐下。

「妳想聊什麼？」他問道。

「伊蓮娜．拉威爾剛到鷹岩的時候，在這間旅館住了一陣子是嗎？」

「是的，沒錯。」

「我第一次向你問起的時候，你沒提到她曾是這裡的房客。」

「我以為那不相干。」

「據艾斯．福里曼說，比起一般客人，伊蓮娜更像是長期住宿。」

「對，有兩個月，也可能三個月。」

「他還說了其他事情。」

潔西卡注意到哈柏的下巴緊繃起來。

「那也不奇怪。」他說。

「他說有一些關於你和伊蓮娜的傳聞。傳聞說你們有特殊關係，她是免費住在這裡的。」

潔西卡原以為哈柏會發怒，不料他只喝了口咖啡，放下杯子時無力地嘆了口氣。

「那些傳聞就是艾斯．福里曼自己散播出來的。」

「他為什麼要那麼做？」

「因為他心懷怨恨和忌妒，簡直恨我入骨。已經超過四十年了。」

「為什麼？」

「就是為了一個名叫克莉西．史密斯的可愛金髮女孩。高中時，她和艾斯約過幾次會，可是當時也不是很認真，至少女孩不是認真的。對艾斯就完全不是這麼回事了。當我邀女孩參加畢業舞會，而她答應了以後，艾斯氣炸了。他始終沒有原諒我。」

潔西卡想起福里曼是如何評論哈柏一生未婚的事。

「這個克莉西．史密斯後來怎麼樣了？」她問道。

哈柏微微一笑，笑容透著傷心，注視她的眼中充滿痛苦。

「她嫁給他了。」他說：「現在改叫克莉西．福里曼。簡直讓我的心都碎了，結果懷恨這麼多年的人卻是他。」

「所以說你和伊蓮娜．拉威爾從來沒有戀愛關係？」

「絕對沒有。我們從來沒有那種關係。我之前說的關於伊蓮娜那些話……我說她是個特別的人，也許讓妳誤解了。她確實很特別，可是我對她並沒有性愛或浪漫那方面的感覺。」

「你對她是什麼感覺？」

「想保護吧。她出現在這裡的第一晚，很努力想表現出大膽自信的樣子。但我從她的眼神看得出來。」

「看得出什麼？」

「她迷失了。伊蓮娜對自己的過去，從來不說太多，但有一點我是知道的：那個女孩過得並不容易。她比她想要展現的模樣脆弱太多了。」

「所以你才讓她免費住在這裡？」

哈柏連連搖頭。「不不。這又是福里曼撒的謊。伊蓮娜有付錢，和其他人都一樣。我不知道她的錢從哪來，我從沒問過，反正關我什麼事？不過她每個禮拜一一定都會把一星期的住宿費全部付清。」

「好，我明白你和艾斯處得不好，但他為什麼要針對伊蓮娜捏造這種話？伊蓮娜在替他工作，他給我的感覺是他們相處得還不錯。」

哈柏苦笑一聲。「我已經跟妳說了……艾斯．福里曼心懷怨恨和忌妒。我想他是真的以為我和伊蓮娜之間有點什麼。妳也知道，這是歷史重演。」

「怎麼說？」

「據伊蓮娜說，艾斯老是對她毛手毛腳，一下拍背、一下捏手臂。有一天晚上他做得太過火，想霸王硬上弓，結果被伊蓮娜狠狠賞了個耳光。她跟他說她已經有男人了，如果他再這樣動手動腳，她就辭掉酒吧的工作。我猜他以為她的男人就是我。」

「她提到的男友會不會是羅伯．楊？」

「不是，那時候小夥子楊根本還沒進城。我沒問過她那人是誰，還是老話一句，我覺得不關我的事。就算她純粹是為了擺脫艾斯的糾纏而捏造出那個男友，我也不覺得驚訝。」

「那麼糟啊？」

「還不只呢。」他說：「這傢伙是個一等一的討厭鬼。妳以後如果還要上那間酒吧，多提防他一點。」

「你說真的？」

哈柏嚴肅地點頭。「年輕、漂亮又大膽自信……完全就是他喜歡的型。」

17 潔西卡

當晚稍晚，當潔西卡滑坐到艾斯酒吧的高腳凳上，看見吧檯後面的是剃刀而不是福里曼，還真鬆了口氣。

她等著點酒時，忽然想到自從來到鷹岩以後，自己每天晚上都會來這裡報到。要是不快點結束這個案子，她最後恐怕會有酗酒問題。有點像邁克．麥庫爾，他幾乎就如同撞球檯和破裂的合成皮椅一樣，成了酒吧的固定設備了。他仍坐在平常的雅座，桌上擺了一杯啤酒和一杯威士忌之後的順口飲料，面前排著撲克牌。

「妳要喝什麼？」剃刀問道，隨手將一條毛巾甩到肩上。他今天穿了另一個不知名樂團的T恤，下腋處有霉跡，下半身是件緊身牛仔褲。

「啤酒，謝謝。」

他撇撇嘴。「我猜猜，冰涼的，對嗎？」

「對。其實不對。」

潔西卡心想，假如想試圖找麥庫爾說話，她可能需要烈一點的酒。於是便說：「取消，我要改點蘇格蘭威士忌。」

「好喝的？」剃刀嘆氣問道。

「沒錯。」潔西卡指向坐在位子上研究撲克牌的麥庫爾。「還有看他喝什麼，也來一杯。」剃刀甚至懶得掩飾驚訝之情，但是沒說什麼，便開始倒飲料。

潔西卡等候之際，給哈勒戴發了個簡訊。

在艾斯。今晚要來嗎？

幾秒鐘後，她的手機收到回應，震動起來。

抱歉，截稿時間到了。明天再找妳？

潔西卡自覺好像提出約會邀請被拒絕。

沒問題。明天聊。

她將手機放回袋子，兩手平衡端著一杯啤酒和兩杯威士忌，慢慢朝麥庫爾的雅座走去，小心翼翼地以免酒溢出來。無論是潔西卡靠近時，或滑坐進對面座椅，麥庫爾都沒有抬頭看。他繼續玩牌，感覺似乎過了很長時間，最後才看著她說：「有何貴幹？」

暖熱的室內頓時增添不少寒意。他說這四個字的口氣，在潔西卡聽來，與其說是提問倒更像是挑釁。

她回瞪著他看，試圖證明自己並未膽怯。

麥庫爾的臉色看起來就像一個對威士忌情有獨鍾的人。破裂的微血管使得雙頰始終泛紅、憔悴，加上一個毛細孔粗大、顏色有如新近瘀傷的鼻子，讓嗜酒者的外觀更加齊備。他那雙蒼白溢淚的眼睛布滿血絲。結果是他轉開頭，無法直視她。

「我叫潔西卡．蕭。我是個私家——」

「我知道妳是誰。」

「我在調查拉威爾的案子，也和幾位在地居民談過當天晚上發生的事。我希望我們能聊聊伊蓮娜和艾莉西亞。」

潔西卡覺得他聽到艾莉西亞的名字時，臉似乎不由自主地抽搐了一下，但他並未吭聲。

她又接著說。「我特別想要問你關於一個名叫羅伯．楊的男人。事故發生當時，他應該是你的房客吧？」

麥庫爾不理會她，注意力重新移回撲克牌。在靜默中經過了一分鐘，接著兩分鐘。

之後他才說：「妳得馬上離開。」

「你要是不想跟我談，無所謂，我就不再煩你。可是我也跟你或其他人一樣有權利在這間酒吧喝酒。」

「我說的不是酒吧，甚至不是鷹岩，而是洛杉磯。妳要是知道好歹，今晚就馬上離開。」

「你是在威脅我？」

麥庫爾聳聳肩，拿起自己的杯子喝了滿滿一口啤酒。潔西卡替他端來的兩杯酒依然沒動。

「隨便妳怎麼說。」

「如果我不走呢？」

麥庫爾驀地大手往桌面一掃，撲克牌瞬間嘩嘩落地，把潔西卡驚呆了。他擠身出了雅座，手掌按著桌子，傾身靠向她，距離近到潔西卡都能聞到他口氣中的威士忌酒味。

「遊戲結束，」他說：「就是這樣。」

潔西卡目送他離去後，拿起自己的威士忌一口喝光，隨後又乾了她本來要請麥庫爾的那杯。

「事情還真順利。」她回到高腳椅時，剃刀看著散落在雅座四周的撲克牌說。

她將空威士忌酒杯放到吧檯上。「麻煩你再倒一杯。」

剃刀拿起「皇室徽章」慷慨地倒滿一杯，放到紙巾上。「不是妳的問題，別想太多。」他說：「這一帶的人都知道，老麥的社交技巧不怎麼樣。老實說，我是第一次看到他發這麼大火，不過聽說他脾氣暴躁得要命。」

潔西卡正往袋子裡摸找皮夾準備付錢，眼角忽然意識到有動靜。原來是她到艾斯酒吧第一晚遇見的那個建築工人，爬上了她旁邊那張有如擠破青春痘的高腳椅。

「不會吧。」她喃喃說道。

男子傾靠過來，完全侵犯到潔西卡的私人空間。他指著她的酒說：「這杯我請客，親愛的。」他口氣中有薄荷味，好像剛剛往嘴裡丟了幾顆Altoids薄荷糖。他打手勢示意剃刀也給他來一杯一樣的。潔西卡正打算單刀直入叫他識相點，卻聽見他自我介紹。

「漢克・史蒂文森。」他說道：「兩天前的晚上我在這裡看過妳。妳有名有姓吧？」

漢克・史蒂文森。伊蓮娜昔日閨中密友妲拉・甘迺迪的前夫。忽然間，潔西卡不再那麼急著想擺脫他了。

「潔西卡・蕭。你現在應該已經知道我來這裡的原因了。」

「是啊，聽說了。」

史蒂文森仍戴著棒球帽，但工作服已換成牛仔褲搭短袖格紋襯衫。牛仔褲的兩隻褲管直到膝蓋處都燙壓出明顯摺痕，但她發現左邊褲管沒燙好，出現重疊的摺痕。潔西卡認定他婚姻破裂後，至今仍然獨居。

她的目光下意識地飄向他的左手。沒有婚戒。她無法確定漢克・史蒂文森是想泡她，或者純粹只是個八卦的老混蛋企圖打聽她的調查工作。她猜想大概都有一點吧。

「有發現什麼有趣的事嗎？」他問道。

「零零星星。」

「是嗎？我看不出現在去挖過去的事對任何人有何幫助。我呢？我寧可專注在此時此地。」

他用骯髒的手指抓抓下巴三天沒刮的鬍碴，對潔西卡微微一笑，讓她不由得起雞皮疙瘩。

「你老婆和伊蓮娜是好朋友?」她問道。

「是前妻。沒錯,她是。」

「那你呢?你和伊蓮娜熟嗎?」

「夠熟了。不過沒有妲拉想的那麼熟。」

「什麼意思?」

史蒂文森拿起威士忌端詳片刻,然後長長地、慢慢地喝了一口。他把酒全喝光,潔西卡也照做。她與剃刀四目相交,示意他再來兩杯。史蒂文森看著酒保斟酒,然後接續剛才的話。

「妲拉對伊蓮娜崇拜得要命。」他說:「妳需要了解妲拉一點,在伊蓮娜出現以前,她一直都沒什麼女性朋友。她安靜內向又缺乏自信,學校的女同學從來對她都不太感興趣。要是注意到她,就會捉弄她。我和妲拉是青梅竹馬,畢業以後一個禮拜就結婚了,所以她其實不太需要其他人。」

潔西卡看著剃刀走到麥庫爾的雅座,開始收拾地上的撲克牌,然後整理成方方正正的一小疊放在桌上。她希望該不會是那個老人今晚還會回酒吧來,她可沒心情再玩第二回合。

潔西卡將注意力轉回史蒂文森身上。

「以前我們每個禮拜五都會來這裡,妲拉和伊蓮娜就是這麼認識的。」他說道:「她們會聊女人的話題……妳知道的,像是衣服啦、電影明星啦,那些有的沒的。後來她們開始會在酒吧以外的地方相約見面。之後,妲拉就開始化妝、改變穿著打扮,看起來更像伊蓮娜,但老實說,她身材沒那麼好。現在，妳們女人可能會說那是女生暗戀女生，但別搞錯，那沒什麼性暗示。我猜妲拉只是想像伊蓮娜那樣。」

「你說你和伊蓮娜沒有妲拉想的那麼熟，是什麼意思？」

「關於妲拉，這是妳需要知道的另一點：她是個大醋桶。」史蒂文森笑著說：「當那頭綠眼怪獸昂揚起醜陋的頭，最好趕快找掩護。這就是我們最後分手的原因。當你為了生計出外打拚賺錢，老婆卻老是在查你手機、翻你口袋，哪個有自尊的男人受得了？我會待那麼久，完全是為了小漢克。幾年前他離家上大學，我也就走人了。」

「你覺得妲拉忌妒伊蓮娜？」

「那可不。有哪個女的不會？鷹岩的每個男人都追著伊蓮娜跑。妲拉以為我也一樣。有一段時間，她甚至深信我們背著她搞外遇。」

「你們有嗎？」

史蒂文森哼了一聲。「怎麼可能？像伊蓮娜那種女孩是不會多看我這種男人一眼的。」他拿起重新斟滿的酒杯，小啜一口，然後看著潔西卡。「不管怎麼說，我愛我老婆，我才沒興趣跟她最好的朋友上床。」

他二人默默飲酒片刻之後，潔西卡想起凱瑟琳．塔夫尼爾說過，她父親懷疑伊蓮娜與某個同事有私情。

「你是建築工人對吧？」她問道：「你有沒有在塔夫建設工作過？」

「有啊，早在九〇年代，優等建設還沒接手以前。現在還是在優等做事。」

「你記不記得聽說過伊蓮娜在那裡工作的時候，和某個員工傳出緋聞？」

史蒂文森搖搖頭。「好像沒有。相信我，要是有哪個男孩搞上伊蓮娜・拉威爾，這麼刺激的事，他們可不會悶不吭聲。應該全公司的人都會知道。」

「會不會是伊蓮娜想保持低調？」潔西卡說：「據我所知，那個老闆不太喜歡員工有曖昧關係。」

「林肯・塔夫尼爾？沒錯，那不奇怪。那個老王八蛋經常到處晃來晃去，走起路來硬邦邦的，好像有根棍子插在屁眼裡似的。他不只是老闆，還是個糾察隊。我也不想說死人的壞話，不過當他的氣數盡了，改由優等接手公司以後，情況改善太多了。但我還是不覺得伊蓮娜有跟哪個傢伙搞曖昧。」他搓搓拇指和食指。「對伊蓮娜來說，口袋不夠深。」

「什麼意思？」

「伊蓮娜喜歡錢，也喜歡有錢的男人，就是那些戶頭存款很多、皮夾很飽，而且笨到會把錢全花在她身上的人。」

「聽起來很膚淺。」

「是啊，不過她從小在育幼院長大，過著根本不像人過的日子，不是嗎？我猜她只是想要一點經濟上的安全感，讓自己有更好的未來。誰能怪她呢？我始終不明白的是她怎麼會淪落到這個鬼地方，還為了一點零頭小錢去坐辦公室。聽她說話的口氣，以前住在好萊塢的時候好像賺不少錢。」

「她在好萊塢做什麼？」

儘管忽然間內心暗潮激盪洶湧，潔西卡仍盡可能讓語調持平。好萊塢。伊蓮娜失蹤的那些年。杳無音訊的那些年。

「在幾間上空酒吧工作。妳知道吧？照她的話說，就是跳『熱情豔舞』。小內褲搭高跟鞋，差不多就只穿這些。生意好的話，一晚可以賺上百塊，週末和假日甚至更多。」

「你知道是哪些酒吧嗎？」

「沒問過。那一味我沒興趣。」史蒂文森發出粗啞刺耳的笑聲，就好像好萊塢的上空酒吧正是他喜歡的那一味。

「她在好萊塢有固定住所嗎？」

「沒有，照她跟妲拉說的，她多半都窩在沙發上睡，也就是沒跟客人上摩鐵或飯店的時候。」

潔西卡聆聽著這些細節，方才因為挖掘到更多關於伊蓮娜過往的興奮之情隨之煙消雲散。她開始覺得想吐。哈柏說得對——伊蓮娜迷失了。潔西卡覺得伊蓮娜這名年輕女子似乎自以為將這些男人玩弄於股掌之間，但其實真正被剝削的人是她。

潔西卡喝了一點威士忌，希望藉由威士忌的灼熱感沖淡湧上喉頭的膽汁。

「警方的筆錄裡有提到伊蓮娜死的那天晚上，和妲拉吵了一架。真的嗎？」

史蒂文森吹了一聲口哨，聽得她忍不住惱火。「妳看過警察的檔案？佩服佩服。」

「是的，我看過。她們有沒有吵架？」

「有沒有肢體衝突我不知道，不過的確是大吵了一架。」

「根據你自己的證詞，你跟警方說你不知道有這麼回事。」

他聳聳肩。「妲拉是我老婆。我只是想保護她。」

「對警察說謊，你不在意？」

史蒂文森格格一笑。「當時不會，現在也不在意。一點也不。」

「哪怕妲拉是伊蓮娜生前最後見到的人？」

「妳這麼說可就不對了，親愛的。伊蓮娜生前最後看見的是那個割斷她喉嚨的人。妲拉離開莫里森路的房子以後，整晚都跟我在一起。那距離警察說伊蓮娜的死亡時間還有好幾個小時。我知道不是妲拉幹的，也覺得沒必要把吵架的事告訴警察，讓他們把矛頭指向她。那可憐的丫頭，當她聽說伊蓮娜死了，心情都已經夠糟的。她們最後互相說的全是氣話，妳能想像妲拉是什麼感受嗎？」

「她們是為了什麼吵架？」

「伊蓮娜打算離開這裡，妲拉不高興，吵了起來，然後她就離開了。我只知道這麼多。」

潔西卡沉默片刻後說：「我得去補個妝。」

她挪移開高腳椅，抓起袋子時微微踉蹌了一下。店內呈現出一種溫暖模糊的光環。她瞇眼望向遠端牆壁，看見兩扇門和撞球桌後面一塊粉紅色的洗手間霓虹燈牌。

「再一杯一樣的？」史蒂文森問。

「好啊，隨便。」

潔西卡朝後方走去，在撞球桌旁暫停一會兒，等一個大學生帥哥下桿以後才擠身而過，走向女廁。兩個廁所門中間夾著一面軟木塞材質的舊布告欄，鎖在玻璃櫃裡，以防酒醉客人亂動展示物件。玻璃表面蒙著一層污垢，裡面的表演海報與酒類促銷傳單都已有數十年歷史。布告欄和艾斯酒吧的其他部分一樣，已多年未更新。上頭也有照片，從穿著與髮型看來都是許久以前拍的，可以回溯到能在網路上分享照片的社群媒體尚未興起之前，大家還會老老實實到那些一小時快速沖印相館去洗照片的年代。

潔西卡立刻發現有兩張伊蓮娜的照片，那頭紅色長髮讓她輕易就能在數十張笑臉當中凸顯出來。其中一張，艾斯．福里曼咧嘴笑著站在吧檯後面，一隻手臂搭放在伊蓮娜肩上。另一張，伊蓮娜與年輕許多的妲拉．甘迺迪各舉起一個烈酒杯對著相機。兩人都在大笑，臉頰因酒氣與青春與歡樂而泛紅。

還有第三張伊蓮娜的照片吸引了潔西卡的目光，但有一部分被一張海報遮住。她從袋子裡取出撬鎖工具組。四下略一張望，看見那群大學生忙著打撞球，全然沒有留意她。她喝了太多酒，要撬開彈簧鎖變得棘手一些，但終究還是打開了。

潔西卡只把櫃門開出一道小縫，足以將手伸進去，小心地用指甲摳起圖釘，連同照片一起拉出來。她把光面照片拿到廁所霓虹燈牌底下，以便看得仔細些。

只見伊蓮娜以保護姿態，兩手環抱著一個二十出頭、略顯彆扭的男生的脖子。男子有一雙犀利的藍眼，披散著深色長捲髮，身穿愛麗絲囚徒樂團的T恤和寬鬆的破洞牛仔褲。即使早在九〇年代，艾斯酒吧員工的制服似乎也是樂團T恤和牛仔褲，後來只有褲子的鬆緊程度有所改變。潔西卡將照片翻面，看見背面用工整的筆跡寫著：伊蓮娜和羅伯，九二年八月。

她把照片塞進短褲後口袋，推開女廁的門。潔西卡跌靠在洗手台邊，乾嘔了幾次，卻吐不出東西。她將水龍頭開到最大，往臉上潑水，並在短褲上把手擦乾。接著從口袋掏出照片，在明晃晃的日光燈底下再看一遍。

背面的字告訴潔西卡，相機鏡頭捕捉到的男女是伊蓮娜．拉威爾和羅伯．楊。

照片本身卻告訴她，那是伊蓮娜．拉威爾和東尼．蕭。

18 伊蓮娜

一九九二年十月二日

伊蓮娜將妲拉的酒杯倒到幾乎滿沿，深酒紅色的液體在昏暗燭光下近乎黑色。

「我們到底為什麼要喝高級紅酒？」妲拉格格笑著，又啜飲一口昂貴的梅洛酒。「比起平常禮拜五喝的啤酒，這肯定是晉級了。」

伊蓮娜露出神秘微笑。「因為要慶祝。」

她友人的一邊眉毛揚得比酒杯還高。「真的嗎？要慶祝什麼？」

她們已經喝掉一整瓶，妲拉的臉頰也跟酒一樣紅了。

伊蓮娜抽完最後一口大麻，舔舔拇指和食指，然後將剩下的菸熄滅，丟進菸灰缸，伸出一隻手在面前揮一揮，清除菸味。

「我先去解決證物，然後我們再談。」她對妲拉眨眨眼，端起菸灰缸，往走廊走去。「繼續聽點音樂，不過別太大聲。」

上樓進浴室後，伊蓮娜將大麻菸蒂與菸灰倒進馬桶沖掉，並將菸灰缸洗乾淨。浴室旁邊的臥室裡點了一盞夜燈，燈光微弱。伊蓮娜推開房門走進去，艾莉西亞已入睡，芭比娃娃抱在懷裡。

伊蓮娜走到房間另一頭，往床沿坐下，望著熟睡的女兒幾分鐘，傾聽她輕細的鼾聲。

「我的寶貝女兒。」她低聲說。

她撥開一綹巧克力色捲髮，俯身親吻艾莉西亞的臉頰。

回到樓下後，立體音響正在播放愛麗絲囚徒的歌。伊蓮娜把菸灰缸放回茶几上，誇張地對妲拉翻了個白眼。「任務完成。他絕對不會知道。」

「唉，拜託，伊蓮，小羅是個好男人。妳有可能碰上更爛得多的人。」

「我有可能碰上更好得多的人。他根本就是個老古板。妳知道上次被他發現家裡有大麻，結果怎樣嗎？他兩天不跟我說話，這裡甚至不是他家耶。」

「他只是為了妳和艾莉西亞好。」

「是嗎？我也是啊，我們值得過比在這個鬼地方更好的生活。」

妲拉皺眉。「鷹岩沒那麼差。」

「但也沒那麼好。所以我們要閃人了，等我一拿到錢就走。」

妲拉的手停頓下來，正往嘴邊送的酒杯定住不動。她瞪著伊蓮娜。「要去哪裡？去多久？像度假嗎？」

「我還沒決定要去哪裡，」伊蓮娜謊稱。「或是去多久。」她直視著妲拉的雙眼，聳聳肩說：「也許不會回來了。」

妲拉重重將酒杯放到桌上，酒溢了出來。「妳是說妳要離開這裡？永遠離開？妳是什麼時候決定的？」

「別生氣，親愛的。」伊蓮娜安撫道：「我們還是可以寫信、講電話，等我們一安頓好，妳也隨時可以來找我們。」見妲拉淚水盈眶，伊蓮娜嘆了口氣說：「妳知道我們不能留在這裡，情況已經變了，妳是知道的。」

「妳可以試著給自己和小羅一個機會。」妲拉說：「讓他搬到這裡來，別再租那間車庫公寓。妳也知道，只要有機會娶妳和收養艾莉西亞，讓一切變得正式公開，他會欣然接受的。」

伊蓮娜可以感覺到內心湧上了怒氣。今晚應該是要慶祝才對，慶祝她和女兒能展望未來，一個更好的未來。妲拉卻老是掃她的興。她沒比羅伯好到哪去。

「妳聽著，親愛的。」她說：「妳要是想一輩子留在鷹岩，替地方報社接電話，替第一個對妳感興趣的男人生小孩，那是妳的選擇，我不會這麼做。這裡再也沒有讓我留戀的東西了。」

「那在乎妳的人呢？」妲拉厲聲反駁。她此時是用喊的，黑色眼線隨著淚水在泛紅的臉頰上流淌出線條。「我們一點都不重要嗎？」

「妲拉，妳給我小聲一點。」伊蓮娜瞄向天花板，用氣聲喊道。「艾莉西亞在樓上睡覺。」

「那小羅呢？」妲拉問道：「他怎麼說？我想他也被拋棄了吧？像垃圾一樣被丟了？」

「他不知道，而且在我們走之前也不會知道。」她狠狠看了妲拉一眼。「現在他還是不會知道。妳聽得懂我在說什麼吧？」

妲拉搖著頭，從沙發一把抓起皮包。「我沒辦法繼續了。我要去找漢克。」

「祝妳好運嘍。」伊蓮娜嗤之以鼻地說：「他今晚八成已經泡上另一個妞了。」

那一巴掌讓她大吃一驚。又重又辣。伊蓮娜伸手撫摸臉頰上吃痛的部位。她瞪著妲拉，張口結舌。妲拉則高高站在她面前，嘴角冒出唾沫，嘴唇被酒染成粉紅。

「妳是個自私的爛人，伊蓮娜．拉威爾。妳以為小羅配不上妳？我配不上妳？事實上是妳配不上我們。我們倆都值得更好的人。」

妲拉大步邁向大門，用力打開來。

「妳就不必再回來了。」伊蓮娜在她身後高喊。

妲拉回頭一瞥。「伊蓮娜，像妳這樣到處亂搞，遲早有一天會有人讓妳付出代價的。到時妳就後悔莫及了。」

19 潔西卡

東尼．蕭是個內向、扭捏而溫和的人，沉默寡言，比起交談對話，更喜歡透過攝影表達自我。他喜愛藝術與書本，很享受週五晚上與女兒一起看老電影的時光。

他也是個殺人嫌犯。

二十五年來，潔西卡的父親一直是洛杉磯一宗數一數二的知名懸案的關鍵人物，而她毫不知情。

好個私家偵探。

此時她猛然醒悟，對於那個她以為是全世界與她最親近的男人，她竟然了解如此有限。她不知道他的真名，不知道他在哪裡長大、上哪所高中、有哪些朋友。對於傳說中他深愛的女人，那個生下她的女人，她更是一無所知。

最最重要的是，潔西卡不知道東尼．蕭是否有冷血殺人的能力。

她恍恍惚惚走出洗手間，接著走出酒吧。她聽見史蒂文森高喊著喝一杯之類的，聽見剃刀問她還好嗎，但她覺得自己好像在深水底下，他們隱約模糊的聲音從水面漂流了過去。

接下來她便奔跑在約克大道上。汗水濡濕了她的髮際線與頸背，她胸口發疼，氣喘得斷斷續續。口袋裡的照片感覺沉重、帶著責難，彷彿從藥妝店偷出來的口紅。抵達藍月旅館後，她彎下身子，雙手按著大腿，試著緩過氣來。

她的車仍然停在霓虹燈招牌旁。潔西卡無法面對那間窄小到會引發幽閉恐懼的旅館房間，於是她放下Silverado的尾門，充當階梯，踩踏著爬上後車斗的硬蓋上。

她仰躺下來，胸膛起伏不定。上方的天色已轉暗，變成深深淺淺的紫色，換作其他日子她或許會覺得美麗。但今晚不然。她從包包裡掏出萬寶龍淡菸和打火機，點了根菸。灰白色繚繞的煙霧短暫遮蔽了美好的夕陽，隨即消散。

潔西卡頭一次聽到羅伯·楊的名字，並得知他可能涉及伊蓮娜·拉威爾命案與她女兒的綁架案時，她大腦的幽暗隱蔽處曾迸出一個念頭。就像在大海中觸礁的船隻，朝夜空發射閃光信號彈。那些曳尾流光盤桓在她的下意識深處，直到在傑森·普萊斯的高中畢業紀念冊裡找不到羅伯·楊的名字和她父親的照片，才終於熄滅。

她將菸蒂從貨車側面彈出去，看著末端的橘色光點呈弧形飛過空中，然後消失不見。她又點了一根菸。以前，潔西卡通常是在派對上喝了幾杯以後，才會順便抽根菸。自從東尼死後，卻變成每天要抽二十根。喝酒和刺青也是一樣。一切都要走到極端。

某天晚上她下班回家，發現他倒在廚房地上死了。他本來正在準備晚餐，木砧板上有把刀，旁邊有切好的蔬菜，一只裝滿水的鍋子正等著被放到爐上，還有一包打開的義大利麵條。

她顫抖著雙手替他按壓胸部，壓三十下，然後做兩次人工呼吸。他的嘴唇已經發紫，壓靠在她唇上的感覺也已冰冷，但她仍一而再、再而三重複同樣步驟，完全沒有反應。

接著她又是打他又是抱他，哀求著他別丟下她。

東尼．蕭是因為肥厚性心肌症病發而猝死，這是一種遺傳性心臟病變，就潔西卡所知，以前並未被診斷出來。一顆定時炸彈在他的胸腔裡倒數著，等候爆炸。醫生建議她接受篩檢，看有無類似的心臟病變跡象，也建議她做基因檢測，以確定她是否遺傳了有相同缺陷的基因。他們替她接上許多機器和電腦，最後告訴她一切都無須擔心，她的心臟健康且強有力，一點問題都沒有。

他們錯了。潔西卡的心臟並不好。它已經被砸成百萬碎片，永遠都好不起來了。

東尼死的那天，她坐在冰冷的地磚上摟著他，哭得好悽慘。之後她再也沒掉過一滴淚。葬禮上沒有，向老闆遞出辭呈辭去她深愛的工作時沒有，就連把鑰匙交給房仲業者，幾乎頭也不回地最後一次走出她與東尼共同的家時也沒有。

布利斯維那棟房子的每個房間的每個角落，都躲藏著幽靈。潔西卡走的每條街、轉的每個街角也都有，無論是去綠點路與史塔街口的熟食店買午餐，或是到「罐子」酒吧喝啤酒，又或是上「黑色電影」戲院看場電影，都免不了會想起東尼。他無所不在。她知道自己必須盡可能遠離紐約，愈遠愈好。

如今，潔西卡卻覺得好像是在逃避一個自己一無所知的人生，一段屬於別人的過去。她不是潔西卡．蕭，不是紐約的私家偵探，不是那個個性內向、才華洋溢的在地攝影師東尼．蕭的女兒。她是艾莉西亞．拉威爾，眾所周知的一個被殺害的女人失蹤的女兒，在鷹岩，這個小孩的臉龐就跟凱文克萊香水和超脫樂團的CD一樣，是九〇年代初的象徵。

當然，潔西卡已經有一個母親，但東尼提供給她的那個經過淨化處理的版本，與真實版本相差了十萬八千里：本該是一名紅髮女子，一生在育幼院與魅惑男人的上空酒吧度過，最後遭人割喉。

東尼不喜歡談過去。因此有很長一段時間，她對潘蜜拉．亞諾（也就是她從小到大心目中的母親）唯一的了解，就是她死於車禍，然後潔西卡和東尼才搬到紐約。

十五歲那年，她對潘蜜拉多了幾分認識。那天是星期三，東尼帶她去她最喜歡的墨西哥餐廳。他們經常是週末去，從未在上學日去過，所以她知道一定有什麼事。

他們點了雞肉法士達和捲餅，當東尼的龍舌蘭端來以後，他一口氣就乾掉半杯。潔西卡指著他說嘴唇沾到鹽巴，他便拿起餐巾彆扭地擦擦嘴，好像第一次約會似的。然後他開始說起她母親與她去世那個晚上。

他第一次見到潘蜜拉是在一堂教肖像拍攝技法的夜間課上。她和東尼不同，不是攝影師，而是登記當模特兒。潘蜜拉是很漂亮，但第一眼吸引東尼的遠遠不只是外表。她渾身散發著活力，有一種他也說不上來的感覺讓她獨樹一格。他們很快地便形影不離，不久潔西卡也跟著出生。

東尼說，意外發生時，她還不滿一歲。接著他告訴潔西卡有關潘蜜拉上雜貨店、損毀車輛被發現的經過，以及究竟是什麼原因造成如此悲慘的結局，奪走一個年輕母親性命的種種揣測。

坐在餐廳裡的潔西卡完全把吃到一半的捲餅拋到腦後，問東尼有沒有母親的其他照片，例如上攝影課時或是他們私下獨處時，他為她拍的照片。他搖了搖頭，說潘蜜拉去世的那一晚，他就把照片都燒了。只留下一張。就是如今已龜裂發皺、邊緣翹起，卻仍安穩地塞在潔西卡皮夾內鈔票後面的那一張。

可是照片中的女人並不是伊蓮娜・拉威爾，她抱在懷裡的孩子也不是潔西卡。她猜想最有可能的情況是「潘蜜拉・亞諾」是請東尼拍照的客人之一，而他多洗了一張他們的家庭照，以便讓他的謊言更具說服力。他竟然欺騙到這種程度，著實令她震驚。

此刻回想起來，當時在那間墨西哥餐廳，面對那些墨西哥辣椒和新鮮番茄莎莎醬時，她應該就能嗅出唬爛的氣息。但東尼是她的磐石，是她一向能夠信賴的唯一一人。他是她爸爸，而且從未讓她有任何理由覺得不能相信他。直到現在。

淚水終於潸然落下。

彷彿多年未雨的田地，潔西卡一直到雙頰濕透、痛哭啜泣到身疲力乏，才發覺到自己有多需要發洩。

她為了自己心目中的東尼與他可能的真正身分而哭泣。

她也為自己哭泣，因為好像又再一次失去他。

潔西卡想必是躺在後車斗上睡著了，因為睜開眼睛時天已全黑，天空的深紫色被墨黑所取代。月亮猶如遙遠的一小顆冰冷珠寶，四周無星。招牌的紅藍霓虹燈光好似令人平靜而規律的波浪湧過她全身。

潔西卡坐起身來，揉了揉因為淚水、睡眠與凝結的眼線膏而浮腫黏稠的眼睛。她往下跨到車尾門後，跳落到地上。接著將車尾門歸回原位，從袋子摸出遙控鑰匙，再緩緩穿過停車場走向藍月旅館房間。

一進到房間，潔西卡立刻開燈並拴上門鍊。乾淨的床單讓房裡瀰漫著濃濃的花香清潔劑氣味。她把袋子丟到鋪得整齊的床上，然後拖著疲憊無力的腳步進浴室，全身骨頭好像已經一百歲似的。

洗臉台上方化妝鏡中回望著她的影像並不好看，兩眼充血，眼皮紅腫，好像挨揍一樣。流下臉頰的淚痕被眼線染成煤黑條紋，鼻孔被鼻涕塞住。她梳洗一番，換上一件超大號T恤，穿著睡覺應該夠涼爽。

走出浴室時，潔西卡看見一道黑影從臥室窗戶前經過。

只是短短的剎那，一閃而逝，但她知道自己看見什麼。在沒有星星的夜裡，一個更加深暗而凸顯的黑影。

潔西卡趴跪下來爬到床邊，抓起袋子裡的克拉克手槍。她檢查一下，確定子彈是否滿膛。的確是。於是她快速爬向房門，盡可能避開窗戶位置，伸出手，關燈。接著她安靜緩慢地起身，把臉貼在門上，一眼緊閉，另一眼湊到貓眼上。

竟然有一雙眼睛回瞪著她。

潔西卡倒抽一口氣退離門邊。她緊握手槍，快速地權衡選項。她可以打九一一，報警說有竊探狂，然後等巡邏警車前來等到天荒地老。她可以從浴室窗子離開房間，前往安全的接待廳。或者她也可以選擇較直接的方法，與那人正面對決。

她選擇了直接對決。

潔西卡拉開門鍊，悄悄轉開門鎖，兩腳打開與肩同寬，一腳稍微往前。右手舉起迷你手槍，左手驀地將門打開，同時尖聲高喊：「給我站住別動！」

站在她面前的是邁克·麥庫爾。

他流著眼油的雙眼圓睜，張大了嘴，兩手緩緩舉起作投降狀。潔西卡將左手移過來一起握槍，以便握得更穩些。

「你大半夜的在我旅館房間外面鬼鬼祟祟幹什麼？」

一陣刺鼻的尿臭味撲鼻而來，她飛快地往下瞥了一眼，卻已看見一片深暗污漬在麥庫爾那件茶色斜紋棉褲內側的大腿部位蔓延開來。

「不會吧。」她喃喃說道。

「拜託，把槍放下。」麥庫爾說：「我不是故意要嚇妳。我不會傷害妳。」

「少說廢話。」潔西卡繼續將槍口瞄準他的額頭，兩手穩穩地、緊緊地包覆著厚實槍把。

「你想幹嘛？」

「我只是……」麥庫爾搖搖頭，沒把話說完。

「只是怎樣？」

「妳在這裡不安全。」

「你聽著，老兄：現在握槍的人是我。你好像完全沒有出言威脅的資格。」

麥庫爾嘆氣，看著潔西卡。她無法解讀那雙蒼白溢淚的眼睛。「我不是在威脅妳。」

「可是你跟蹤我？」

他點頭。「我只是想確定妳沒事。我是在替妳留心。我知道我剛才沒把事處理好，但妳得相信我，我說的是實話。」

「你他媽的開著一輛大SUV跟蹤人，這叫做替我留心？」

麥庫爾一臉茫然。「什麼SUV？我已經好幾年沒開車了。妳出現在鷹岩的第一天晚上，我是從艾斯徒步跟著妳來的。然後今晚才又回來。就這樣而已。」

「那車上那個人是誰？」

「我不知道什麼車上的人。不過要是有其他人在跟蹤妳，妳得聽我的勸，今晚就離開這裡。如果他知道妳的真正身分，妳會有危險。」

潔西卡感到頭暈。「我的真正身分？」

「前幾天晚上妳走進酒吧以後，我大概只花兩分鐘就猜出來了。既然我猜得出來，其他人也可以。」

「那email呢？」潔西卡問道：「你是無名男嗎？」

麥庫爾搖頭。「我不知道妳在說什麼。」他慢慢將手放下，沒有使力地垂放在身側。「過去這二十五年來，我一直都在擔心會發生這種事，擔心妳總有一天會跑來尋找答案。」

「是東尼……羅伯……殺死伊蓮娜．拉威爾的嗎？」

麥庫爾搖搖頭。「不是。」

「他是我的親生父親嗎？」

老人瞪著自己的腳，無法正視她。

這個麥庫爾和短短數小時前在酒吧裡對著她大吼、充滿攻擊性的那人，天差地別。

「告訴我。」她說。

「我不確定，但我想不是。」

「我的親生父親是誰？」

「我不知道。」

「那羅伯．楊到底是誰？」

「相信我……妳知道的愈少愈安全。他愛妳，他愛伊蓮娜。妳只需要知道這些就好了。」

「放屁。」潔西卡朝麥庫爾跨前一步，手仍舉著槍。「告訴我他是誰，為什麼要把我帶離那個屋子。」

「不行。」

「我反正會查出來的。這是我的本行。」

麥庫爾搖著頭說：「妳查不到關於他的事。羅伯．楊不是他的真名，妳查不出什麼所以然。

回紐約去吧，潔西卡。忘了鷹岩，只要記得那個愛妳如己出的男人就好。」

她又向麥庫爾接近一步，用迷你手槍的槍口抵住他的額頭。「我要知道真相。」

「妳不會對我開槍的，潔西卡。」他伸手握住槍管，溫柔地把槍放低，退了開來。「希望這是我最後一次見到妳。注意安全，別相信任何人，包括妳那個記者朋友。」

「這是什麼意思？」

麥庫爾沒有回答，而是直接轉身走開，頭也不回地往約克大道的方向去。潔西卡看著他拖著緩慢步伐沒入夜色，直到再也看不見為止。

她不打算聽他的忠告。

潔西卡的目光落在自己的貨車上，車仍停在旅館招牌旁邊。她穿上布鞋和牛仔褲，手槍插在腰間，走向Silverado。離開凡奈斯高中後，她就把畢業紀念冊丟在副駕駛座，現在還在那裡。

潔西卡爬上座椅，車門半開，讓車頂燈照亮車內。然後將紀念冊翻開到畢業生名單的第一頁，一張照片一張照片地看。無須找太久。喏，與她共度了大半人生的男人，就在姓氏F開頭的學生群中。

十八歲，深色捲髮，害羞的笑容，犀利的藍色眼眸，彆扭的態度顯示他與其面對鏡頭，寧可躲在鏡頭後面。

東尼．蕭。

羅伯．楊。

殺人嫌犯。

說謊的人。

潔西卡想起寫在紀念冊封面內頁的祝詞：人生過得很快！

他的真名叫布萊德·弗瑞奇。

20 潔西卡

命案凶宅很容易辨識。

在莫里森路上的其他房宅都是悉心照護的工藝師風格小屋，外牆漆成乳白、淺灰與青苔綠等互補色調，門窗周圍還裝飾著閃亮的白色框條。大門外高聳著華麗廊柱，整潔的門廊上擺著空搖椅，俯視修剪得整齊美觀的草坪。

即便這條路上的居民曾希望自己的房子有吸引人的外觀，也全被最盡頭那棟醜陋、破敗的泥褐色屋子給毀了。

牆板上的漆起了浮泡、龜裂剝落，門廊角落有堆積日久的樹葉宛如雪堆。前院草坪被多年前的一場火燒得焦乾光禿，大片的前窗玻璃破了，便胡亂釘了幾塊木板蓋住。

潔西卡與哈勒戴就站在伊蓮娜・拉威爾昔日住家前的人行道上。潔西卡已經決定不告訴他說她查出了羅伯・楊的真實身分，也不說出拉威爾案的頭號嫌犯與她當成父親的男人是同一人。

前一晚與麥庫爾發生的口角，她也同樣保密，尤其是他警告她不要相信哈勒戴一事。就潔西卡看起來，這個記者和她是同一陣線，他們都想知道是誰殺死伊蓮娜。不像有個醉醺醺的老頭似乎下定決心要隱瞞真相。

哈勒戴皺起眉頭。「提醒我一下，我們來這裡幹嘛？」

「你不想感受一下伊蓮娜死的地方嗎？」

「不太想。再說我們又不能大剌剌地走進去參觀。」

「為什麼不行？」

「把房子租給伊蓮娜的那家公司現在還是屋主。是一間規模很小的房地產仲介，在東洛杉磯有幾棟房子出租。」

「他們一直沒賣掉？」

哈勒戴搖搖頭，指著躺平在前院枯死草坪上的兩塊告示牌，支撐的木桿遭受風吹雨打已然腐朽。其中一塊是「出售」告示牌，另一塊則是警告侵入者說屋裡備有史密斯威森手槍防護。潔西卡打了個寒噤。她不知道手槍的警告只是做做樣子，或者伊蓮娜真的有槍。就算有，也未能救她一命。

「沒賣，」哈勒戴說：「但肯定不是沒試過。沒有人想住一間有年輕女人慘死的房子。就算降價也一樣。」

「我還真不相信沒有一個房地產開發業者願意趁虛而入，抓住低價出售的機會。他們鐵定夠精明，才不會去管屋裡發生過什麼事吧？」

「妳想都想不到，人是很迷信的。不管怎樣，也不太有開發的潛力。土地面積不夠大，又太靠近其他住家，很難推出大型建案。」

「所以就把它放到爛？」潔西卡問。

「沒錯。」哈勒戴說：「屋主老早就對出售不抱希望，甚至好多年沒帶人來看房子。不是我沒試過，但我從來沒有一點欲望想進去看看，現在還是一樣。我光是想到就起雞皮疙瘩。」

「我卻想去看看。來吧。」

哈勒戴遲疑了一會兒，才勉為其難跟著潔西卡走上屋前車道。她用腳前掌試踩幾下門廊的第一級階梯，很堅固，便又走上另外兩階，試著轉動門把。上鎖了。

「至少試過了。」哈勒戴說：「我們走吧。」

「別急。」潔西卡從袋中取出撬鎖工具，往哈勒戴面前揮了揮。

「天哪，」他說：「我怎麼不覺得驚訝呢？」

「把風。」她喝令道。

門鎖老舊又已許久未使用，撬開的時間比預期要久。但她堅持到最後終於成功，三十秒後聽到咯啦一聲，她推開門，洋洋得意地對哈勒戴咧開嘴笑。

「你先請。」她說。

哈勒戴沒有動。

「你到底在怕什麼？」

「現在嗎？怕妳。」

他從她身邊擠過去，進到凶宅。

門口一個小小玄關，過去就是客廳。正面的大窗沒有窗簾，但木板使得上午的明亮陽光無法大量照射進來。細碎光線從木板縫間滲入，提供了些許光亮，但最深處的角落依然籠罩在陰影中。有一張滿是污漬、中間凹陷的骯髒沙發，被推靠在牆邊，旁邊有個底朝上的木箱，上面有幾只空啤酒瓶和一個菸灰缸，堆滿菸蒂和抽過的大麻菸。

「毒蟲？」潔西卡問。

哈勒戴搖頭。「小孩開趴。紀爾森跟我說這些年接到好幾十次投訴，都是因為音樂太吵、有人叫囂瘋鬧。很明顯不是他的部門，但他一直很留意和這房子有關的任何消息。鄰居甚至請願，希望把房子夷為平地。」

「為什麼沒有？」

「因為錢啊，還能為什麼？拆房子可不便宜，屋主不想付那個錢。何必呢？他們又不用住在這裡。」

「大概吧。」

潔西卡環顧四周。腐爛的木地板上到處散落著啤酒與烈酒空瓶，客廳裡散放著數十個擺在玻璃容器內、已經燒盡的小蠟燭。在一面牆上，有人用麥克筆寫上「RIP伊蓮娜」幾個粗大黑字。潔西卡感覺背脊發涼。她閉上雙眼，試圖去感受死在這裡的女人，透過意識去尋找曾一度充斥這個空間的邪惡。

彷彿看穿她的心思似的，哈勒戴說道：「這地方真他媽的讓人毛骨悚然。」

潔西卡嘆了口氣睜開眼睛。「沙發和命案現場照片裡的不一樣。」

「那張皮沙發已經全拆掉，呈為證物了。」哈勒戴解釋道：「座椅表面有找到屬於伊蓮娜的血跡和始終沒能確認來源的黑色布料。但沒錯，這個案子一直沒送進法院。」

潔西卡點點頭。她記得翻閱刑事檔案簿時，有看到關於在這屋裡採集證物的資訊。「那這張沙發是怎麼進來的？」

「很可能是小孩從哪個棄置點撿回來，」哈勒戴說：「再偷偷搬進這裡開趴用。」

「他們又怎麼進得來？前門上鎖啦。」

哈勒戴聳聳肩。「問倒我了。現在可以走了嗎？」

潔西卡穿過客廳，消失在鄰接的廚房裡。幾秒後又重新出現。「後門的鎖被破壞了。」

哈勒戴叉起手來撇嘴笑了笑。「早知道就好了，哦？也省得妳在一星期內兩度犯重罪。」

「我要上樓。」她說。

「這算是邀約嗎？」他問道。

她置之不理。

他們倆小心翼翼爬上二樓，樓梯發出咿咿呀呀的呻吟聲。到了樓梯頂端，看見一條小走廊，裡面有三扇門，其中兩扇半開半掩。中間的門是共用的浴室，小巧的空間被一個酪梨色浴缸與同色系洗臉台與無蓋馬桶佔滿，裝飾牆壁的粉紅磁磚如今已裂開褪色。

左邊的門通往主臥室，裡頭已無家具，只剩一張彈簧裸露、髒污的雙人床墊丟在地上。床墊周圍又有更多小蠟燭和用過的保險套和空酒瓶。

哈勒戴從她身後的門口發出咂嘴聲。「現在的小孩啊。不尊重自己也不尊重別人，哦？唉，真懷念以前的日子。」

潔西卡轉身從他旁邊擠回到走廊上，站在最後一扇門前。艾莉西亞的房間。房門關著。她可以感覺到哈勒戴身體緊貼在後的熱氣，他吹在她後頸上的氣息。她伸手轉動門把，跨過門檻進入兩間臥室中較小的一間。

房裡陰暗空蕩，但她能想像一張小床鋪著粉紅床罩，窗邊掛著同色系的窗簾。床上有絨毛玩具，角落裡或許有個娃娃屋。

不知為何，潔西卡逕自走向衣櫥猛地拉開百葉門。她掏出袋中的手電筒，打開開關，將光束往裡照。這稱不上開放式衣櫥，但還是相當地深。吊桿上沒有衣架，地上放了一塊方形的米色薄地毯，上頭有乾掉的老鼠屎。牆壁上在幼兒的身高高度處，有七彩的蠟筆塗鴉。

潔西卡爬進這狹窄空間，抓住地毯一角往上拉，一直拉扯到底下的硬木地板完全露出來。她兩手摸著木板，每一塊都試著按一按。最靠近裡面角落牆壁的一塊比較鬆，按下木板一端後，另一端便翹起約莫半吋。這已足以讓她把手指伸進小縫隙內，並有足夠的支撐力能扭動手指讓整塊木板鬆脫。潔西卡將木板往後丟，拿起手電筒照見一個大約十吋長、五吋寬、三吋深的空間。

那洞裡放了一個緊緊包起的塑膠袋，上面覆著厚厚一層灰塵。

「這可真是絕了。」哈勒戴在她背後說：「妳怎麼知道要找那裡？」

潔西卡自己也說不明白為何會受到衣櫥吸引，何況是哈勒戴。

「這房子沒有地下室或閣樓，」她說：「要藏東西，第三個合理的地方就是衣櫥。我工作當中，這種事情看多了。」

哈勒戴在她身旁蹲下，看著她將塑膠袋拉出來。潔西卡晃掉灰塵，露出一個紅白標誌。

「昌盛藥局。」哈勒戴說。

「沒聽過。」她說。

「我想他們比較算是西岸的連鎖店，有賣一般的雜貨，像是體香膏和牙膏，還有糖果。不過我對昌盛印象最深的是冰淇淋，好吃得不得了，又很便宜。我小時候，吃再多都不夠。但好多年都沒看過他們的店面，很可能從九〇年代起就沒看過。」

「你覺得這包東西會不會是從伊蓮娜租這棟房子的時候就有了？」

「只有一個方法能知道。」

哈勒戴拿著手電筒，讓潔西卡小心地打開塑膠袋。她往裡面一覷，隨即睜大眼睛看著哈勒戴。

「媽媽咪呀。」

「怎麼了？」

她伸手入袋，拿出厚厚一疊皺巴巴的紙鈔，用橡皮筋捆在一起。

「媽媽咪呀。」哈勒戴也說。

潔西卡用拇指順過鈔票，有十元、二十元、五十元和百元鈔。「這裡一定有幾萬塊錢。」她把錢交給哈勒戴。「裡面還有東西。」

她從藥局袋中拿出一個牛皮紙袋，打開掀蓋往裡面瞧。

「好像是照片。」她說。

潔西卡小心地將紙袋內的東西倒出來，大約有十來張照片。她立刻從最上面一張認出伊蓮娜．拉威爾。相片是在夜裡的街頭拍的，只見年輕的伊蓮娜手挽著一個年紀大上許多的男人。照片都黏在一起了，她只得小心仔細地扒開來。由於衣櫥裡的藏放處陰涼乾燥，因此經過多年後，照片的自然損壞情形並不嚴重，只是稍微有些褪色。

下一張照片還是伊蓮娜和同一個男人。這回她勾住他的脖子，將他拉近要親他。背景是一面磚牆，正好拍到一個垃圾桶。潔西卡猜想照片拍攝地點應該是在巷弄內。

其他照片的內容都大同小異：伊蓮娜．拉威爾與幾個不同的男人狀似親密，看起來有點像狗仔跟拍名人的照片，影中人並未意識到鏡頭的存在。每張照片背面都是空白的，沒有寫出男人的姓名，也沒有沖洗店家的戳印。潔西卡對著哈勒戴拿起其中一張。

「認得這個人嗎？」

他端詳幾秒鐘，搖搖頭說：「不認得，我應該要認識嗎？」

「不知道。他看起來有點面熟，但想不起來在哪見過。」

哈勒戴示意她將那疊照片給他。他接過後很快地瀏覽一遍。「這個，我的確認識。」他拿起其中一張說。

他把照片給潔西卡看。凍結在時光裡的是剛走出酒吧或夜總會的伊蓮娜．拉威爾，笑著投入一名白髮男子懷裡。他摟著她的肩膀，她則伸長自己的手臂抱住男子的渾圓大肚。哈勒戴敲敲照片的左上角，看似一面棕櫚樹形狀的霓虹燈招牌的一部分。

「那是什麼？」潔西卡問。

「好萊塢一間上空酒吧的標誌。」哈勒戴說：「我去過，我知道那家店在哪裡。」

21 普萊斯

梅迪納的神情就像剛走進酒吧，卻被告知最後一杯酒已經被點走了。

「我還是覺得肥仔法蘭克有涉案。」他生著悶氣說。

兩名警探正在用普萊斯的電腦，觀看「都市高地」的監視錄影畫面。普萊斯將黑衣人的畫面定格，用筆敲了敲。

「我們都同意這個人不是法蘭克．薛曼吧？我知道有人說電視攝影機會讓人胖個四、五公斤，但我從來沒聽說有什麼情況能讓人看起來瘦了將近四、五十公斤。」

「好吧，不是薛曼。」梅迪納附和道。

普萊斯讓帶子繼續跑，當旅館房門打開時又再次按下暫停鍵，並放大門口的那一抹白。

「很多顆粒，但我想應該可以確定王艾美是穿著白色浴袍來開門，所以說薛曼離開旅館的時候她還活著。」

梅迪納沉默了幾秒鐘。「說不定薛曼和這傢伙聯手？像車輪戰的搭檔。也說不定是他雇人來殺她？也許王艾美企圖勒索薛曼，威脅要把他亂搞的事告訴他老婆，他只好封她的口。」

普萊斯搖頭。「如果是付錢請殺手，他自己絕不會出現在旅館附近，更不會在現場到處留下指紋。」

梅迪納的雙肩高高聳起，一副喪氣樣。「本來還以為逮到人了呢。」

普萊斯重新轉頭看著電腦螢幕。他把監視器畫面改為電子郵件信箱，點了一下更新。沒有新郵件。於是他再度拉出監視畫面，往後靠著椅背，雙手抱著後腦勺。

「我們來想一些其他情節，把薛曼排除掉。」

梅迪納說：「好，說吧。」

「一個隨機殺人犯隨便挑了一間汽車旅館，運氣好，剛好碰到一個毫無招架之力的年輕女生來開門。」

梅迪納立刻否決這個推測。「換過衣服還有刀子，都顯示有一定程度的預謀，與隨機犯案不符。」

「同意。」普萊斯說：「那如果是她的老客人呢，跟薛曼一樣？不知出了什麼事，而且情況很快惡化。」

梅迪納又搖頭。「還是一樣，衣服和凶器就意味著，意外遭受熟人攻擊的說法也不通。」

普萊斯點點頭。「你有什麼想法嗎？」

梅迪納說：「如果像你說的是熟客，但卻對王艾美懷有極大怨恨呢？也許是孩子的爸爸？事先做好了計畫。就我們所知，室友只說王艾美要去見一個叫法蘭克的人，沒有提到另一個嫖客。但她也說得很清楚，她不想知道她朋友幹的那些齷齪勾當的細節，所以凱西・泰勒有可能完全不知道室友約了兩攤。」

「這個不錯。」普萊斯說。

他二人都靜默不語，陷入沉思。

接著普萊斯說：「會不會跟她賣春的事毫無關係？」

「說，我聽著。」

「凶手可能是注意王艾美很久的跟蹤狂。他看見她和薛曼碰面，跟著他們到旅館，等薛曼離開後才動手。」

「有可能。」梅迪納說：「可是她為什麼要替一個陌生男子開門？旅館房間有貓眼啊。那個可憐女孩也許絕望到不得不賣身，可是就我們所知，她並不笨。室友說過她很聰明。」

普萊斯說：「在我看來，最有可能的是對王艾美懷恨的熟客。是她認識的人，是讓她有安全感，覺得不會對她造成威脅的人，也是利用她這份信任感的人。」

「聽起來說得通。」

「但不是法蘭克・薛曼。」

梅迪納聳聳肩。「大概吧。」

「把他放了吧，維克。警告他別再買春，並拿再次酒駕的事狠狠訓他一頓。看他醉成那樣，沒再拿到一張酒駕罰單也沒有進醫院，算他好運。但除此之外，沒有什麼對他不利的證據。」

普萊斯看著梅迪納腳步沉重地沿著走廊走向拘留室，便起身晃到茶水間，用保麗龍杯倒了一點咖啡，邊喝邊思考下一步該怎麼走。

薛曼上的應召網站再查也是浪費時間。就算能追查到場所或「火辣亞洲天使」的負責人，然後傳喚一堆買春客，大部分個資所附的應該都是拋棄式手機或無法追蹤的電郵帳號。

普萊斯想到薛曼那個玻璃隔間辦公室，與他缺乏隱私的每一天。混雜在好事的同事與電腦故障問題與IT部門之間，不會有太多人笨到冒險使用公司的電腦找應召女郎。有妻子小孩的人，家裡的電腦與email帳號同樣碰不得。這種人害怕失去的太多，或許有需要讓一個大嘴巴妓女閉嘴。

他會再找凱西・泰勒談談，問清王艾美是否提起過其他熟客的任何細節，例如名字、職業、是否已婚、他們經常約去的酒吧或汽車旅館，什麼都好。他也會追問一下王艾美可不可能和誰結怨。也許是她企圖勒索的人，或是她不肯再見的嫖客。凱西・泰勒已經向他們隱瞞過一次，就算她仍有所保留，普萊斯也不覺得訝異。他扔掉咖啡杯，回到自己座位。

他又查看一次信箱，有一封新郵件，又是有待細看的監視錄影畫面，這回是洛杉磯警局自己的監視器。其中有許多架設在市區四處的交通號誌燈與燈柱頂端，由後備警察與志工坐在小小的無窗監控室裡監看錄影內容。這封email是一位後備警員應普萊斯要求，寄來的夢幻旅館附近的監視器畫面。他可以連結上兩台監視器，一台位於好萊塢大道以南的拉布雷亞路上，另一台位於拉布雷亞路與霍桑路口。

他讓第一台監視器的帶子從晚上十點半開始跑。他看見幾家人吃過晚飯正要回家，看見年輕人要前往酒吧和夜店，還有少數一些遊客到處閒晃，從他們掛在脖子上的昂貴相機和手上緊抓著加油站買的街道地圖就看得出來。

經過十分鐘左右，有個穿黑衣的人大步跨入鏡頭。兜帽拉起，揹著圓筒袋，背對監視器低著頭。身高略矮於一米八，寬肩。朝著特定目的地走在拉布雷亞路上。他走路的姿態有點不對勁，但普萊斯說不上來是哪裡怪。黑衣人很快便消失在鏡頭之外。

普萊斯轉換至第二台機器的畫面，快轉到時間標記顯示晚上十點四十分。他屏息等到罪犯出現在鏡頭前，當見到黑衣人立即轉入霍桑路，才緩緩吐氣。

監視器鏡頭只拍到路口，他看著罪犯坐上一輛停在小商場外面路邊的紅色車子，然後駛離。普萊斯把畫面放大，可惜只拍到車牌的前三個數字，而他也無法確定車子的廠牌與款式。

「該死。」他重捶一下桌面。

「欸，怎麼了，搭檔？」

普萊斯沒有注意到梅迪納已回到座位上。

「薛曼那邊都處理好了？」他問道。

「好了。」梅迪納說：「我去通知他的時候，我們這位肥仔法蘭克老兄好像得到免費和一個高級妓女去賭城度週末的機會似的。然後他威脅說要告我們。你這邊怎麼樣？你應徵火辣亞洲天使被拒絕了？」

「很好笑。」普萊斯示意梅迪納到他的桌邊來。「你來看看這個。」他將拉布雷亞路上兩台監視器的帶子播給搭檔看，最後停在紅車的畫面。「知道是什麼廠牌什麼款式的車嗎？」

梅迪納湊到螢幕前面，用手指著一個深色橢圓形的小污點。「我覺得看起來像福特的標誌。」

他皺起眼睛。「看不出什麼車款，很可能是Focus。」他的手指移向後車窗另一個小污點。「而這個看起來像條碼。」

「條碼？」

「出租車。」梅迪納解釋道：「這樣車子進出停車場時，租車公司就可以掃描追蹤了。」他看著普萊斯。「這是好消息，搭檔。」

「怎麼說？」

「我們知道車牌的三個數字，」梅迪納說：「還知道車子的廠牌、顏色和可能的款式。我猜那是短期租用，殺人當天去租，隔一天還車。我有個好友在快捷租車，我現在就來打電話把我們知道的告訴他，希望能找到一點線索。」梅迪納發現普萊斯面露懷疑。「我知道希望不大，但總是值得一試。」

「你說得對。」普萊斯說：「我來試試安維斯和赫茲，然後可以慢慢再問其他主要的租車公司。」

梅迪納打到快捷，普萊斯則和安維斯三名不同員工談過後，才接通一個夠資深足以處理他的要求的人。

十分鐘後他們重新開會討論。

梅迪納說：「我在快捷的朋友說，如果車子是從他的分店出租的，應該很快就能比對出來。

我跟他說這傢伙有可能是從洛杉磯任何一家快捷或是洛杉磯以外的地方租的車。媽的，說不定還不在加州。這麼一來，就需要其他快捷分店的同事清查表單再回報可能比對相符的結果，那得花好幾個小時。」

「安維斯也是一樣。」

梅迪納看看手錶，中午剛過不久。「要不要休息一下吃個午飯，順便列出下午要打電話的其他租車公司？」

「主意不錯，去洛斯巴可內斯吃秘魯菜？」

「如果你請客的話。」

梅迪納抓起披掛在他椅背的皮夾克，普萊斯則省了穿夾克的麻煩。昨天起氣溫降了幾度，但還是很暖和，穿襯衫就行了。他們漫步走上威考克斯路，陽光亮到兩人都把太陽眼鏡戴上，梅迪納選的是平日戴的雷朋，普萊斯則試戴亞曼尼經典飛行員墨鏡，這是安琦送他的驚喜禮物。

梅迪納左轉朝德朗普雷路的方向，普萊斯卻在分局入口前定住不動。

他直視著對街，只見波特保釋公司前面，一棵老橡樹的樹蔭下，站著一個二十多歲女子。她身材苗條、金髮，身高約一米六五，穿著白色棉布洋裝、黑色匡威布鞋，戴著深色太陽眼鏡，右手臂上滿是彩色刺青。她一派閒適地斜靠一輛黑色貨車的引擎蓋，抽著菸。

普萊斯直瞪著她。

她也正眼回瞪著他。

儘管她有一部分臉被太陽眼鏡遮住，他還是知道眼前這人就是潔西卡·蕭。

22 潔西卡

潔西卡看見普萊斯從分局出來，感覺到心臟在胸腔內怦怦急跳。她又長長地抽了口菸，試圖表現出輕鬆的模樣。其實她此刻的感覺好像馬上就要證明那些心臟科醫生都錯了，她的心臟並不強壯也不健康。但她需要向這個警察展現出一切都在她掌控中，這次她不會再那麼輕易被打發。

普萊斯身旁有另一個人，看起來像拉丁裔，卻一副《歡樂時光》影集年代的打扮。潔西卡猜想他應該是普萊斯的搭檔。她把香菸往人行道一丟，摘下眼鏡，慢慢將自己推離貨車引擎蓋，左右看看有無來車後，穿過街道朝兩名警探走去。普萊斯看似震驚，他的搭檔卻是一臉困惑。

很好，潔西卡暗想，至少她暫時佔了上風。

走到他們面前時，她連自我介紹都省了。普萊斯的表情已經告訴她，他非常清楚她是誰。

「我們得談一談，普萊斯警探。」她說：「我知道我父親的本名叫布萊德·弗瑞奇，不叫東尼·蕭。」

普萊斯嚴肅地點點頭。「對，我們需要談談。」他轉向搭檔說：「維克，這位是潔西卡，是我一位高中老同學的女兒。我們有些事情要釐清，午飯只好以後再補請了。」

「好，沒問題。」另一名警探隨即沿威考克斯路走去，但仍不忘回頭瞟普萊斯一眼，眼神清楚地表示稍後必須給他一個說法。

普萊斯目送他離去後，重新轉向潔西卡。「可以給我五分鐘嗎？我得先找樣東西。」

「可以啊，」她說：「我上車等。」

普萊斯在七分鐘後回到分局門口。

潔西卡非常清楚自己等了幾分鐘，因為她是眼睜睜看著儀表板上的時鐘一分一分地跳過，心裡狐疑他到底會不會現身。普萊斯慢跑過街，繞過車尾，坐進副駕駛座。他手裡拿著一個封緘的白信封，額頭與上唇被汗水浸濕，潔西卡便將冷氣調高幾格。

「謝謝。」他說著挪動身體面向她。「妳氣色不錯。我知道妳會覺得難以置信，但不管怎麼樣，還是很高興見到妳。過了這麼久，終於和妳正式見面了。」他緊張地用手指敲彈著信封。

「『不管怎麼樣』，這是什麼意思？」她問道。

普萊斯嘆氣道：「首先，我要說聲抱歉，不能帶妳去吃午餐或喝咖啡，因為我認為不應該在有旁人的情況下進行這段談話。其次，我也要為自己這兩天來一直逃避妳的電話道歉。我大概是心慌了。我只想到怎麼做對我最好，卻不是對妳最好。」

「怎麼做才是對我最好？」

「說出真相吧。布萊德說妳對過去的事知道愈少愈好，我本來一直是認同的。現在呢？我認為讓妳知道實情妳會比較安全。」

話畢，他瞄一眼後照鏡，又看看側面後照鏡。潔西卡也是一樣。沒有人藏在陰影中，也沒有車窗染色的黑色SUV。

「我洗耳恭聽。」潔西卡說。

普萊斯彆扭地在皮椅上動動身體，點了個頭。

他說道：「我和布萊德是在凡奈斯某個社區的同一條街一起長大的。我們的媽媽是朋友，所以雖然我們的個性南轅北轍，還是可能變成好朋友。布萊德喜歡閱讀和攝影，我卻是一輩子都難得拿起一本書。我向來是體育健將，擅長各種運動，從小到大都是田徑校隊。布萊德則是很討厭運動。不過我們很要好，可以說比兄弟還親。後來情況變了。」

「出了什麼事？」

「有兩件事。布萊德的媽媽在我們畢業前幾個禮拜去世，嚴重的心臟病。事發太過突然，他整個人都被擊垮了。他始終不知道父親是誰，加上我拿到田徑獎學金，馬上就要去聖地牙哥念大學，他大概是覺得孤單無依吧。他跟我說他打算搬到好萊塢，想辦法利用攝影賺點錢。那個花花世界有那麼多大明星，他覺得應該可以把照片賣給報社和圖片仲介，就像那些開著BMW和法拉利跑來跑去的狗仔。但我想他做得並不順利。就我所知，他大部分時間都在幾家不同酒吧替人調酒倒酒。」

「你們當時還有聯繫？」

「我們不時會寫信，我放假回洛杉磯的時候，偶爾也會碰面喝杯啤酒。有一次他告訴我他認識了一個女生，也在好萊塢酒吧工作，他好像真的很迷戀她。」

「伊蓮娜．拉威爾？」

普萊斯點點頭。「後來我們有一陣子失去聯絡。那時候，我已經搬回洛杉磯定居。我在為一場重要比賽受訓的時候，十字韌帶受傷，醫生替我把膝蓋修補得很不錯，可是我始終和自己的個人紀錄差一大截，我的田徑生涯就這麼結束了。於是我去念警校，決定改當警察。畢業那天，我和幾個人為了慶祝就去喝一杯。我們走進西好萊塢的一家店，妳猜誰站在吧檯後面。」

「布萊德．弗瑞奇。」

「對了。趁著他準備飲料的時候，我們打屁閒聊了幾分鐘。他不敢相信我當了警察。我們交換電話號碼，答應會保持聯絡。後來我再也沒有他的消息，一直到整件事在鷹岩爆發的那個晚上。」

潔西卡發現自己雙手緊抓方向盤，包覆住結狀皮面的手指因為握得太緊而指節泛白。普萊斯也注意到了。

「妳確定妳還想聽下去嗎？」他問道。

她點頭。「確定。」潔西卡透過擋風玻璃直盯著前方，目光所及是威考克斯路，卻看見凶宅二十年前的樣貌。

「我半夜被電話鈴聲吵醒，」普萊斯說：「雖然那天不必待命，我還是以為電話和工作有關。發生暴動也不過幾個月前的事，所以我們全都保持高度警覺，隨時都準備著在必要時刻，會再次接到臨時出勤的命令。結果不是長官打來的，是布萊德。他心情很差，說話顛三倒四。他跟我說伊蓮娜死了，他會被陷害成殺人兇手，他說他必須帶著她的孩子跑路，而且需要我的幫忙。要不是他口氣驚慌，我會以為他是喝醉酒在開玩笑。」

「你怎麼做？」

「我叫他到拉布雷亞路的一間汽車旅館和我碰面，那是我聽說過的一個低級場所，就算有個黑人三更半夜去訂房，他們也不會多問。前去旅館的途中，我打電話給我一個線人，他是幫派分子轉成臥底，然後開始準備我知道布萊德會需要的東西。」

「比方說？」

「一輛誰也追蹤不到的車，還有他和孩子的新身分證。」

「那孩子就是我。」

「對，就是妳。抱歉。」

「請繼續。」

「有一對中年夫妻載你們來旅館，布萊德說他們是他的房東。來旅館的路上，那位太太在一間二十四小時營業的沃爾瑪替妳買了一些新衣服，他們還替布萊德打包一點行李，這樣就能跟警察說他本來就計畫要出城。然後他們給了他一點現金之後，就離開旅館準備把車送去做汽車美容。他們還跑到一條偏僻公路的某個地方，把布萊德發現伊蓮娜屍體時穿的衣服燒了。」

「布萊德發現伊蓮娜？」

潔西卡從眼角瞥見普萊斯在點頭。

「他說他從一間地方酒吧下工後去了伊蓮娜的住處，他自己有鑰匙，就開門進去了。他一眼就看到伊蓮娜躺在客廳地上，滿身是血。她動也不動，看起來好像斷氣了。然後事情變得非常怪異。」

潔西卡轉頭面對他。「你是說比他女朋友死了，躺在客廳地板的血泊中還要怪異？」

普萊斯直視著她的雙眼，表情嚴肅。

「凶手還在那裡，」他說：「冷靜地坐在沙發上，一手拿槍另一手拿刀。槍指著布萊德，刀子則沾滿了血。他認出那是他在酒吧用的刀……就是切水果裝飾飲料用的，妳知道吧？凶手告訴布萊德說他有兩個選擇，一是帶著孩子能跑多遠就跑多遠，絕對不再提起發生的事。不然就是腦袋吃子彈，然後孩子也會跟媽媽一樣死法，而且現場會留下布萊德的刀子和到處遍布的指紋。」

「天哪，」潔西卡喃喃地說：「那麼多年來他一直知道是誰殺了伊蓮娜？是誰呀？」

普萊斯搖搖頭。「我不知道。他不肯告訴我，也不肯告訴幫助他的那對夫妻。他說我們永遠別知道會比較安全。我懇求他，說我會逮到這傢伙，也會百分之百為刀子的事替他背書。可是他不聽。他好怕這個瘋子會找上妳。」

潔西卡驚呆了。他們默默靜坐了幾分鐘。

「你覺得他跟你說的是事實嗎？」她問道：「你確定不是他自己殺死伊蓮娜的？」

「我不必人在現場就可以非常確定。我跟妳說過，我們就像兄弟一樣。布萊德是個好人，他不可能下手殺人。」

「可是你們各分東西了，你自己也這麼說。也許他變了。」

「不可能。」普萊斯堅定地說：「如果我有絲毫一點懷疑他可能殺人，妳真覺得我會冒險幫他嗎？妳想一想。我說的不只是警徽，而是萬一被人發現，我自己都可能被丟進監獄。記得我跟妳說的那個幫派分子嗎？他在六個月後被人從車上開槍射死，妳知道我聽到消息時有什麼感覺嗎？鬆了一口氣，真的。我再也不用一天到晚提心吊膽，擔心他哪天打電話來討人情。所以了，沒錯，我就是這麼肯定布萊德是清白的。」

「那偽造的身分證，套用死人證件？」

普萊斯點頭。

潔西卡知道套用死人證件（也稱為還魂法）是一種竊用身分的方法，就是盜取某個倘若還在世，與「還魂者」年齡相仿的死者的身分。這種做法最近已罕見許多，因為政府的檔案逐漸電腦化，不同部門之間也會分享資訊。不過早在九〇年代初期，還是有可能拿著已去世的人的身分，去申請到護照或社會安全福利。

「潔西卡．蕭和東尼．蕭……他們是誰？」她問道。

「詳細的細節我不清楚，」普萊斯說：「我可以確定的是那個女孩跟妳同年出生，滿一歲左右就死了。東尼．蕭好像比布萊德早一年出生，十五歲左右去世。他們是在洛杉磯登記出生，但死的時候都已經離開加州。我還知道潔西卡．蕭和東尼．蕭只是姓氏相同，實際上毫無關係。那個幫派分子認識一個偽造高手，準備了一大堆潛在的『幽靈』，還有相匹配的偽造出生證明，只等著以適當價錢賣給任何需要消失一陣子的人。」

「這些偽造的費用是誰付的？」

「我。我用自己的存款去付證件和車子的錢。我知道如果有麻煩的人是我，布萊德也會為我這麼做。」

「那你也知道他在鷹岩的時候，為什麼用羅伯・楊這個名字嗎？」

普萊斯搖頭。「不知道。我第一次知道有個叫羅伯・楊的人，是聽到其他警察在談論拉威爾案的頭號嫌犯。我一開始還搞不清楚狀況，後來才發覺他們在說布萊德。」

潔西卡的頭開始痛起來，喉嚨也束緊，但她不得不問下一個問題。「你覺得東尼……布萊德……有沒有一點可能是我的親生父親？」

「這我真的不知道，潔西卡。」普萊斯柔聲說道：「也許這裡面會有妳還在尋找的一些答案。」

他將信封交給潔西卡。

「這是什麼？」她拿在手上翻到背面，兩面都是空白。

「布萊德寫給妳的信。」普萊斯說：「我不知道寫了什麼，我從沒打開過。這是大概十年前寄到局裡來的，另外附了一張紙條，請我務必要在他出了事，而妳又跑到洛杉磯來問問題的那一天，才交給妳。我猜就是今天了。」

潔西卡將信封塞進手套箱裡昌盛藥局的袋子旁邊。

「我晚一點再看，現在沒辦法面對。」

「當然，妳已經有太多要承受。」

「剛才，你說我如果知道關於過去的真相，應該會比較安全。那是什麼意思？」

「不是我要嚇妳，潔西卡，但凶手有可能還在，或者也可能死了或是犯了其他罪行入獄了。我們真的不知道。但從現在起，妳一定要更加小心、更加警醒，以防萬一。妳有武器嗎？」

潔西卡點頭。迷你克拉克就在她的肩背包中。「我有把槍。」

「那好。妳現在住在哪裡？」

「鷹岩的藍月汽車旅館。我在查那個案子。」

「要命，潔西卡。」普萊斯不敢置信地瞪著她。「妳做這種事很危險。妳要盡可能離洛杉磯愈遠愈好，而且要現在馬上離開。」

23 潔西卡

潔西卡向普萊斯保證會回藍月旅館，馬上開始收拾行李。

她在撒謊。

她目前還沒打算離開洛杉磯。

當她轉進旅館停車場，哈柏從窗口打手勢要潔西卡去找他，她點點頭舉起兩根手指，示意讓他等兩分鐘。她把車停在五號房外，從剛才開車經過的路線慢慢往回走。進到大廳後，看見一個老人坐在其中一張籐椅上。

他的臉飽經風霜曬得黝黑，且布滿百萬條皺紋，讓潔西卡聯想到沙皮狗。聽到開門聲，他的頭也跟狗一樣猛地抬起，身子坐挺了些，目光隨著她一路來到櫃檯。

「有人來找妳。」哈柏壓低嗓音說：「叫查克・羅倫斯。他聽說了妳進城來詢問拉威爾家的事。」

「就是發現伊蓮娜屍體的那個人？」潔西卡也悄聲回答。

「就是他。想必是真的急著要跟妳談談，他在這裡已經一個多小時了。我們都喝了兩壺咖啡，還從天氣聊到湖人隊下一季的表現會如何，再聊到勞夫雜貨店的價錢，差不多什麼都聊了。」哈柏將聲音又降得更低。「我覺得這個老人家只是有點寂寞，想找人聊天。」

「我真好運。」

潔西卡朝羅倫斯走過去。他至少比哈柏大十歲，旅館主人稱呼他「老人家」倒也恰如其分。羅倫斯的銀髮已漸稀疏，分邊梳理得整齊細心，並有一雙和善的棕眼。有一根拐杖斜靠在他身旁的籐椅沙發。

「羅倫斯先生嗎？我是潔西卡．蕭。你好像想聊聊拉威爾的案子？」

羅倫斯拄著拐杖勉強站起身來。

「請叫我查克就好。」他說道，聲音壓過椅子的吱嘎響聲，相較於孱弱的外表，嗓門倒是出奇地宏亮。「妳介意我們到外面談嗎？今天天氣很好，我又犯了菸癮。」

「當然，沒問題。」

查克重重倚著拐杖，拖著腳步往門口走，潔西卡尾隨在後。到了外面，他小心翼翼彎身坐到一台汽水販賣機旁的長椅上，滿意地吁了一口氣並伸展雙腿。

潔西卡從皮夾撈出幾枚零錢，按下健怡可樂的按鍵。

「你要喝汽水嗎？」她問道。

查克搖搖頭。「多謝，但不用了。哈柏的咖啡我大概已經喝了五杯。膀胱加上咖啡因，我應該會興奮一整晚還不停跑廁所。」

他從襯衫胸前口袋摸出幾根香菸和一只打火機。他點菸後，潔西卡才發覺自己已經竭盡全力。

「能不能給我一根？」她問道。

查克咧嘴笑笑。「跟我合得來。我敢說妳也想喝一杯吧。」

潔西卡笑起來。「除非是好喝的蘇格蘭威士忌。」她拉開可樂罐的拉環。「現在喝這個應該就可以了。」她吸了一口，才湊向羅倫斯讓他替她點菸。「所以你是來跟我談你發現伊蓮娜屍體的那一天？」

查克點點頭。「艾斯．福里曼跟我說有個年輕女私家偵探進城來問命案的事。或者也可能是那個耳朵很誇張的小夥子跟我說的。不對，等等……是漢克．史蒂文森，他說妳是個大美人可是脾氣很暴躁。」

他看見她露出關心的表情，便用拿菸的手敲敲太陽穴。

「妳不必擔心老查克，」他說：「我全身功能都還好得很，跟圖釘一樣銳利。好啦，也許我不記得昨天晚上吃了什麼，有時候去到勞夫的店裡也會忘了買牛奶，可是古早的事我記得一清二楚。相信我，在我被埋進土裡以前，都忘不了我那天看到的情景。」

「我可以想像。」

「妳知道我是郵差，對吧？我在這些街上跑了四十幾年，在每家每戶的門廊階梯上上下下，還要爬公寓樓梯。」他往她面前揮揮拐杖。「所以我現在膝蓋壞了，不過是值得的。我很喜歡這份工作，我是個愛社交的人，隨時都能和人聊上幾句、喝杯咖啡。身為在地郵差，我認識每個人，每個人也都認識我。伊蓮娜的事件過後，就再也不一樣了。」

潔西卡等著查克繼續說下去。

「那天是早秋的一個週末，」他說：「比今天涼一點，但還是相當舒服。我跨上門廊階梯時，還一邊愉快地吹口哨。我之所以記得我在吹口哨，是因為在那安靜無聲的環境裡，口哨旋律好像一下子變得太大聲。歌曲消失在我的嘴邊，卻似乎在空中又停留了幾秒鐘才被風吹散。妳懂我的意思嗎？當一首歌或是一聲爆笑後面緊接著一陣靜悄悄，那聲音好像就會懸在那裡一下子，妳懂吧？」

潔西卡點頭。她完全明白老人的意思。

「總之，我爬上剩下的階梯到了門廊，然後豎起耳朵聽聽看有沒有什麼聲響。妳要知道，自從伊蓮娜搬到莫里森路以後，我去過那棟房子無數次，那裡老是吵吵鬧鬧，尤其是週末。通常要不是在聽收音機，就是電視上的兒童卡通開得震天響。妳會聽到伊蓮娜和小艾莉西亞又笑又叫的，一般家庭都是這樣。可是那天沒有。我記得當時覺得那棟褐色房子看起來好像正在冬眠的大熊。」

潔西卡打了個寒噤，心裡太清楚故事會如何結束。

「你後來怎麼做？」她問道。

「一開始我沒有太擔心。」他說：「我猜她們應該是睡晚了，畢竟是禮拜六嘛。這時候我看了手錶的時間，十點三十七分，剛剛好。我說過了，每一個小細節我都記得。我送信的時間比平常晚了很多，因為住在同一條街最盡頭的奈特老太太堅持要請我喝咖啡，接著還要詳述她關節炎的最新狀況。我對奈特太太的病痛一點興趣都沒有，但她的咖啡可是好東西，不是那種罐裝的廉價品，我甚至還是在半個小時過後才發現竟然已經那麼晚了。」

查克在椅子扶手上將香菸捻熄，又點上一根。他再度遞出香菸包請潔西卡抽，但她搖頭。

「忽然間，我覺得她們不太可能只是睡過頭。」他說：「那時候我自己的兩個小孩都已經十來歲，但我清清楚楚記得家裡如果有年幼孩子，要多睡一會兒是多困難的事。總是要早早起床忙東忙西，依照我自己過去造訪那棟房子的經驗，小艾莉西亞沒什麼不同。伊蓮娜提過要出遠門，但離出發時間還早，所以我絞盡腦汁，試著回想她有沒有說要上哪去度週末。可是旅行車還停在車道上，而且她在等我要送去的包裹，所以我認為不是那樣。這時候我才開始擔心起來。」

潔西卡發覺他眼眶濕潤。他長長地抽了一口菸。

「窗簾還沒拉開，」他說：「中間有一道沒有密合的縫隙，於是我把臉湊到窗前試圖往裡看。看不見什麼，就是一些燒光的蠟燭和桌上喝掉半瓶的葡萄酒。我突然想到伊蓮娜前一晚可能招待了客人，妳知道的，一個年輕小夥子。也許是這樣所以還沒起床。我立刻從窗邊跳開，覺得自己像個偷窺狂，然後便到前門禮貌地、重重地敲兩下。

「我以為會聽到伊蓮娜走進走廊的腳步聲，以為她會穿著睡袍來開門，也許會有點尷尬。結果什麼也沒聽到。那個包裹是給小女孩買的新芭比娃娃，所以我大喊：『喂，芭比來了，她想見見新的家人！』但仍然沒有回應。很詭異，好像屋裡是空的，但不知怎地，我卻知道不是那麼回事。我正在猶豫著是要午飯過後再來一趟，還是留紙條請伊蓮娜自己到郵局領取包裹，忽然聽見了。」

「你聽見什麼了？」

「一個喀嗒、喀嗒、喀嗒的奇怪聲音，我再敲一次門，還是沒動靜。那個聲響讓我覺得介意，不由得開始暗想，伊蓮娜會不會出事了。可能重摔在地，昏了過去，或是無法打電話求救。我腦海裡出現各種各樣可怕的情節。我老婆老是說我看太多電視上下午播放的那些蠢電影，但我還是試著去開門，門沒鎖。」

「結果你就發現她了。」

查克點頭。「她倒在沙發前面的地毯上，所以從窗戶看不見。光是看到她的樣子就知道她死了，我甚至沒去碰她。我想到小丫頭，喊了幾聲艾莉西亞的名字，沒有回答。一想到她臥室可能會有的景象，我嚇壞了，就直接走進廚房打電話報警。直到警察到達以前，我都躲在那裡面，活像個膽小鬼。我無法再去面對伊蓮娜，那麼多血，那張漂亮臉蛋被打得面目全非。」

他下巴垂到胸前，連連搖頭，彷彿想甩掉那個記憶。

「警方要在院子裡替我做筆錄，他們說艾莉西亞失蹤了，還說我聽到的喀嗒聲是音響裡的卡帶播完了。那個王八蛋竟然一面聽著伊蓮娜播放的音樂，一面像殺豬一樣地宰了她。」

潔西卡想要伸手安撫查克，卻無法動彈。「你剛才說伊蓮娜打算出遠門？」

「前一天我在約克大道的郵局跟她說過話，」他說：「小艾莉西亞失蹤前，我也是最後看到她的人，這妳知道吧？」

潔西卡點點頭，在長椅上不自在地動動身子，轉移開視線。

他說：「伊蓮娜跟我聊了幾分鐘，都是閒話家常，像天氣之類的話題。她說她在等一個包裹，所以週末可能還會再見到我，還說我去投遞的時候，她一定會替我準備好一壺上等咖啡。然後她冒出一句說她走了以後，會想念和我聊天的日子。」

「走去哪裡？」

查克聳聳肩。「她沒說，我只知道她打算離開這裡，再也不回來。她說想讓自己和女兒過好一點的生活，還告訴我她正在等一些消息，然後就會離開。看她說話的樣子，應該是幾天或幾星期，不到幾個月那麼久。」

「她打算離開鷹岩的事，你有告訴警察嗎？」

查克皺起眉來。「沒有，他們又沒問，好像不太關心我們在郵局聊些什麼。他們的問題全是關於隔天發現伊蓮娜的屍體，和我禮拜六早上到底有沒有看到艾莉西亞。我沒有。怎麼了？妳覺得她計畫離開這件事很重要嗎？」

「我也不確定，查克。」她說：「伊蓮娜提到要遠行的時候，是什麼樣的表情？」

「我想是興奮吧，也許……還有其他一點什麼。」

「比方說？」

「說不上是害怕。」查克看著潔西卡蹙眉道：「但現在回想起來，那天的她肯定為了什麼事情而不安。」

24 普萊斯

普萊斯慢慢翻著伊蓮娜·拉威爾的刑事檔案簿。

多年前他調出檔案，並複印了一份，從那時起便不時翻閱。他不看小說，不像蒂詠和安琦，但他看刑事檔案簿，從頭到尾，一次又一次地看。這樁案子每一頁的內容他都牢記在心，無論是解剖報告、剪報，或是酒吧老闆與閨密及麥庫爾夫妻的證詞。他在所有字裡行間尋找著，想看看有無一點跡象顯示布萊德·弗瑞奇可能是兇手。

才不到一個小時前，他還直視著潔西卡·蕭的雙眼，說他從未有一刻懷疑過好友的清白。

在他愈來愈多的謊言中，如今又多了一個。

過去二十五年來，他曾自問過數十次同一個問題。在那些無法成眠的夜裡，或是凝視窗外的時刻，這個念頭總會浮現在他腦海深處，像土壤裡的蚯蚓一樣鑽動。

化名羅伯·楊這件事始終困擾著他。為何要改換身分？除非做了天大的壞事或是被一些不好惹的傢伙盯上。無論原因為何，需要假名這件事實在不符合普萊斯所認識的布萊德。但他就是無法將當年欣然幫忙他寫作業那個內向學生，和一個冷血殺人犯聯想在一起。

普萊斯往後靠著椅背，環視熙攘忙碌的小組辦公室。

電話在響，警察在相互討論案情或純粹打屁幾分鐘，架設在牆上的電視螢幕轉在新聞頻道，每小時一個循環，一次又一次地報導同樣的新聞。微波爐加熱中國菜的香味從茶水間飄來，被桌上風扇吹得全辦公室都聞得到。

羅德麗格與普萊斯四目相交，對他露出同情的笑容。薛曼被釋放的消息如今已眾所皆知，原本拍背道賀的動作已被彆扭的點頭與緊繃的微笑所取代，更糟的是葛瑞齡已銷假上班，施加了更大壓力要他們快點查出個結果來。

王艾美的車在薛曼說的地方找到了，停在拉斯帕瑪斯路上，離酒吧不遠。目前鑑識組正在拆解，只不過普萊斯並不期望會發現他們在找的線索。

他又翻過一頁檔案，出現在眼前的是三歲的艾莉西亞．拉威爾。她是拉威爾案的調查工作中唯一不是謎的部分，至少對他而言。先前對潔西卡說很高興能正式與她見面，而且能看到她好好的，這是他難得一次說實話。比起他自己的女兒，這孩子佔據他人生的時間更長，儘管相隔著一段距離。他當下決定，晚上打卡下班後要順便去一趟藍月，看看她是否聽他的勸離開了。

普萊斯從照片抬起頭來，正好看見梅迪納走進辦公室。他於是闔起檔案簿，丟進辦公桌最底層抽屜後將抽屜上鎖。

梅迪納皺起臉來。「這裡面好臭，又有人在位子上吃中國菜了嗎？」

「午餐吃得如何？」普萊斯問。

「噢，好極了，謝謝。」梅迪納以嘲諷的語氣說，同時重重跌坐到椅子上。「午餐尖峰時段，我最喜歡一個人獨佔一張桌子了。看起來一定很像是被沒見過面的約會對象放鴿子的傢伙，因為她從窗口偷看一眼以後，決定直接閃人。不過如果你下次決定跟我一起去的話，我大大推薦那道經典的酸醃生魚。」

「聽起來比我在路邊攤買的烤牛肉捲餅好吃多了。」

梅迪納看著普萊斯，叉起手來。「結果怎麼樣？」

「老實說，不怎麼樣。吃完以後胃真的有點灼熱。」

「我不是在說鬼捲餅啦，你這白痴。跟那女孩談得如何？就是剛才把你嚇得魂都沒了，身上還有刺青的金髮美女。你要不要跟我說說到底是怎麼回事？」

普萊斯嘆了口氣。實話與謊言。他決定折衷處理。

「她爸爸是我高中的老同學，很多年前好像惹上一點麻煩而改名換姓。那孩子剛剛得知這件事，也不知怎麼找到了我，想問問我知不知道她父親惹上什麼麻煩，但那已經是後來的事。沒想到那傢伙已經死了，所以沒什麼好擔心的，沒什麼大不了。」

梅迪納臉上帶著狐疑，但沒有追問。他登入自己的電腦，呻吟了一聲。

「不會吧，老兄，你有沒有看到網路上全是這些狗屁倒灶的新聞。」他把螢幕轉向，好讓普萊斯看到一個知名大報的網站。

普萊斯點頭說：「有啊，看到了。」

媒體已經風聞有一名嫌犯被捕，隨後又被釋放，他們還追查到王艾美受傷的細節，並知道她在賣淫，死時已有身孕。報導中完全沒提到薛曼的名字。普萊斯懷疑是他以此訊息交換報社替他隱匿姓名，此外當然還有一筆豐厚的賞金。

普萊斯知道這個保險業務員不會真的落實他的威脅去告警局（對一個已經在努力挽救婚姻的人來說，這麼做會有太多不必要的宣傳效果），但看來他終究還是發掘到了好處。普萊斯願意打賭，再不久薛曼就會上街四處溜達找樂子，口袋裡除了一瓶750ml的威士忌還有一只鈔票塞得飽飽的皮夾。

梅迪納將電腦螢幕轉回原位。「我要再來試試ViCAP，雖然到現在一點成果都沒有。」國家與地方執法單位會使用聯邦調查局的暴力犯罪逮捕計畫（ViCAP是更廣為人知的說法），來確認一些看似不相干的暴力犯罪，諸如殺人與性侵的案件之間，有無可能的連結。

梅迪納接著說：「搜尋有關知名妓女遇害，並以刀子之類為凶器的命案，跑出來的結果有好幾百個。太多了，沒法一一追查。要是加上深色帽T和圓筒袋等關鍵字，則恰恰相反，一個結果也沒有。我想我們可以看看頭一次的搜尋結果，從好萊塢一帶最近的案件開始著手……」

梅迪納被低低的震動聲打斷，是他的手機在桌上跳動。他抓起電話，看一下來電者。「是我在快捷的老朋友，」他對普萊斯說：「希望他有好消息要告訴我們。」

普萊斯在安維斯那邊已毫無斬獲。他眼看著搭檔的表情從滿懷希望變成失望，又在一瞬間重燃希望，最後掛電話時還是以沮喪作收。

「到目前沒有收穫，」梅迪納說：「肯恩說那輛紅色福特鐵定不是他們分店的車，他整個車隊都查過了，沒有相符的車牌號碼。」

「安維斯也是。」普萊斯說：「你在獨享一人的浪漫午餐時，他們回電了。」

「肯恩的服務據點是在快捷的拉榭內加營業所，但運氣好的話，說不定其他分店會有好消息。」梅迪納說：「他有個朋友在洛杉磯國際機場的營業所，現在正在查他們自己的車隊，不過機場是他們最大也最忙的業務，所以可能要等久一點才會有確切答案。還有一個朋友在西好萊塢營業所，但他今天放假，說是明天回去上班就會查他們的車。他知道他們有兩輛紅色福特，可是得開電腦才能知道車牌號碼。」

「明天？」普萊斯問：「沒有別人可以做嗎？」

梅迪納搖頭。「肯恩是賣我一個人情，這些都是私下做的。要是有其他員工涉入，大老闆就會發現，然後馬上會要求我們拿出搜索令才能取得他們客戶的個資。」

「也許吧。趁現在等的時候，我們也許可以再找一遍ViCAP，看有沒有什麼特別的地方。」

他二人便用各自的電腦默默幹活。在瀏覽資料庫搜尋的結果時，普萊斯想到他們在找的人，他非常確定他不是第一次殺人，也許有其他受害者正在這系統內的某處逐漸凋萎。

如果他猜得沒錯，凶手可能已經牢牢相中下一個目標。

25 潔西卡

那女孩約莫二十歲，但濃厚的妝容讓她看起來大上五歲。

身高將近一米七的XS身材，踩上銀色防水台高跟鞋又加高了好幾公分。一頭濃密的栗色波浪捲髮垂到腰際，其中混合了她自身的頭髮和扣式髮片。她一邊跳舞一邊甩頭，僅靠著長髮遮掩裸露胸部，那對乳房似乎毫不受地心引力影響，即使當她頭下腳上，雙腿纏著鋼管，大腿肌肉緊繃以保持姿勢的時候也不例外。

她身上除了那雙鞋和一件紅色蕾絲丁字褲之外，一絲不掛。一盞聚光燈隨著她移動，四周乾冰環繞。她往後彎腰踢腿，雙手撫摩著鋼管有如愛撫戀人，配合著音樂節奏完成一連串緩慢慵懶的動作。

歌曲是碧昂絲的〈淘氣女孩〉。最後幾個樂音奏出後，女孩雙膝落地，又甩一次頭，嘴唇微張，半瞇著眼凝視觀眾。這是為最靠近舞台的觀眾獻上最後一個媚人的動作，同時也是在歌曲結束時，捧拾起撒落在面前的紙鈔的最佳姿勢。鈔票有十元和二十元。她跳得不錯，不至於拿到個位數鈔票，卻沒有好到讓人掏出五十元鈔。

表演結束後，潔西卡和哈勒戴回到吧檯，各點了一瓶啤酒。

從外面看，大溪地夜總會顯得過氣而且缺點不少。裡面的客人也差不多是這樣。男人大多數比哈勒戴老，而在吧檯、在舞台上與整間店裡工作的女人，則全都比潔西卡年輕。

「你說你以前來過，」她說：「辦單身漢派對嗎？」

哈勒戴搖頭。「沒有特別原因。大概就是喜歡這裡吧。」

潔西卡是頭一次來大溪地夜總會，但以前她便光顧過許多脫衣舞酒吧。有時候是為了案子，有時候則是跟著一起工作的男性前去，想證明她也是哥兒們。但還有些時候，她只是想安靜喝酒，不希望有男人看見女人在酒吧獨飲，就以為是邀約的暗示而上前騷擾。在上空酒吧不同，眼前有那麼多養眼的青春胴體，何苦找上她？另一個附加優點則是上廁所永遠不必大排長龍。

此時，薩克斯風獨奏的樂音從隱藏喇叭傳出。喬治·麥可唱著孤獨與欺騙，那嗓音柔滑得宛如覆蓋在赤裸肌膚上的絲質床單。〈無心的呢喃〉。

夜店裡窄小昏暗。哈勒戴瞄她一眼，臉上的表情難以捉摸。他的目光緩緩地上下遊走，打量她的外觀。她穿著黑色緊身皮褲、白色絲綢衫，和露出鮮紅趾甲的涼鞋。

哈勒戴穿的是深色牛仔褲和海軍藍襯衫，袖子捲高到手肘處。潔西卡隱隱聞到他身上一絲如今已然熟悉的辛辣古龍水味。他很快地喝了一口啤酒，朝酒保點點頭。

酒保是個女黑人，二十五歲左右，臉蛋姣好，一頭捲髮充滿彈性，嘴唇光澤亮麗。緊身無肩帶小可愛搭配更緊身的超短熱褲。她悠哉地從吧檯另一端緩步走向哈勒戴，扭腰擺臀，兩眼始終盯著他看。

「我能為你做什麼呢？」她問問題的口氣聽起來不像是在說另一瓶啤酒。

哈勒戴將一張十元鈔連同伊蓮娜走出大溪地夜總會的照片一起丟到吧檯上。

「這裡有人能跟我說說這個女人嗎？她曾經在這裡工作。」

酒保將鈔票塞進小可愛，然後兩肘支在櫃檯上低頭看照片。

「她的確漂亮，不過不太面熟。她是什麼時候在這裡工作的？」

「大概三十年前。」

酒保直起身子，把照片推回給哈勒戴，發出低啞笑聲。

「親愛的，三十年前我人都還不知道在哪呢。」

「有其他人可能會認得她嗎？」

「沒。至少員工都不可能。門房巴比，他在這裡的時間比誰都長，但也就是十年，也許十五年吧。」

哈勒戴抄起照片。「還是謝了。」

「有個人也許幫得上忙。」

「是嗎？誰？」

酒保盯著哈勒戴，揚起一邊精雕細琢的眉毛。他於是又從皮夾掏出一張十元鈔，鈔票迅速地消失在小可愛內。她伸出一隻深紅指爪，指向舞台邊一個獨坐在雅座裡的男人。

「強尼・憂憂。一輩子都在這裡混。請他喝一杯，他也許會給你幾分鐘的時間。」她往後瞄牆上的時鐘一眼。「不過動作最好快點。克麗奧會在午夜上場，她是強尼的最愛。」

「他叫強尼．憂憂？」潔西卡問：「不是開玩笑？」

酒保聳聳肩，冷冷狠狠瞪著她說：「每個人都這麼喊他，他也都會應聲。」

「好吧，我想妳最好給老強尼．憂憂倒一杯他平常喝的酒，我們還是跟剛才一樣。」潔西卡大拇指往哈勒戴一扭。「他付錢，反正今天晚上他花錢好像特別大方。」

酒保從冰箱拿出兩瓶啤酒，然後從一個玻璃架取下一瓶蘇格蘭威士忌。格蘭利威，斯貝賽單一麥芽，十八年，就跟大溪地夜總會雇用的半數女孩同樣年歲。這酒不只是好喝而已。酒保倒了一杯雙份，摻入少量水。

哈勒戴畏縮了一下。「妳收美國運通嗎？」

女子微笑道：「塑膠還是紙，我都無所謂，親愛的。」

強尼．憂憂和艾斯．福里曼、哈柏年紀相仿，但身材比他們倆保持得都好，也較敏銳。他矮小、結實、機敏，看似年輕時曾是雛量級拳手，否則至少也是街頭鬥毆好手。銀白頭髮，同色調的小鬍子，戴著一條粗大的金項鍊和一只碩大的勞力士。手錶可能是真貨，也可能是在威尼斯海灘跟叫賣的小販買的。潔西卡敢打賭是前者。他的藍色絲綢襯衫翻領太大，乳白長褲褲管的反摺又太寬，外面停車場若是有他的車，她猜八成是福特野馬或龐帝克火鳥。

強尼．憂憂顯然偏愛一切懷舊的東西，除了女人以外，看他目不轉睛瞅著台上的年輕金髮女子就知道了。

潔西卡和哈勒戴雙雙在他對面的座位坐下來，擋住他看女孩的視線。

「我們可以加入你嗎？」哈勒戴問道。

強尼．憂憂擺出一張面無表情的撲克臉，毫無詫異或擔憂或甚至好奇。

哈勒戴將威士忌推向他。「格蘭利威。」

強尼．憂憂端起杯子，聞一聞，彷彿讚許地點點頭。

「你們想要什麼？」他問道。

哈勒戴從牛仔褲後口袋拿出伊蓮娜的照片，放到桌上。「你認識這個女孩嗎？」

「你們是警察？」

「不是。」哈勒戴說。

「私家偵探？」

「對。」潔西卡說。

強尼．憂憂略一停頓，接著才說：「是啊，我認得她。她很久以前在這裡跳舞，伊蓮娜什麼的，不記得她的姓了。」

哈勒戴和潔西卡互看一眼。

「你介意我們問你幾個有關她的問題嗎？」她說。

強尼．憂憂端起哈勒戴放在他面前的威士忌，小酌一口，閉上眼睛，舔舔嘴唇，滿足地嘆一口氣。

「這種威士忌之所以那麼特別是因為混桶的關係，」他說：「美國和歐洲橡木桶，第一次和第二次填裝。」他睜開眼睛。「有豐富的果香帶著一點太妃糖的味道，會爆發出柳橙的香甜，最後透著些許辛辣。」他微微一笑，露出一顆金牙。無疑也是真貨。「問題是當我說太多話，就會口渴。」

哈勒戴嘆一口氣，從皮夾抽出一張十元鈔丟到桌上。

強尼·憂憂瞄了一眼鈔票後看著哈勒戴。「我是說真的口渴。」

哈勒戴轉向潔西卡，聳聳肩。「我沒錢了，我得去找提款機。」

潔西卡從袋子裡摸出自己的皮夾，又抽出一張十元鈔。強尼·憂憂點點頭收起鈔票。他把在他們來之前喝的那杯威士忌乾了，然後將空杯換成斟滿的那杯。

這時來了一個穿著酒紅色漁網洋裝，裡頭除了一條黑色丁字褲外什麼也沒穿的紅髮女侍，豎起的手指上托著一個銀盤。她隨手撈起空酒杯，放到托盤上一瓶香檳與兩只香檳杯旁邊。

「這裡都還好吧，強尼？」她看著哈勒戴和潔西卡問道。

強尼·憂憂用拇指和食指圈成一個O字形。「一切都好得不得了，蘿拉。我要出去抽根菸，妳能不能發個善心替我看著我的威士忌？」

「沒問題，強尼。」蘿拉又回頭好奇地覷一眼，才端著那瓶酩悅香檳走向另一個舞台邊雅座。

「你的名字真的叫強尼·憂憂？」潔西卡問。

「大家都這麼叫我，我也都會回應。」他站起身來。「我們出去吧。」

他們跟著他走過一條陰暗走廊，經過男廁，從一道逃生門來到外面的小巷。強尼．憂憂用樂福鞋尖將半塊磚頭踢到門框邊擋住，讓防火門開著。

「什麼莫名其妙的規定，現在只要想抽菸就得到外面來。」他從胸前口袋拿出一包駱駝牌香菸，點了一根，沒有請哈勒戴或潔西卡抽。

後門上方有一塊閃著綠光黃光的霓虹燈板，是夜店正門那個棕櫚樹霓虹招牌的縮小版，強尼．憂憂的臉映著燈光條紋顯現出一種黃疸病容。

「好啦，你們想知道什麼？」他問道。

「關於伊蓮娜．拉威爾在這裡工作的事情，你能告訴我們什麼都好。」潔西卡對他說。

他彈了一下手指。「拉威爾，對了。再讓我看看照片。」

哈勒戴將照片遞給他，他接過後高舉向霓虹招牌的燈光。

「沒錯，我很喜歡她。」強尼．憂憂說：「她純天然，不管是紅頭髮還是奶子，而且非常有個性。她陪你喝酒的時候，你會覺得她很樂在其中，不像有些人只是敷衍一下。我也很喜歡她用真名，雖然名字不是太性感。但沒取『天使』還是『可可』那種無聊名字，這一點本身就性感得要命了。」

「她在大溪地做了多久？」潔西卡問。

他聳聳肩。「也許一年吧，差不多是這樣。」強尼．憂憂吸一口香菸，接著迫不及待地將煙吐出。「聽說她死於非命，我真的很傷心，但不能說太驚訝。」

「她被殺，你不覺得驚訝？」哈勒戴問。

「當然了，竟然有人那麼狠心把她砍成那樣，我是很驚訝。我的意思是說我並不驚訝她惹上麻煩。」

「怎麼說？」哈勒戴問。

「就我所知，伊蓮娜在這裡賺的錢不少。喜歡她的人不只有我，她是個很受歡迎的女孩。她每次表演完，舞台上總是撒滿了錢。但對她來說還不夠，如果你相信傳言的話。」

「什麼傳言？」潔西卡問道。

「我聽到的是她下工以後還會娛樂一些熟客，而且不只是坐在客人大腿上跳舞而已，明白我的意思吧？關上門以後到底發生些什麼事，我也不確定。我只能告訴你們我親眼看到的。不止一次，會有一輛計程車等在門外路邊，沒熄火，還有某個常客坐在後座，在等伊蓮娜下班。」

「她在賣身？」哈勒戴問。

「就算是也不只是單純賣身。當然了，我是說如果傳聞可信的話。」

「什麼意思？」潔西卡問。

「勒索。」強尼・憂憂最後深深再吸一口菸，彈開菸蒂。「圈子裡流傳的說法是伊蓮娜有個男朋友，當她和客人摟摟抱抱走進旅館或是在街角接吻的時候，那小夥子就會拍照。要是男人的老婆拿到照片證據開始跟他吵吵鬧鬧，最後都不會有什麼好事。」

「這些人當中有你認識的嗎？」潔西卡從袋中拿出一個牛皮紙袋，裡面裝著她在凶宅找到的照片，遞給強尼・憂憂。

他全部看過後笑著說：「原來傳聞是真的啊？嗯，有一兩個看起來很面熟，但別問我名字。我記得的是女生，不是男生。」

潔西卡指著她覺得眼熟的男人的照片。「那他呢？」

強尼・憂憂搖搖頭。「不認得。不過那是很久以前的事了，這些年來我看過太多面孔來來去去。」

「這些照片裡面沒有你。」她說：「你除了在夜總會裡喝酒跳舞，從來沒跟伊蓮娜扯上關係？」

他咧嘴一笑。「相信我，憑我這麼聰明，不可能在這些小姐下班後跟她們糾纏不清。不管怎麼樣，風聲開始流傳以後，我們大多數客人碰到伊蓮娜都會躲得遠遠的。」

「所以她才離開大溪地夜總會的嗎？」哈勒戴問：「她是因為企圖勒索客人的風聲傳開來，才被炒魷魚的？」

「她沒有被炒魷魚，是她自己選擇離開的。說是不再跳脫衣舞了，要離開好萊塢去跟某個傢伙同居，她覺得那個人會照顧她。」

「我想你應該不知道那個人叫什麼名字吧？」潔西卡問。

強尼．憂憂搖搖頭。「那不關我的事。我說過了，這些年我看過太多面孔來來去去，包括女孩在內。總會有更年輕漂亮的人來取代你的最愛。」他看看手錶。「說到最愛，快十二點了，克麗奧馬上就要登場。抽菸休息時間結束。」

他打開緊急逃生門，將磚頭踢到一旁。臨關門前，又轉身對他們說：「我說我喜歡她是真心的，希望你們能找到下手的傢伙。」

門在強尼．憂憂身後關上。哈勒戴與潔西卡站在小巷中面對面，兩人都沒開口。霓虹招牌閃爍著，音樂持續重擊牆壁，動感節奏配上重低音。他們望著彼此，她張口欲言，但還來不及出聲，哈勒戴的嘴已湊了上來，嘴唇的感覺既柔軟又強硬。

潔西卡也回吻，牙齒相撞、舌頭交纏，還有啤酒味。他一把將她推靠到牆面，磚塊的粗糙感穿透她的絲綢上衣。她十指插入他的頭髮，將他拉近，咬住他的唇。他則將雙手伸入她的衣衫底下摸索她的肌膚，接著手指往下探到皮褲後側，把她往自己身上用力一抱。他的嘴從她的唇向下移到頸部，她聽見他在熱切激吻中發出呻吟。

人對了，地點不對，時間不對。

潔西卡倏地睜開雙眼。這個想法從天外飛來，棲落在她的前大腦。她輕輕將他推開。

「我們不能這麼做。至少現在不行。」

他注視著她許久，眼中滿是激情，隨後才點點頭，不情願地退開。

「好，」他輕輕地說：「我們走吧。」

他拉起她的手，牽著她從小巷走到停車場。與她的 Silverado 相距兩個停車格停了一輛龐帝克火鳥。

他們一路沉默不語駛回旅館。

26 潔西卡

這麼多天以來，潔西卡第一次睜開眼時沒有想到東尼或伊蓮娜或艾莉西亞。過去八個小時，不管睡著或清醒，她滿腦子都只有一個人。

傑克．哈勒戴。

她雙唇因為他的吻仍感覺疼痛瘀青，肌膚因為他的撫摸而震顫，而她身體尚未被他碰觸的部位更是一想到就發疼。她將手貼放在身旁床上涼涼的空位，心知若非她在夜總會外面踩了剎車，此時這裡應該會有他的體溫。

倒也不是她發過誓要為東尼禁慾守喪。她曾有過男人，有一些較令人難忘。例如在阿拉巴馬州某個小鎮邊上的一間酒吧裡，那個聆聽華麗滋鋼琴彈奏哀傷歌曲的孤獨男子；那個狂妄自信的德州牛仔，自以為在搭訕泡女人，其實一切都在她的掌控之中；那個賭城的職業玩家，在百樂宮酒店有一間俯瞰噴泉的豪華套房，卻在睡覺的時候失去所有籌碼與小冰箱裡的所有東西。

這些男人之間唯一的共通點，就是不必在早餐時間尷尬地和她討論是否要再見面。到那個時間，潔西卡早已走人，早在男人從充滿廉價性愛與香水氣味的骯髒床單上醒來的幾個小時前，她已經提著鞋、帶著羞愧悄悄溜進黎明的街道。她甚至不記得自己最後一次清醒著是在什麼時候，或是因為真正喜歡對方而和男人上床。

說不定傑克·哈勒戴會不一樣。

說不定，等這一切都告一段落，她能知道他是否真的適合她。

讓潔西卡懷抱希望的不是那個吻，也不是在脫衣舞酒吧外竄流於他們之間的強烈電流。而是他牽著她的手，與她十指交纏，直到走到她的停車處以前都不肯鬆手。

回到旅館後，他在藍色霓虹燈光下輕吻她的額頭，她不禁納悶自己到底哪根筋不對，竟沒把他拖進房間，拖上她的床。

沖完澡、換好衣服又喝了一杯黑咖啡後，潔西卡坐在桌前想著她生命中的另一個男人。

東尼·蕭，又名羅伯·楊，又名布萊德·弗瑞奇。

儘管普萊斯對他的清白深信不疑，潔西卡仍需要被說服。她必須知道他之所以被列為關係人，是單純因為他在命案後太快出城，或者還有其他原因。

她必須和比爾·紀爾森談談。

她可以自己花一個小時去查那個退休警探的手機號碼，也可以傳簡訊給哈勒戴，在兩分鐘內拿到號碼。潔西卡拿起手機打好訊息內容，手指懸在傳送鍵上方，又重看一次簡訊。

需要找紀爾森談談。能不能請你給我他的手機號碼？JS

她停頓下來，想著該不該提起昨晚差點發生的事。

「吼，妳可不可以就直接傳出去。」她喃喃說道。

潔西卡按下傳送鍵，然後在接下來的七十三秒間直瞪著小小螢幕，等候回覆。雖然一直在等著，可是當手機響起在桌上彈跳時，她還是嚇了一跳。她連忙抓起電話讀訊息。

嗨！比爾去搭遊輪了，手機聯絡不到，因為週年日快到了，他想離開一下。XX

親吻兩下。潔西卡感到有些難為情，因為自己竟為了這個表情符號而欣喜悸動。

她暗自將紀爾森暫時從名單中刪除。她在皮夾裡找到蓋瑞特．湯瑪斯的名片，打了記者的專線，無人回應，她這才想起今天是星期天。於是她改打手機，響了兩聲他便接起。

「我是蓋瑞特。」

「嗨，蓋瑞特，我是潔西卡．蕭。前兩天我跟你——」

「美女私家偵探，我記得。拜託，說妳打電話來是有情報要提供或是待會兒要請我吃午飯，又或者兩者皆是，那也行。」

潔西卡笑道：「只怕是兩者皆非。事實上，我是想聯絡某個人，心想或許你能幫得上忙。是一個名叫吉姆．詹森的記者。他還在你們報社嗎？」

「沒了。在我進來以前詹森就離開《鷹岩改革者》了，在《洛杉磯時報》做了一陣子。我聽說他在鼎盛時期是個了不起的高手，但現在恐怕已經退休。」

「你不知道怎麼樣才能聯繫上他嗎？」

「不知道，抱歉。我自己從沒跟他來往過。是為了妳現在在查的案子嗎？妳說是什麼案子來著？」

「噢，只是很多年前，曾經帶著孩子在鷹岩住過一小段時間的一個女人。有個親人想找她的下落，和一小筆遺產有關。不是什麼大事，但我想這個吉姆．詹森也許能幫我追蹤到她們。」

「妳確定這其中沒有什麼新聞故事？我現在正在寫關於鷹岩每年一度的音樂節，除非有更好的新聞，不然這就是下禮拜的頭條了。」

「聽起來挺酷的。」潔西卡隨即轉移話題：「什麼時候的事？」

「昨晚。也的確滿酷的。整條科羅拉多大道上全是現場樂團表演，大夥跟著跳舞，還有賣食物的餐車。可是算不上是那種『頭版頭』的東西。」

「可惜我錯過了。昨晚我去了好萊塢的一家脫衣舞酒吧。」

「好啊，妳的週六夜聽起來比我的好玩多了。」

「我如果說是工作的關係，你相信嗎？」

「鬼才相信。欸，很抱歉吉姆．詹森的電話我幫不上忙，不過趁妳還在城裡，要是想吃午飯或喝酒，妳有我的手機號碼。或者還要再上那家脫衣舞酒吧，我都可以。」

潔西卡笑道：「沒問題。」

她掛了電話，打開筆電。

吉姆・詹森有自己的網站，但湯瑪斯說得沒錯，此人如今已正式退休。根據他的資歷網頁，他在七〇年代末進入《鷹岩改革者》當菜鳥記者，後來一路爬升成為資深記者。在後半段職業生涯中，他專門為《洛杉磯時報》撰寫獨家犯罪報導。去年正式退休後，便返回英格蘭家鄉，偶爾有機會仍會接案。

潔西卡猜想記者應該也和私家偵探或警察一樣，永遠無法徹底放棄工作。她以前的老闆賴瑞・拉茲距離退休還有一大段路要走，但等到收拾辦公桌的那天到來，她知道他也會和吉姆・詹森一樣，不放棄「自由接案」的機會。

那潔西卡呢？到了晚年，她會學紀爾森，搭上遊輪邊享受莫西多雞尾酒邊遊歷異國。但希望不必帶著超重的懸案行李壓得她喘不過氣。

詹森有一個聯絡網頁，但沒有列出手機號碼，唯一的聯繫方式就是藉由表格傳送訊息。此時英國已是週日晚上，潔西卡不知道詹森會多常查看訊息，但還是寫了一封短信，說明她的身分並表示想和他談談拉威爾一案。她寄出表格。

聯絡網頁上放了一張詹森與另外兩名男子的合照，場合看似某種新聞獎頒獎典禮。三人都拿著水晶獎座，臉上因喝了酒與得獎的喜悅而泛紅，蝴蝶領結也有些歪斜。三人看起來都像六十多歲，人生閱歷豐富。潔西卡正打算關掉瀏覽器，忽然注意到照片下方的說明文字。

她感覺心臟停止跳動。

她又重讀那一行字，卻不敢相信自己的眼睛。她打開Google，鍵入一個名字，搜尋圖片。搜尋結果證實了她的懷疑，她憤怒得雙頰發燙。

潔西卡將筆電連上可攜型印表機，列印出那三人的照片與註明各人姓名的文字，等紙張一從機器吐出立刻抓起來。她砰地闔上筆電，把槍插進褲頭，用力拉開房門，大步走進眩目的上午陽光中。

哈勒戴的福特皮卡停在六號房前面，窗簾還沒拉開。潔西卡使勁地敲門，哈勒戴打開門，身上只穿著一條四角褲。他看見來者後，咧開嘴傻笑。潔西卡手扠腰站著，沒有報以微笑。

接著她使盡全力一拳揮去，正中他的下巴。

哈勒戴呆愣住，踉蹌後退。「這是在幹什麼啊？」他驚詫地瞪著她。「因為我吻了妳嗎？」

「妳得給我解釋一下，潔西卡。我不知道妳在說什麼。」

「不，因為你騙我。」

「你到底是誰？」她質問道。

「什麼？妳知道的啊。妳沒事吧？發生什麼事了？」

「噢，我知道你跟我說了什麼，傑克．哈勒戴，超級巨星記者，哦？」

「我不敢說超級巨星……」哈勒戴笑著說，但聽起來不太自然。他好像忽然變得沒把握了。

潔西卡把列印的照片丟向他，剛好正面朝上落在他的赤腳邊。他往下瞄了一眼，只見傑克．

哈勒戴那張粗獷、年邁的臉帶著微笑回望他。他閉上眼睛，用手梳過頭髮。

「妳聽我說，潔西卡，我可以解釋。」

「你這不是廢話。」

他探頭到門外，朝整排的旅館房間左右張望一下。

「拜託，我們能不能進房間說？我連衣服都還沒穿。」

「你不先跟我說你的真實身分，我一步也不會跨進去。」

他嘆了口氣。「我叫麥特·康納，是個私家偵探，跟妳一樣。」

潔西卡注視著他良久，然後越過他的肩膀看向桌子與桌上的物件。輕薄高級筆電、白色迷你耳塞式耳機、數位相機，沒有錄音機或寫滿速記的筆記本或其他任何會讓人聯想到記者的職業工具。

那台相機小而精巧，價格與功效都遠遠不及潔西卡自己監視用的Nikon，但還是堪用。她從他身邊擠了過去，粗暴地打開桌子最上層抽屜。她闖入他房間那一晚，被他掃進抽屜裡的紙張還在，她快速地翻找。

「潔西卡……」

她記得當時瞥見一個黑黑亮亮的東西。她找到了照片，看見上頭的影像後，又再度怒氣上衝，活像個蒸汽火車頭。

是她的車。

她接著看下一張，再下一張，全部都是她或她的Silverado。

「你在監視我？」

康納許久都沒作聲，好一會兒才點頭說：「我知道妳是艾莉西亞·拉威爾。我一直都知道。」

27
艾美

毛巾布浴袍穿在身上感覺粗粗刺刺，看來旅館用的是廉價洗衣精，而且連柔軟精都省了。她躺在上面的床單也一樣，法蘭克壓在她上面笨拙地動作時，龐大身軀將她深深壓入那粗糙刮人的布料。他在威士忌與愛慾的催化下，醉醺醺又滿身大汗，幸好很快就結束了，一如往常。

艾美在地板上找到自己扭捲成黑色一小團的內褲，她穿上後又將浴袍裹得更緊，然後坐在床上。她靜靜看著法蘭克穿衣。他彎下腰綁鞋帶時，整個人搖搖欲墜。

「真的不要我送妳回學校嗎？」他問道。

「我自己的車就停在酒吧附近。再說我也想在離開前沖個澡，清爽一點。」

法蘭克替她倒的威士忌她只沾了一點點，他欣然替她喝完後，又獨自乾了瓶中剩下的酒。此時他是歪歪斜斜地從地上拾起腰帶。看他的酒醉狀態，她根本不想上他的車。無論如何，一想到要跟他多相處一秒鐘，艾美就無法忍受。

他彎身湊上來，在她唇上留下一個濕吻，一隻肉墩墩的手滑進浴袍內撫摩她的胸部。

「我很快會再聯絡的，寶貝。」

「沒問題，法蘭克。」

艾美隨他走到門口，在他離開後將門鎖上，拴上門鍊。她咬著嘴唇。她不會哭。她知道這是暫時的，發生那件事以後就不可能永遠這樣下去。

她看著整齊疊放在安樂椅上的衣服，考慮著要不要就別沖澡了，盡快離開這個鬼地方。但她搖搖頭，身上有法蘭克的味道讓她噁心。

艾美正要進浴室，忽然被敲門聲嚇著。

「該死。」她嘟噥著說，一面環顧房內。沒看到法蘭克忘了什麼東西，以前他從未在同一晚要求做超過一次，但也許今晚他想來個安可。想到這裡，艾美的心突了一下。

她把眼睛湊到貓眼上。

不是法蘭克。

是個陌生人。

艾美舒了一口氣。八成是找錯房間。這時敲門聲又輕輕響起，她決定置之不理，沒必要開門交談。於是她朝浴室走去。

「我知道妳在裡面，艾美。或者應該叫妳辛蒂？」

艾美當下僵住。「該死。」

她走回門邊，又從貓眼看一遍，發現被兜帽半遮掩住的臉，原來並不陌生。

「我們得談談孩子的事，艾美。想辦法解決這個難題，找一個對大家都好的解決之道。這是妳想要的，對吧？」

一顆淚珠滑落艾美的臉頰，她顫抖著手抹去。「對。」她低聲說。這正是她想要的。

她拉開門鍊，打開門鎖，開門後便退開來，讓不速之客進入房間。她走向椅子上那疊衣服時，聽見門在身後關上的聲音。

「我想先換衣服，」她說：「然後我們再談。」

有那麼一瞬間，她誤以為他將手指插入她的頭髮是愛意的展現。緊接著手指一用力，她的頭被扭到一邊痛苦難當，臉也順勢砸向桌面。她眼前爆出白光，鼻孔滿是鮮血。

她摔倒在地毯上，感覺到一隻戴著手套的拳頭重重擊落在她的顴骨，隨後一雙強有力的手將她從地板拖到床上。

第一刀刺來落在她雙乳之間，她因呼吸困難而大口喘氣，明知徒勞還是將兩手擋在前面。她感覺到刀刃劃過肉與骨，刀子一次又一次地深深插入，她嘴裡鮮血爆湧。

艾美的眼睛閉上了，呼吸變得緩慢、有濕氣、噓噓作響。

她想到爸爸媽媽，想到兩個妹妹。

她的孩子。

他的孩子。

她原以為自己不想要的孩子。

在那人生的最後時刻，她知道她其實會留下孩子。她心裡知道只要給她機會，她會愛那個孩子的。

28 潔西卡

麥特．康納關上旅館房門後，潔西卡立刻從褲頭掏出槍來，手垂在身側，沒拿槍指著他。總之，暫時還沒。

「別緊張，潔西卡。我不會傷害妳。」

康納拿來一件牛仔褲和一件T恤，衣褲原本都整齊地掛在衣櫥裡等距吊掛的衣架上。他坐在床沿，將一條長腿伸進牛仔褲，接著換另一條腿。套上T恤時，領口擦到腫起的下巴，他痛得抖了一下。潔西卡心裡冒起的同情小泡泡，很快就像蟲子被她踩扁了。

「說吧。」她冷冷地說。

康納抬頭看她。「事情其實沒有看起來那麼糟。妳遲早都會知道我的。只不過本來不會這麼複雜。」

他又露出撇著嘴笑的模樣，但這次行不通。

「你在替誰辦事？」她問道。

「比爾．紀爾森。」

「你說他退休了。」

「他是啊，重點就在這裡。他本該去打打高爾夫、含飴弄孫，但是不弄清楚妳母親被殺那天晚上發生什麼事，他就是沒辦法從此放下工作，享受退休生活。妳也知道有些警察就是這樣。他們始終破不了的案子，會不斷地啃噬他們，讓他們永遠不會放棄有朝一日能破案的希望。」

「所以說紀爾森沒去搭遊輪？我想見他。你得安排我們見面。」

「他是去搭遊輪了。在夏威夷。很可能正躺在泳池邊喝龍舌蘭日出，一面等我向他報告最新進度。抱歉……我說他沒有手機是騙妳的。」

又再次撇嘴一笑。

「他委託你多久了？」潔西卡問。

「十八個月左右。他很大部分的退休金都用來付我的酬勞，他是下定決心要找到妳。」

「他怎麼知道我還活著？說不定我已經被埋在鷹岩山上十幾二十年了，他又不知道，還撒大錢去查一個他因為能力不夠，一開始就沒能偵破的案子。」

「比爾總覺得妳後來的遭遇有三個可能性。」康納說：「第一，就像妳說的，伊蓮娜被殺的那天晚上妳也死了，屍體恐怕永遠找不到。但他深信妳還活著，他說是警察的直覺，說在他五臟六腑深處可以感覺得到。」

「是嗎？八成只是一團臭屁吧。二十五年前，他的五臟六腑可沒幫上什麼忙。那第二個可能呢？」

「妳被強行關在某個地窖或地下室。妳知道的，就像阿里爾．卡斯楚那樣，綁架了三個年輕女孩，把她們關在他自己家好多年。如果是這樣，那就是警察的噩夢情節。過了這麼多年還想要找到妳，就真的只能碰運氣了，除非妳成功逃脫，或是在綁架者死亡或重病後事情曝光。」

「那第三個呢？」

「這妳已經知道答案了，潔西卡。」他輕聲說：「艾莉西亞．拉威爾過著正常生活長大成人，有可能知道自己的真實身分，也可能對自己的過去一無所知。這向來是我和紀爾森最喜歡的推測。我一開始追查，根據的信念就是艾莉西亞以不同姓名生活在某個地方，而且很可能並不知道有人已經找她二十幾年。我們想的應該沒錯。只是我們仍然不知道妳是不是一直都知道自己是艾莉西亞。」

「問問題的人是我，握著槍的人也是我。你是怎麼追查到我的？偽造的死人證件？」

康納點點頭。「那個時候，這是個搞失蹤的好方法。我沒法告訴妳，我花了幾個禮拜的時間在公共衛生局人口統計科翻那些出生和死亡證明。」他笑著說：「那裡的女職員甚至都知道我的名字，還每天替我買咖啡。」

「我猜也是。」

他接續道：「我最開始找的是出生日期比艾莉西亞大或小一歲左右，並在三、四歲死亡的女生。然後照同樣方式找年紀和羅伯．楊差不多的男性。當然，我們沒有任何關於他的出生日期的正式紀錄，所以只能猜測他的年齡，然後尋找大或小兩三歲的範圍。這次，我找的是還沒配發到社會安全號碼就去世的年輕男性。」

「嗯，我知道該怎麼查。」

「當然。一列出兩份名單以後，我就交叉比對相同姓氏，最後得到六個可能的配對，於是我開始一一查證，其中包括了紐約的潔西卡和東尼．蕭。妳的個人網站很輕易就找到了，但我無法確定網站大頭貼裡的女子和我在找的三歲女孩是不是同一個人。後來我運氣好，找到一張東尼．蕭的照片。」

潔西卡感到疑惑。「東尼從來不喜歡拍照，他總是寧可當相機背後那個人。我不相信網路上會流傳他的照片。」

「真的有。」康納說：「是一篇電子報文章，在報導威廉斯堡區的一個攝影展。」

潔西卡很清楚康納說的是哪張照片。那是東尼在一間小藝廊辦作品展時，與一些朋友和藝術同好交談時的側拍。那場展覽，當地的幾家藝術報章雜誌都有報導。她還記得照片中的他看起來多麼開心，她又是多麼以他的成就為傲，如今她覺得好像又再一次心碎。

康納說：「我列印出東尼．蕭的照片，立刻啟程來到鷹岩。之前我已經拿我認為是我在找的那對父女的照片給當地旅館老闆看過，可惜都沒有進展。

「我試著再找哈柏一次，這回，他指認照片中的人就是羅伯．楊。是有老一點，頭髮花白一點也短一點，腰圍也粗了一點，但肯定就是和伊蓮娜交往，並在她遇害前後忽然離開的那個男人。

「我告訴他我是個調查記者，正在和比爾．紀爾森密切合作，還塞給他五十塊錢，要他保密別說出我給他看的東西。我還跟他說，如果鷹岩出現什麼人在詢問拉威爾家的事，就馬上聯絡我，到時還能再拿到更多『小費』。」

「你為什麼不直接說你是私家偵探？」

康納聳聳肩。「這是我和紀爾森想出來的掩護說法。比起私家偵探，記者好像比較不令人害怕。有些人看待我們和看待警察一樣，會很焦躁不安，帶著防衛。對記者呢，妳一定不相信有多少人願意敞開心扉，只要他們覺得自己的照片有機會上報。」

康納忽然站起來，走到床頭櫃前。這時還沒中午，他卻還是開了一瓶野火雞。

「我需要喝一杯。」他說：「妳要不要來一點？」

「你的東西我都不要。」

「隨便吧。」

康納回到原來床尾的位置，啜飲著酒。

「我好興奮，」他說：「以為自己即將破解洛杉磯最著名的懸案之一。我從來沒有真正住過鷹岩，但我說我記得那是很轟動的新聞，記得它對地方社區的影響，這不是謊話。洛杉磯發生過很多爛事，但那個案子的確讓民眾非常震驚，很擔心下一個就是自己。」

他又喝了一口波本。潔西卡的食指仍放在扳機上，槍口也仍指向地板。

「我訂了第一班還有座位的班機前往紐約，」他說：「心情興奮又激動，我馬上就要找到艾莉西亞・拉威爾了。結果當然不是那樣。我都還沒坐下來吃我的燻牛肉三明治午餐，就聽說東尼・蕭死了，而妳也再次消失無蹤。房子賣了、人走了、沒有聯絡地址，妳可以想像我有多失望吧。」

「我的心在為你淌血。」

康納露出尷尬的表情，看來至少有點廉恥心。

「還有兩次我差點就找到妳了。」他說：「阿拉巴馬州迪卡布郡，德州格蘭伯里市，那兩次，我都是在妳離開不到二十四小時到達的。我開始覺得我永遠也找不到妳，妳總是會提早我兩步。據我聽說的消息，妳是個優秀的私家偵探。後來我開始在想，也許妳根本就知道自己是誰，所以想盡各種辦法不讓任何人知道妳的下落。我接了其他工作，把我的時間和注意力都佔滿，拉威爾案暫時擱置一旁。後來我收到Google快訊。潔西卡．蕭的名字出現在一份地方報上，因為她協助警方在錫米谷找到一名失蹤的青少年。忽然間，艾莉西亞．拉威爾又變成優先事項了。」

「你是那個無名男。」她說：「是你寄的email，引誘我到鷹岩來。」

康納點點頭。「我知道希望渺茫。可是禮拜三晚上，我坐在威尼斯一家酒吧喝啤酒的時候，接到一通電話。是傑夫．哈柏。他說有個紐約來的女私家偵探在查拉威爾的案子，金髮、長得漂亮、鼻子上有個小鑽石鼻釘，身上還有很多刺青。我覺得好像中了樂透。然後就這樣了。」

潔西卡說：「我不明白的是幹嘛花那麼多心思假裝？你一找到我，幹嘛不直接打電話到洛杉磯警局？為什麼還要做到……像你昨晚那樣？」

「我知道事情搞得一團亂，潔西卡。」他說：「這應該就是一份工作……如此而已。根本不應該扯上私人感情。但就是扯上了。」

康納從床邊起身走向她。潔西卡往後退，感覺到粗糙桌角重重壓擠她的後腰。她舉起槍，康納隨即停下腳步，舉起雙手，與其說是投降更像是不敢置信。

「別靠近我。」她說：「不許你再碰我一下。」

「搞什麼啊，潔西卡？」

「我在鷹岩好幾天了，卻還是不見紀爾森，也沒有警察的蹤影。為什麼？」

「我得確定妳真的是艾莉西亞，也得知道妳知道多少。」

「放屁。你是拿我當餌，想讓我幫你釣出殺死我母親的人。」

康納的眼珠子在她的臉與槍之間緊張地閃來閃去。

「凶手死了，」他說：「所有的證據都顯示，妳所認識的東尼・蕭殺了人。」

「放屁。」她又說一遍：「什麼證據？只因為他翹頭閃人，他就有罪了？」

康納說：「我知道妳很難接受妳愛的人、把妳當成親生女兒撫養的人，竟然會做出這種事。可是妳看看事實，看看我們確知的事。現場沒有強行闖入的跡象，羅伯・楊有房子的鑰匙。伊蓮娜倒了兩杯酒，顯示她認識凶手。羅伯・楊的老闆艾斯・福里曼告訴警方，說他午夜左右下工後打算去伊蓮娜家。結果他卻在女朋友被殺當晚匆促離開，說是事先就『計畫好』的行程，但除了麥庫爾夫妻以外沒有人知道這個計畫。妳真的相信他是清白的？」

「我比任何人都了解東尼。他不會殺人。」

「這妳不能確定。」

潔西卡聽夠了，便往後推了一把離開桌子，走向房門。她伸手正要開門，卻忽然打住，又回頭找康納。

「這幾天，你的車有時候沒停在停車場。」她說：「我本來以為你是出去追新聞或是為了稿子去做採訪。你去哪裡了？」

「我有其他案子要忙。」

「你就不擔心你在忙那些事的時候，我又離開了？」

康納不敢正視她。

頓時明白他做了什麼的潔西卡，彷彿被拆房子的鐵球擊中。

「你這王八蛋。」

她猛地打開門，大步邁向自己的車。

「潔西卡……」

她聽見身後有康納急促的腳步聲。他站在門口，看著她伸手摸找著Silverado車身底下。先是前面保險桿下方，接著是後面。她的手指抓到一個小小的方形塑膠，用力扯了下來，是一個磁鐵型GPS追蹤器，長寬相當於一張信用卡，大約一吋厚。

潔西卡高舉起來給康納看。「你在跟我開玩笑吧。」她把追蹤器往柏油地面一丟，對著他拿出槍來。

康納舉起雙手。「哇，妳在幹嘛？」

潔西卡不理會他。她把手槍轉了一圈，握住短槍管，蹲下來，用槍把將追蹤器砸成十數塊碎片。她走進自己的房間，拿起行李袋和車鑰匙，然後打開駕駛座側的車門，坐上駕駛座，發動引擎。

康納依然動也不動，站在自己的房門口。

潔西卡按下車窗。「這次你別想再跟蹤我了。」

29
潔西卡

半個小時後，潔西卡將車停在戴羅莎路上。這是位在鷹岩西城的一條U形小街道，多半都是木屋平房。街道兩側的樹木慵懶低垂，形成一片天然頂篷，遮蔽了赤炎炎的太陽，而彎曲的道路轉角則為車子提供掩護。

監視需要耐心與專注力，對於和康納正面衝突後氣急攻心的潔西卡而言，是緩解怒氣的最佳方式。她嚼著外帶的三明治，啜著外帶杯裡的汽水，一面注視五十米外對街的房屋。

又經過三十分鐘，衝冠怒火已消退成小火慢煨。

那屋子是濕水泥色，讓潔西卡想起紐約的雨天。外觀並不華麗，但也不簡陋。樸實卻維護得宜，有個乾淨的門廊和一小塊長條形草坪，車道上停了一輛銀色轎車。潔西卡希望有車就表示屋主還在家，沒有出門。她知道屋主兒子離家去上大學了，丈夫則早已不在。

潔西卡注視著，等候著，心裡不再想麥特．康納，轉而開始想起東尼的信。

想到最後，她還是打開手套箱，拿出普萊斯給她的白色信封。拿在手裡翻來覆去幾次，重量很輕，看來頂多只寫了一兩張紙。可是那些紙頁上可能出現的字句，沉甸甸地壓在潔西卡心頭。會不會是更多的謊言？或是揭露可怕真相的告白？潔西卡不知道何者較糟。

「唉，趕快拆信就對了。」她嘟噥著說。

她將指甲插入黏住的封口底下，挑起信封蓋角落，忽然住手。

關於她與東尼的關係，她原先自以為了解的一切已就此改變了。每當想起她對那個男人完完全全的信任，卻不料他竟是個徹頭徹尾的騙子，她就感覺到憤怒、受傷、羞辱，五味雜陳。她知道這封信若再造成進一步的傷害，將永遠無法彌補。

然而，她必須知道。潔西卡深吸一口氣，將封口再拉開一些。

這時她眼角餘光瞥見褐灰色的屋子有動靜。

潔西卡呼地吐出一口氣，輕鬆夾雜著沮喪，隨即將信封塞回手套箱。

在潔西卡將車停在路邊九十七分鐘後，那道紗門終於開了，只見一個穿著寬鬆洋裝的臃腫形體跨上門廊。

潔西卡轉動鑰匙啟動引擎。她以為妲拉．甘迺迪會直接走向轎車，沒想到她卻徒步出發，朝潔西卡停車處的反方向走，渾然未察覺那輛隱藏在視線外的黑色貨車。幾秒鐘後，潔西卡開動貨車，緩緩往前行駛，轉過U形彎道後正好瞧見妲拉左轉進入另一條住宅街道。

她跟隨妲拉駛上埃迪遜道，妲拉的步伐頂多只是悠哉閒適的散步，太慢了，無法開車尾隨。潔西卡於是停在另一輛貨車後面，按下車窗，探出身子，不讓婦人離開自己的視線。只見她往西走，朝鷹岩大道的方向而去。

抵達那條通衢大道前，妲拉在埃迪遜與鷹岩路口處沒入一棟小小白色建築。潔西卡慢慢地重新加入車流，駛過那個地方，是一間叫愛碧的小館子，駛過時正好看見妲拉撐著桌子笨拙地擠進靠窗雅座。

在附近找到停車位後，潔西卡往回走向餐館。外部是白色粉牆，一塊簡單的紅色標示牌，顯然只賣一些簡單餐點，卻十分忙碌。上這裡來的客人主要是為了食物而不是裝潢。用餐者可以選擇吧檯前一排沒有靠背的圓椅凳，或是像妲拉坐的那種紅色合成皮雅座。妲拉正忙著看菜單，面前桌上放了厚厚一本紙頁泛黃的平裝小說。看起來不像會有同伴前來。這一點即將改變。

「嗨，妲拉。」

婦人根本還沒搞清楚狀況，潔西卡已經坐進她對面的位子。她放下菜單，雙眼睜大，驚訝得嘴巴形成一個小O。「這是——」

潔西卡打斷她。「妳知道我是誰，對吧？」

「對，我記得妳。妳是那個私家偵探，我沒興趣跟妳說話，所以如果妳不介意——」

「看著我，妲拉。」

妲拉又拿起菜單。「請妳馬上離開。」她假裝在看早午餐優惠，嘴唇卻忍不住微微戰慄，幾乎細不可察。

潔西卡說：「我是艾莉西亞．拉威爾。」

「好了，我要妳馬上就走。」妲拉把菜單摔到桌上，聲音低沉憤怒，手環叮噹狂響。「當時一堆人跑到城裡來看熱鬧都已經夠糟了，可是妳呢？根本是變態，妳是個變態。大家都知道那個小女孩死了。」

妲拉狂亂地東張西望，好像在找門房保鑣或是某個店內壯漢，但這只是鷹岩的一家小餐館，所以都沒有，只有一個女侍，正在另一頭替老人家和幾個家庭點餐。後面廚房很可能還有一個廚師。潔西卡不擔心女侍或廚師，她哪都不會去。

她從袋中拿出皮夾翻開來，露出一張塞在方形乳白色塑膠套後面的照片。是潔西卡和東尼・蕭，在他去世一年前左右拍的。又是一張難得的照片，一如威廉斯堡藝廊那張。

「妳要是不看我的臉，那就看看這張照片。」

潔西卡把皮夾丟到妲拉面前，妲拉匆匆瞄上一眼，隨即慢慢地拿起皮夾。她抬眼看著潔西卡，臉色就跟美耐板桌面一樣白。

「這是小羅。」

潔西卡點點頭。「我爸爸。伊蓮娜・拉威爾是我媽媽。」

妲拉的目光轉回照片，接著又回到潔西卡臉上。她定定凝視了彷彿許久，但恐怕只有幾秒鐘。

「艾莉西亞？」妲拉滿臉驚愕，聲音幾乎有如呢喃。

潔西卡再次點頭。「我自己也是幾天前才知道。」

女侍拿著咖啡壺和兩只杯子來了。「妳們兩個都要咖啡嗎？」

「不要。」妲拉說。

「要，」潔西卡說：「我想我們倆都來一杯好了。多加一點糖。」

妲拉只點了點頭。

女侍倒了咖啡。「我幾分鐘後再來替妳們點餐。」

「這怎麼可能？」女侍走遠後，妲拉才問道。

「如果妳都覺得這一切難以相信，想想我的感受。」潔西卡喝了一點咖啡，味道不錯。「不到一星期以前，我就坐在一間像這樣的小餐館裡，無意中在網路上發現艾莉西亞·拉威爾的失蹤資料。我一眼就看出照片中的小孩是我，只不過一開始以為是弄錯了。我是私家偵探，所以就到鷹岩來想弄個清楚。」

妲拉緩緩將糖拌入咖啡，卻沒有準備要喝的動作。「妳真的是私家偵探？」

「對，我是。」潔西卡說：「而且我打算找出殺死我母親的凶手。」

妲拉把湯匙丟在桌上，用手掩住嘴，閉上眼睛。豆大的淚珠滾落她豐腴的臉頰。「對不起。」

「對不起？為什麼？」

妲拉張開眼看著潔西卡。「伊蓮娜會死是因為我。都是我害的。」

30 潔西卡

女侍又回到雅座來。「妳們決定好要點什麼了嗎？」

「還沒。」潔西卡說，眼睛仍盯著妲拉看。

「喔，好吧。」女侍消失在後面的廚房。

「什麼叫伊蓮娜會死是因為妳？」潔西卡問。

妲拉用拇指擦拭兩隻眼睛下緣，抹去淚水與眼線。

她說：「刀子也許不是我親手插進她身體的，但說是我也沒錯。伊蓮娜死的那天晚上我在她家，我是說當晚早一點的時候。事情發生時我不在，我真希望我在，或許就能阻止了。」

潔西卡點頭。「妳向調查命案的警探提供的證詞，我看過了。我也看了艾斯．福里曼的證詞。他說那天晚上妳到酒吧的時候心情很不好，他好像覺得妳和伊蓮娜吵架之類的。」

妲拉默不作聲，只是玩弄著手環。過了半晌才說：「我們的確吵架了。當然，以前也吵過很多次，我是說我們幾乎還像小孩一樣。不同的是，這次再也沒有和好的機會。我最後對伊蓮娜說的都是氣話，這點我永遠無法原諒自己。」

「妳們在吵什麼？」

妲拉嘆道：「那天晚上一開始還挺好的，很開心，就像平常的禮拜五晚上。喝酒、抽菸、聽音樂。後來伊蓮娜跟我說她要離開。」

「她要離開鷹岩？」

妲拉點點頭。「離開鷹岩，離開洛杉磯，也許甚至是加州。說她會帶著艾莉西亞，而且不打算告訴小羅。很可能就留個字條給他。所以我才抓狂。沒錯，她走了我會想念她，可是這樣對待小羅是不對的。他把那孩子當成親生女兒一樣疼愛。」

當成親生女兒。

潔西卡當下愣住。妲拉是說東尼不是她父親？她需要冷靜片刻才能繼續提問。

「伊蓮娜是什麼時候計畫要離開的？」她問道。

「我不確定。」妲拉說：「我猜頂多兩個星期。伊蓮娜跟我說她在等一筆錢，錢到手以後就走。甚至不告訴我她打算上哪去。」

「什麼錢？」

「不知道。某個男人給的吧，我想。」

潔西卡從包包裡拿出她在凶宅找到的裝照片的信封袋。那五萬元還放在昌盛藥局的袋子裡，還在她車上手套箱裡，偽裝成體香膏和洗髮精，等著被揮霍一空。

潔西卡遞出信封袋。「關於這些照片妳知道多少？」

妲拉倒出照片，一一翻看。「看起來是伊蓮娜和幾個男生，沒什麼大不了，她從來不缺男人的關注和陪伴。」

「我已經知道她在勒索男人了，妲拉。就是照片上的人。我在她莫里森路的家裡找到藏起來的錢。一大筆錢。」

妲拉似乎確實十分震驚。「伊蓮娜跟我說她只做過一兩次，是比較年輕的時候，為了幫忙付房租、買食物。說這樣比在街角拉客賣淫好。我不知道她還在做這種事。」

「她在等的那筆錢，會不會是更多的勒索金？」

「我覺得不是。」妲拉皺起眉頭。「她對那些男人做的事，只是小意思，我甚至不會說那叫勒索，對我來說用字太重了。她只不過是多騙了男人一點錢，如此而已。老實說，看她過的生活，我其實並不怪她。

「妳知道她是在育幼院長大的吧？別誤會，她總說院裡的人對她很好，尤其是院長安哲琳，她是伊蓮娜從小到大最像她媽媽的人。可是伊蓮娜希望自己長大後能比小時候過得更好，聽她說話的口氣，她在等的這筆錢可以讓她一生不愁吃穿。」

「嗯哼。」潔西卡說：「那麼伊蓮娜的死又怎麼會是妳的錯？妳也說了，妳當時又不在。」

妲拉垂下眼睛，凝視著咖啡杯。「那晚我去到艾斯的時候，小羅在值班。我把一切都告訴他了，關於伊蓮娜打算帶著艾莉西亞離開的一切事情。他向來是個安靜不多話的人，我常說他個性沉穩，所以他沒有大吼大叫。但我看得出來他很生氣，是那種在表面底下沸騰，眼看就要爆發的可怕怒氣。我以前從沒看過他這樣。隔天，伊蓮娜就死了，艾莉西亞不見了……還有小羅也是。」

「妳真的覺得是他殺了伊蓮娜？」

妲拉點頭。「對，我是，我覺得他理性斷線了。而且他帶走艾莉西亞，好自欺欺人說她是他的女兒。」

潔西卡艱難地嚥下一口口水。儘管已經知道妲拉會怎麼回答，她還是不得不問。「妳真的覺得他一點都不可能是我的親生父親？」

妲拉從桌上拿起皮夾，再次看著照片，然後交還給潔西卡。「伊蓮娜總說他不是。我想不出她有什麼理由要騙我。很遺憾，但這個男人不是妳爸爸。他是殺人兇手。」

潔西卡用一根手指輕輕觸摸廉價塑膠片底下東尼的臉。「我沒法相信。」

妲拉問：「他現在人呢？」

「死了。」

「是不是兩年前走的？」

「對，」潔西卡面露驚訝。「妳怎麼知道？」

「每年到了伊蓮娜的忌日，總有人會送一束白玫瑰到她墳前，沒附卡片。那是她最喜歡的花。我也總是會放白玫瑰。兩年前，神秘花束停送了。我一直就覺得是他送的。」

「白玫瑰是嗎？」潔西卡輕笑一聲。「那也是我最喜歡的花。」她闔上皮夾丟進包包，然後直視妲拉。「妳知不知道我的生父是誰？」

妲拉搖搖頭，不自在地在擁擠的座位上動動身子。

潔西卡說：「拜託了，妲拉，妳要是知道什麼，什麼都好，一定要告訴我。我有權利知道。」

婦人嘆氣道：「我願意說的都說了。不過潔西卡，妳問問自己，伊蓮娜沒工作還有一個小孩要養，她怎麼負擔得起莫里森路上的房子？」

五分鐘後，潔西卡回到車上，手機在手，螢幕上顯示的是康納的電話。她的手指懸在綠色通話鍵上方，真恨自己會需要他的幫忙。最後她敲下按鍵。

只響一聲他就接起來了。「潔西卡。妳還好嗎？我本來想打給妳，卻不知道——」

「我要知道擁有凶宅所有權的公司叫什麼。」

「這表示妳又願意跟我說話了嗎？妳要知道，我們還是可以一起查這個案子。」

「少廢話，給我名字就對了。」

沉默片刻後，他說：「等一下。」

潔西卡聽到悶悶的砰咚一聲，是手機被丟到堅硬的表面，接著背景傳來紙張窸窸窣窣的細微聲響。康納又回到線上。「我得找一下文件。我再回妳電話。」

「不用麻煩了，傳簡訊就好。」

他還來不及回應，潔西卡就掛掉電話。過了十分鐘，她開始覺得不會收到他的消息時，手機嗶了一聲。

簡訊寫道：**公司叫薩格房屋，老闆是唐‧薩格。**

潔西卡敲打回訊：**辦公室在哪？**

康納回了一個位於科羅拉多大道的地址。

潔西卡：**禮拜天有開嗎？**

康納：**不知道，我又不在那裡上班。**

他簡訊最後加了一個笑臉符號。潔西卡不禁納悶，她有看過哪個四十歲的男人用表情符號嗎？

潔西卡沿鷹岩大道往北到了科羅拉多大道，很快就找到薩格房屋。是個簡單的小店面，不是她想像中那種絢麗浮誇的洛杉磯房地產辦公室。她發現裡面亮著燈，有一位年輕女子坐在前門邊一張辦公桌後面。看起來似乎是營業中。潔西卡繼續向前開，找到一個停車位。等她走回薩格房屋時，康納已經站在外面看著她走近。

「我說你要是再跟蹤我會怎樣？」

「我沒有跟蹤妳，我是在幫妳。」

「我不需要你幫。」

「妳十分鐘前問我這裡的地址，就是需要啊。我想我或許能派上用場。」

康納咧著嘴笑，潔西卡注意到他下巴挨她打的地方瘀青了。真該再打狠一點。

她說：「好，不過我來負責說話。」

「全聽妳的。」

辦公桌後面的女孩比潔西卡年輕幾歲，差不多是康納的一半年紀。美貌、苗條、棕髮，銀色名牌上寫著「瑞秋」。本來正在翻一本《美麗佳人》的她抬起了眼睛。

「你們好，有什麼需要……」她注意到康納受傷的下巴，又定睛一看。「天哪，你的臉怎麼了？沒事吧？」

康納豎起拇指指向潔西卡。「被她打的。」

瑞秋緊張地笑了笑，好像不確定他是否開玩笑。「那麼有什麼需要我服務的嗎？」她問道：「你們要租房子嗎？」

「我們不是一對，」潔西卡厲聲說：「我們倆都是私家偵探，想要問問關於你們的一棟房子。」

「噢，沒問題。哪一棟？」

問的對象是潔西卡，但女孩無法將目光從康納身上轉開。他顯然給了她一種受傷英雄的性感感覺。

潔西卡說：「莫里森路上一棟工藝師風格小屋，就在鷹岩這裡。那房子已經空了二十五年，我們需要知道最後租屋和每月付房租的人的姓名。」

瑞秋對這個地址沒有反應，潔西卡猜想是她太年輕，不明白那棟房子的重要意義或是不知道那裡發生過什麼事。

「對不起，」瑞秋說：「我沒有權限可以交出客人的個資。我只是在這裡幫忙預約看房。」

「誰有權限？」潔西卡問。

「我老闆薩格先生，但如果事情不緊急，我不太想在週末打擾他。你們可以明天再來試試，不過我也不確定他會願意提供資訊。」

「但妳還是可以看到檔案吧？」

瑞秋點點頭。

「我們真的必須盡快得到這份資訊。」潔西卡說：「妳要是讓我們很快地看一眼文件，那就算幫我們很大的忙了。」

瑞秋聳聳肩。「抱歉，我幫不了。」

康納說：「那麼妳去看一眼檔案，把名字寫下來如何？我們不必看任何正式文件，也絕對不會有人知道妳幫了我們。」

「我真的不應該……」瑞秋讓筆在指間轉動，抬起長睫毛底下的眼睛看著康納。

他說：「我真的會很感謝妳，瑞秋。」

潔西卡說不準是誰比較用力在調情。她說：「我去外面等。」

到了外面的人行道，她點了根菸等候康納。兩三分鐘後他重新出現，手裡拿著一張粉紅色便利貼，臉上得意洋洋。

潔西卡丟下菸，看著便利貼。「運氣怎麼樣？」

「妳是說有沒有拿到瑞秋的電話？那還用說。」

潔西卡翻了個白眼。「你都可以當她爸了。」

「開玩笑的。」康納說著舉起紙頭。「租用莫里森路的房子並且繳月租的人的姓名。妳說得對，是別人，伊蓮娜住在那裡一分錢都不用出。」

潔西卡心跳加快。她試圖去搶便利貼，康納卻舉到她搆不著的地方。

「我得到原諒了嗎？」他問。

「好啦，隨便啦。便利貼給我就對了。」

他遞出顏色鮮亮的方形紙張，她隨即塞進牛仔褲口袋，然後轉身沿著科羅拉多大道走向自己的車。

「妳要去哪裡？」康納在後面喊道。

潔西卡不予理會。他要是有另一張粉紅便利貼上寫著瑞秋的電話號碼，她也不驚訝。回到車上後，她在街區繞了一下，最後把車停在一條小小的住宅街道。她從口袋掏出紙條，盯著瑞秋以工整字跡寫下的姓名。

那些丟失的伊蓮娜人生拼塊開始歸位了。自從抵達鷹岩至今，潔西卡第一次覺得開始看見事情的全貌。

她手中紙上寫的那幾個字是她親生父親的名字，她很確定。她從儀表板充電座拿起手機。該是家人團圓的時候了。

31 普萊斯

梅迪納都還沒掛上電話就已經半離開座位，跟桌子對面的普萊斯話也還沒說完，一條手臂已穿入皮夾克。

「是我在快捷的朋友。」他說：「他在好萊塢分店的朋友好像比對到監視器裡的那輛車。現在車就在他們停車場，我說我們會去看看。」

「好，我把幾個畫面列印出來。」

普萊斯拉出影帶畫面，擷取幾張截圖後，放置到列印佇列。走出小組辦公室時，順便拿取接紙盤上印出的紙張。他血液中的腎上腺素已開始激增。

到了外面又濕又悶，等他們穿梭經過十來輛巡邏車，找到普萊斯停在停車場出口附近的道奇挑戰者時，普萊斯的襯衫已經黏在背上。他不明白這麼悶熱的天氣，梅迪納怎麼還穿得住厚皮衣。現在需要一場強烈暴風雨來打破炎熱的魔咒。

上車後，普萊斯將空調轉到連太平間的員工都覺得冷的程度，然後駛上威考克斯路，很快地接上聖塔莫尼卡大道後往西行。他們行經租金低廉的套房公寓、成排的速食店和幾家酒類專賣店，最後來到鄰接兩家漢堡店的快捷租車好萊塢營業所。

這家分店是單層樓白色建築，有個中型停車場，約可停放六、七輛車。沒看見紅色福特或其他紅色車輛。普萊斯和梅迪納互看一眼，聳了聳肩。

隔壁餐廳的戶外座位區坐滿了全家一起出來用餐的人，盡情享受著悠閒的週日時光。可以聽見大聲的聒噪、嬰兒哭鬧和金屬餐具落在盤上的哐啷聲。暖風中明顯飄浮著炭烤肉、炸洋蔥與油滋滋的薯條的氣味。普萊斯光是聞到就感覺膽固醇指數上升。

梅迪納說：「要是我朋友的朋友那邊也沒什麼結果，至少已經想到晚餐要吃什麼了。」

「就照你說的吧。」

快捷的服務台後面，有一個三十出頭的肥胖男子，正對著一架桌上風扇在冒汗。他看起來好像一個禮拜七天的三餐都在隔壁餐廳解決。

「警探嗎？」他問道。

他們點點頭，他便往工作褲上擦擦手，然後伸向普萊斯與梅迪納。他們都握了手，自我介紹。櫃檯後面的男子說他叫吉米，其實名字就寫在他的快捷塑膠名牌上。

「我是肯恩的朋友。」梅迪納說：「你幫我們找到什麼了，吉米？外面的停車場一目了然，一眼就看得出沒有紅色車子。該不會是你和肯恩說完話以後，福特被租走了吧？」

「不，不，完全不是這樣。車子停在後面的小停車場。請跟我來。」

吉米從櫃檯後面鑽出來，帶他們重新走出前門，繞過建築側面。只見一輛紅得像消防車的福特Focus擠在兩輛銀色Honda之間，只不過車頭朝外。

「這裡是員工停車場。」吉米解釋道：「我把車移到這裡，讓你們能好好查看，免得隔壁

『瘋漢堡』的用餐客人圍觀。」

梅迪納說：「想得周到啊，吉米。」

普萊斯從長褲口袋取出折起的列印紙。面前車牌的數字與圖像中所見相符，條碼也在相同位置，而普萊斯此時也看清了，在畫面中車頂上看似黑色污漬的東西原來是車頂行李架。

「對於打算去衝浪或騎自行車的客人，這款很受歡迎。」吉米順著普萊斯的目光看去，便說道：「你覺得這是你們要找的車嗎？」

「應該是。」普萊斯說著將列印出來的紙張交給梅迪納。「維克？」

梅迪納自己也很快地比較了面前這輛福特Focus和監視器畫面中的車，點頭表示認同。「再確定不過了。」他轉向吉米說：「你能調出上星期六的租約嗎？」

吉米顯得不太自在。他拍拍兩輛Honda中較新潮的那輛。「我老闆彼得森先生人在這裡。我沒想到他會為了處理一些文件，臨時進辦公室，而且會待兩三個小時。我得先請示他。」

梅迪納說：「當然了，沒問題。彼得森先生現在在哪裡？」

吉米說：「在後面的辦公室。跟我來。」

他們三人又循原路繞過建築側面走進前門，吉米也再次鑽到櫃檯後面，輕敲一扇關閉的門。他等了幾秒鐘，尷尬地對普萊斯與梅迪納露出微笑，接著門後面的辦公室傳來一聲隱晦的回應。

吉米輕輕溜入後，隨手關上門，三十秒後隨同一個身形更龐大的男人重新出現。那人年約五十，一頭花白亂髮，有一對雙下巴和一個大肚腩，充分考驗著他身上那件快捷Polo衫制服接縫的強韌度。如果瘋漢堡有發送集點卡的話，這間租車公司員工的卡片上想必蓋滿了戳印。

「彼得森先生嗎？我是普萊斯警探，這位是我的搭檔梅迪納警探。」

他二人都快速出示警徽。

「請叫我史丹就好。」彼得森熱切地與他二人握手。「聽吉米說你們需要我協助調查，我能幫什麼忙呢，兩位警探？」

普萊斯解釋說他們正在追查一輛與某宗重大犯罪有關的車，而那輛車可能就停在他們公司的後停車場，所以他們需要盡快取得上個週末租車客戶的資料。

彼得森問道：「你們有搜索令嗎？」

普萊斯說：「是這樣的，彼得森先生，史丹。我們可以申請搜索令，也會去申請，但這麼一來就得找法官、填表格，一堆繁文縟節。這些都很花時間。而且今天是星期天，時間也不早了，所以可能要等到明天早上程序才會啟動。」

「這我完全明白，可是——」

普萊斯打斷他。「我說我們在調查重大犯罪案件，指的是殺人案。這輛車也許能讓我們在歹徒對另一個年輕女子下手以前找到他，或者我們也可以在這裡站一整天浪費唇舌。」

彼得森睜大眼睛。「是在拉布雷亞路汽車旅館發現的那個女大生嗎？」

普萊斯直視著彼得森。「我不能透露調查細節，但你的配合可能對於讓歹徒落網大有幫助。」

「天哪，我女兒也讀加州州大。」彼得森用手梳一下頭髮，認真思考片刻。「在快捷，我們非常注重客戶隱私，尤其在好萊塢分店應該可以說提供了頂尖的服務。不過這一次，既然事態緊急，我準備就破例一次吧。」

普萊斯說：「非常感激你的合作，史丹。」

彼得森移動滑鼠喚醒電腦，敲了幾個鍵。接著他從螢幕抬起頭看普萊斯和梅迪納。「對了，如果你們哪天想租車，我們一定能為警局的朋友提供優惠。」

梅迪納說：「我們會記得。」

彼得森說：「那輛福特Focus從上個週末以後出租過兩次，而我們的車在使用過後，都會以最高標準進行清潔、打蠟、抛光，所以你們的鑑識團隊恐怕不會有太大收穫。我們所有的車輛都處理得非常徹底，正如我剛才所說，我們提供的是頂尖服務。」

「我一點也不懷疑，史丹。」梅迪納說。

「好，」彼得森看著螢幕說：「你們想查的客戶是在星期天午餐時間租的車，並在隔天傍晚還車。是短期租賃。」他轉向員工同仁說：「吉米，你可以去拿這個檔案嗎？」

「沒問題，彼得森先生。」吉米瞄了螢幕一眼，然後走向一個金屬檔案櫃，從褲袋掏出一串叮噹作響的鑰匙，以其中一把小鑰匙打開櫃子，開始翻找一疊厚厚的資料。他從抽屜拿出一份薄薄的綠色資料夾說：「找到了。」

彼得森從吉米手上抓過資料夾，遞給普萊斯。裡面有租車合約與客戶駕照的影本。照片上是一位皺眉怒目的三十歲男子，頂著小平頭金髮，眼神冰冷空洞。

32 普萊斯

根據租車合約上填寫的資料，內特・丹尼爾斯住在回音公園區。普萊斯與梅迪納謝過彼得森與吉米後，隨即重新跳上道奇挑戰者。

普萊斯朝著道奇球場的方向往東行駛之際，梅迪納打電話確認了地址沒錯，而且丹尼爾斯沒有前科，名下有一輛車。

一輛黑色速霸陸SUV。

梅迪納說：「我已經針對速霸陸申請全面追查，免得我們這位丹尼爾斯先生不在家。不過他既然自己有車，幹嘛還要租車？」

「你會用自己的車逃離殺人現場嗎？」

「說得對。」

丹尼爾斯的公寓位於一棟三層樓乳白水泥建築的三樓，各戶的前門直接連接著狹窄的環狀陽台廊道。建築兩端各有一道階梯通往各樓層。看起來很像沒有免費WiFi和有線電視的汽車旅館。

普萊斯與梅迪納爬上三樓，腳步聲在樓梯間回響著，走上陽台廊道後，在中央處找到了那間公寓。天色忽然變黑，遠方傳來隆隆響聲，天空中隨之閃過一道白光。

「閃電。」梅迪納說。

普萊斯點點頭。「暴風雨要來了。」

他們各自從腰間槍袋拔出一把貝瑞塔92FS，貼靠在正門兩邊的牆壁。普萊斯的神經繃得比吉他絃還緊。他看著梅迪納，只見搭檔咬緊牙關、臉部肌肉緊繃。普萊斯感覺到血脈裡有腎上腺素激增的熟悉感。

梅迪納重重敲門。「洛杉磯警局警察！開門！」

他們等候著，無人回應。可以聽到其他公寓裡有電視機嘰嘰喳喳的模糊聲響，烹煮東西的味道從敞開的窗戶飄出，但二一〇號公寓卻不見有人活動的跡象。梅迪納又敲一次門，聲音空洞，是防撞力不太好的廉價大門。

果不其然。

梅迪納往後退，身子靠在陽台突出處，一隻腳跟對準門鎖，以最大的力量踢過去，門與門框立刻裂開。兩名警探把槍伸在前面，走進一個小而陰暗的玄關。

梅迪納往右一轉，經由一個出入口進入客廳。普萊斯則左轉進到臥室。房裡的陳設零星，一張沒整理的加大雙人床、一個斗櫃和內嵌式衣櫥。地板大多被槓片和臥推架給佔滿。典型的單身漢住所。普萊斯蹲下來往床底看，拉開衣櫥門，推開掛滿西裝、牛仔褲和襯衫的衣架。沒有內特・丹尼爾斯。

「臥室沒人！」他喊道。

「客廳也沒人！」

普萊斯接著查看浴室，透明淋浴間裡仍布滿水珠。他彎身去摸一條丟在磁磚地板上的毛巾，忽然聽見毛玻璃小窗發出啪啪啪的聲音，嚇了一跳，隨即才發現是外面下大雨了。

「浴室沒人！剛剛被他跑了。」

「普萊斯，」梅迪納喊道：「你來看這個。」

他們在廚房會合，梅迪納默默地指著桌上一個咖啡杯。黑色液體還冒著熱氣。普萊斯走過小廚房，一手摸了摸流理台上的咖啡壺。

「熱的。」他用嘴型告訴梅迪納。

丹尼爾斯還在屋裡。

他們倆又再度舉起槍，慢慢地、悄悄地朝廚房門口走去。這時玄關傳出轟然巨響，緊接著砰的一聲，是木頭撞擊木頭的聲音。普萊斯和梅迪納衝出廚房，看見玄關小衣櫥的門敞開著，一支拖把和吸塵器翻倒在地，方才被撞壞的前門已經大開靠著牆，仍掛在鉸鍊上晃動著，而丹尼爾斯已在一片嘈雜聲中逃跑了。

普萊斯聽到公寓外有腳步聲重重踩踏過水泥地，立即奔上環狀陽台走廊，正好看見一名金髮男子消失在往下的樓梯口。他隨後追去，兩階併作一階下樓，並換成左手拿槍，以便扶住欄杆。

外頭雨下得很大，普萊斯望向右邊空蕩蕩的街道，不見丹尼爾斯的蹤影。他往左轉，到了建築轉角探頭查看，在傾盆大雨中隱約可以看到一個穿深色衣服的人，沿著公寓大樓與隔壁大樓之間的窄巷跑去，約莫已跑到半路的位置。

普萊斯追了上去，全速衝過兩側畫滿地方幫派塗鴉的牆面，閃過多日未清的垃圾桶。他的衣褲全黏在身上，樂福鞋踩在被雨打濕的柏油地面不停打滑，但他的速度仍快，逐漸拉近了兩人之間的距離。

丹尼爾斯回頭一瞥，看見普萊斯就快追上來了，便停下來將一只垃圾桶推倒在路上。普萊斯咒罵一聲，連忙躍身跳過金屬圓桶與撒出來的垃圾，落地時力道太大，受傷後較為脆弱的膝蓋難以承受，頓時整條腿一陣刺痛，但他咬緊牙根繼續追，再次加快速度。他絕不會讓這個王八蛋脫逃。

普萊斯看見丹尼爾斯到了巷子盡頭左轉，他放慢速度，靠在建築物牆壁上大口喘氣，膝蓋陣陣抽痛。他舉起槍，因為不知道丹尼爾斯有沒有武器。他小心地把頭探出建築轉角，看到一條更小的巷子，丹尼爾斯正在爬上巷尾一道三米高的鐵絲網籬。

閃電照亮了頭上如瘀青般的天空。普萊斯快步走向丹尼爾斯，兩手握著貝瑞塔對準他。「別動！」他高喊。他眨去眼裡的雨水，兩手緊握手槍。「警察。從籬笆上下來，兩手放在頭上。」

丹尼爾斯已經一腳跨過圍籬頂端。他看看普萊斯，再看看圍籬另一邊的下方，似乎在權衡輕重。

「想都別想，丹尼爾斯。」普萊斯喊道：「我會開槍，而且不會射偏。」

丹尼爾斯略一停頓之後，回頭溜下圍籬，背對普萊斯蹲著。他站直起來，慢慢將手舉高，證明他沒有武器。

「沒事，老兄。」他轉頭大喊：「別對我開槍。」

普萊斯慢慢接近嫌犯，仍一手持槍，另一手則伸向手銬袋準備取出手銬。太遲了，他看見丹尼爾斯一個回身，動作快速而流暢，一條腿伸得筆直，腳跟踢中普萊斯拿槍的手。他眼看著武器被踢飛出去，在濕濕的柏油地面上彈跳到他搆不著的地方。

說時遲那時快，丹尼爾斯已經壓到他身上，將他打倒在地。他感覺到一記右鉤拳從下巴一閃而過，旋即揮出上鉤拳擊中這年輕人的肚子。他聽見丹尼爾斯大聲地倒吸一口氣，但他身強體壯，很快又把普萊斯壓制在濕漉漉的地上，高舉起一隻拳頭，準備再飽以老拳。

「我要是你就不會這麼做，王八蛋。」

丹尼爾斯一時愣住，手還高舉在空中。

普萊斯抬起頭，看見梅迪納站在幾呎外，大片大片的雨水滑落他的皮夾克，而他的貝瑞塔就瞄準著丹尼爾斯的頭。普萊斯將對手從身上推開，用膝蓋跪壓住他，這次終於能好好地給他上銬。

他轉向梅迪納。「真好，你終於現身了，搭檔。」

梅迪納咧嘴笑道：「你也知道我的，阿傑，我一向喜歡閃亮登場。」

33 潔西卡

潔西卡結束通話。

兩手抖得有如毒癮發作的毒蟲，緊張興奮之情讓她感到噁心欲嘔。

她有家人。

她終究不是孤單一人。

潔西卡按下iPhone右側按鈕關閉電源，她不想接到康納的簡訊或電話。今晚她將親自向血肉至親表明自己的真實身分，可不能讓一個滿口謊言的混帳毀了這一刻。

她雙臂上冒出了雞皮疙瘩。如果她沒猜錯生父是誰，這其中隱含的意義十分重大，將會有許多事需要討論，查驗DNA也幾乎勢在必行，還得做出一些重要決定。

潔西卡啟動引擎，駛離路邊，回到科羅拉多大道上。頭頂上聚集大片烏黑怒雲，遮蔽了藍天。就快下雨了。心裡才剛閃過這個念頭，就聽到一聲霹靂，緊接著一道雙叉閃電劈裂陰霾的天空。豆大的雨滴打落在擋風玻璃上，潔西卡於是打開雨刷開關。

當她轉上鷹岩大道，雨刷已轉為最快速，此時已下起滂沱大雨。潔西卡身子往前傾，試圖看得清楚些。前方車輛的紅色車尾燈全是模糊紅點，她便打開車頭燈。已數月未用的雨刷，在暴雨中呻吟哀號，努力地擺動著。四周的人行道空空蕩蕩，民眾都跑進商家和酒吧躲雨。

上了約克大道後，潔西卡繼續駛經藍月旅館沒有停，直到看見遠方雨中的模糊霓虹燈。鐵窗內亮著紅藍色啤酒標誌燈。儘管天候惡劣，店家的雙開門仍敞開，門上方掛著紅色手繪招牌寫著「勞夫鄉村商店」。

潔西卡停車後跑進去，雖然車子和雜貨店之間的距離很近，頭髮和衣服還是全濕了。她直接走向酒類冰箱，考慮著啤酒與葡萄酒的選擇，之後才走向放置好東西的櫃檯。

她靠近後，正在看手機的大學生抬起頭來。「好爛的天氣哦。」他注意到她兩手空空。「需要什麼東西嗎？」

「請給我一瓶你們店裡最好的蘇格蘭威士忌。」

「我們只有一種，所以應該就是最好的吧。」

他伸手到身後的高架上，小心地拿下一瓶約翰走路。不是潔西卡最愛的牌子，但也還過得去。

「還要什麼嗎？」他邊問邊將威士忌放入牛皮紙袋。

「這樣就好，謝謝。」潔西卡在機器上刷了卡。

大學生遞出紙袋。「特別的日子嗎？」

潔西卡微微一笑。「希望是。」

在旅館房間前面停下車時，潔西卡發現六號房前面的停車位空著，不見康納那輛綠色福特皮卡，小窗內也沒亮燈。也許他去和那個房仲女孩瑞秋約會，已經快速地遠離潔西卡。運氣好一點的話，他可能已經離開鷹岩。

潔西卡忍不住慶幸自己逃過一劫，在心飽受蹂躪之前，在她為了一個顯然不值得信賴的男人出更大洋相之前，得知了真相。天曉得她這輩子已經碰到夠多這種男人了。

潔西卡回想起在大溪地夜總會外面的那一吻、康納的手撫摸她身體的感覺，以及她內心的小鹿亂撞。回想起自己的天真情懷，竟希望終於找到了停下來不再逃跑的理由。

她不禁臉頰發燙。

她下車後佇立片刻，讓大雨洗去尷尬之情。然後拿起威士忌走回房間。

一進房內，她立刻拴上門鍊，將小克拉克手槍丟到床頭櫃。走向另一頭的浴室時，布鞋濕濕的橡膠鞋底在硬木地板上發出吱吱嘎嘎的響聲。她的牛仔褲和T恤黏貼在身上，水珠從髮梢滴落。

潔西卡踢掉布鞋，脫去濕衣服和內衣褲，胡亂丟成一小堆。她打開淋浴水龍頭，將水溫調高幾格，赤身站在冰冷地磚上打著哆嗦等水轉熱。她把手錶丟到脫下的衣物上面之前瞄了一眼，距離登場時間不到一小時。她跨入了淋浴間。

三十五分鐘後，潔西卡站在四分之三身長的鏡子前，細細審視自己的外觀。為了該怎麼穿，她已經慎重考慮了十來分鐘，最後選擇一件黑白格紋娃娃裝搭配黑色皮踝靴。她將頭髮吹乾，逆梳成蓬鬆波浪捲，然後小心地化上眼妝、刷上腮紅，再用面紙沾幾下唇上的霧面紅色口紅。

接著她坐到桌邊的椅子上，扭開約翰走路的瓶蓋，用旅館的寬矮玻璃杯倒上一大杯，琥珀色液體幾乎滿到杯沿。潔西卡一口喝乾，立即吐出威士忌的赤辣熱氣。她好想抽菸，只是桌上的「禁菸」小塑膠牌與頭上的偵煙器，都在告訴她這不是好主意。於是她又斟一杯酒，抹去杯緣的紅色口紅印。

雨劈哩啪啦打在旅館房間的小窗戶。潔西卡能隱隱聽見約克大道的夜間車流聲。她客人的車很快就會是其中一輛。

天哪，她好緊張，比以前等著約會對象來接她的時候還緊張。潔西卡的思緒轉到東尼與他帶她上墨西哥餐館那一晚，想起他在說出一大串謊話前，緊張地擦去唇上的鹽巴。

她伸手從丟在地上的袋子裡拿出皮夾，在幾張發皺的二十元鈔後面找到潘蜜拉．亞諾的照片。她將照片角落壓平，凝視著上頭的女人和孩子。潔西卡甚至猜想不到自己有多少次看著照片，暗自期望能好好地認識自己的母親。相片表面的光澤早已不再，已經被潔西卡勾畫女子面龐五官的手指摸得黯淡，而她始終未曾意識到自己一直以來渴望的只是一個謊言。

她的名字真是潘蜜拉．亞諾嗎？她果真如東尼所說死了嗎，或者依然健在？此時此刻她正和丈夫女兒坐在餐桌前用餐嗎？照片中的小女孩是否也和潔西卡一樣，皮夾裡隨身攜帶著一張那個秋日裡在公園拍攝的類似照片？這些問題的答案如今還重要嗎？

潔西卡赫然領悟，不重要了。那個女人對她毫無意義。她將飽經歲月摧殘的照片撕成兩半，接著再撕一次，再一次，最後讓碎片飄落進桌下的垃圾桶。

她從塑膠卡套抽出她與東尼的合照，就是她稍早在餐館拿給妲拉看的那張。他們倆手挽著手，潔西卡開懷大笑，東尼則一如既往露出忸怩的微笑，紐約的恢弘市景在背後延展開來。照片大概是三年半前拍的，那一刻清楚地印在潔西卡腦中，猶如昨日。

那是個明媚春日，溫暖，不會太熱，有一絲微風為空氣降溫，但肯定仍是穿T恤的天氣。當時他們在洛克斐勒中心的觀景台上，有一對蘇格蘭男女走上前來，揮動著一台袖珍型數位相機，問潔西卡或東尼能不能替他們拍張照。

他們開玩笑說東尼是專業攝影師，這對情侶可真是走運，能拍到很棒的照片。接著潔西卡則反請對方用她的iPhone，也幫她和東尼拍張快照。事後她在附近的雜貨店沖洗了兩張，一張放進自己的皮夾，一張給東尼。

如今看著照片，潔西卡知道她無法像對待潘蜜拉．亞諾那樣捨棄東尼，於是又將照片收回皮夾。

如果她沒猜錯生父的身分，那個男人不可能殺死伊蓮娜。那麼潔西卡便想不出除了東尼．蕭，還有誰有辦法或動機殺人。妲拉猜測東尼是被伊蓮娜逼過頭而理智斷線，潔西卡相信她說對了。

也許他終於受夠了她。也許一開始只是為了她打算離開而起衝突，結果以悲劇收場。潔西卡一點也不懷疑，東尼．蕭的下半輩子都在為那天晚上的舉動懺悔。

此時她想起了他說的話。

這世界上不是每件事都黑白分明的，小潔。有時候好人也會犯錯，有時候清白的人也會無辜入獄，還有時候真正的壞蛋從來不必為自己做的事付出代價。

或許是被罪惡感啃噬得太厲害，擔心事情曝光的恐懼感太強烈，才會導致他的早逝。像他有未診斷出的心臟疾病，潔西卡猜想他心臟的負荷能力有一定極限，一旦超過就再也承受不住了。但儘管東尼有過去那些陰暗、暴力的秘密，潔西卡知道他內心深處仍是個好人。她從未曾害怕過他，從未有過害怕的理由。他從未對她動過手，她甚至不記得他曾提高過嗓門。她知道他是把她當成親生女兒一樣疼愛，一如她知道自己也會永遠愛他。他們的基因構造或許截然不同，但他永遠是她爸爸，這一點永遠不會變。

事實上改變的是，這兩年來潔西卡一直以為在這世上自己是孤孤單單一個人，如今她知道並非如此。她不必獨立自主。也許她確實找到停下來的理由，可以待在這座天使之城。一個與麥特．康納毫無關係的理由。

她的思緒被隆隆的引擎聲打斷。一輛車的頭燈光束掃過陰暗的窗戶方格。潔西卡聽到引擎熄滅，隨後車門悶悶地砰一聲關上。腳步聲淹滅在雨中。敲門聲輕輕響起。

她一口飲盡剩下的威士忌後起身，順了順洋裝，照照鏡子確認牙齒沒有沾到口紅。兩條腿哆哆嗦嗦地走到門邊，木地板響起靴子鞋跟踩過的回音。

潔西卡透過貓眼看出去，以確認門外是她在等的人。的確是。她試了兩次，才終於將門鍊拉開。

她打開門露出微笑。

34 普萊斯

內特．丹尼爾斯所在的偵訊室正是三天前薛曼待過那間，沒有窗子，沒有空調，只有大雨持續不斷打在頭頂上方平屋頂的劈啪聲。

他與駕照照片一模一樣，理成小平頭的金髮、黝黑臉龐、冷酷的灰眼珠。他穿著緊繃的黑色T恤，緊緊包覆住結實肌肉。倒沒有發達的胸肌，但確實有運動員體魄。他往後靠在椅背上，讓前面的椅腳翹起來，只靠兩隻後椅腳支撐平衡，經過鍛鍊的雙臂抱在胸前。以一個剛剛因為涉嫌殺人而被捕的人來說，丹尼爾斯看起來心情相當輕鬆。

丹尼爾斯旁邊坐著他的律師。就外表而論，這兩人完全是天差地別。梅爾．蒙洛個頭矮小、骨瘦如柴，留著兩撇大八字鬍，並流露出鼬鼠般鬼鬼祟祟的表情。那套廉價的海軍藍細直條紋西裝穿在他窄小的肩膀上，就像掛在店裡的衣架上一樣。一只破舊的公事包打開在他面前桌上。他看似鼬鼠，卻以性情如鼠著稱。

蒙洛說：「警探先生，請盡快結束訊問好嗎？我還想回去陪蒙洛太太享受週日夜晚呢。我們夫妻倆都是固定上教會做禮拜的虔誠信徒，我在安息日工作讓她覺得不太舒服。」

「不過，超時加收的費用倒是花得挺開心的。」梅迪納嘟噥著說。

普萊斯告知丹尼爾斯與律師，裝在天花板上的小攝影機會錄下訊問過程。接著他從資料夾拿出幾張列印出來的監視器畫面，讓蒙洛和丹尼爾斯看了第一張，那是都市高地大樓監視器拍到的影像，有個穿深色衣服的人從汽車旅館房間現身。

普萊斯說：「這是夢幻汽車旅館。就是一個禮拜多一點之前的禮拜六晚上，王艾美遇害的地點。」

蒙洛笑道：「這麼大陣仗就為了這個？那個大學生？我聽說，你們已經為了那起命案關押過一個無辜的人。現在可能會變成兩個。你寶刀老了嗎，普萊斯警探？因為壓力太大嗎？我的當事人是清白的。」

丹尼爾斯說：「根本沒聽過那個賤人。」

蒙洛橫了他一眼。

普萊斯說：「那麼容我替你喚醒記憶，丹尼爾斯先生。」他從資料夾取出王艾美的照片，尋人啟事上那張，放到丹尼爾斯前面。

年輕人咧著嘴笑。「她是個美女，沒錯。我們要是見過面，我會記得。」

普萊斯很想一拳捶過去。

他說：「這是發現王艾美屍體的房間，畫面下方的時間標記和法醫推估她的死亡時間吻合。」普萊斯敲敲那個黑影。「而這個，丹尼爾斯先生，這是你。」

丹尼爾斯冷哼了一聲。「那才不是我。」

蒙洛拿起照片仔細端詳。「這只是一個顆粒粗大模糊的影像，上面的人根本無法辨識。好了，如果你們找到的只有這個，那就是在浪費我的時間還有丹尼爾斯先生的錢。」

普萊斯說：「離結束還早得很呢，蒙洛先生。」

他擺出接下來的三個畫面：黑衣人經由夢幻旅館的辦公室區域朝拉布雷亞路走去、同一人在拉布雷亞與霍桑路口，最後是那個變態爬上一輛停在路邊的紅車。

普萊斯說：「有了監視器個別標示的日期和時間，這些畫面提供了事件發生的時間序。」他看著蒙洛。「我們看見從王艾美房間離開的人和在霍桑路上車的是同一人，這你同意嗎？」

蒙洛刻意以誇張的動作看看手錶。「既然你這麼說就是了，普萊斯警探。」

丹尼爾斯仍斜坐在椅子上，仍一副自以為是的模樣。蒙洛面露不耐。

梅迪納說：「監視器畫面顯示，命案發生時間前後在王艾美房間裡的人，後來利用停在霍桑路的車逃離現場。我們循線追查到一家位在聖塔莫尼卡大道上，名叫快捷的租車公司。」

他將租車合約與駕照影本，連同快捷檔案中一張福特Focus的照片遞給蒙洛。

梅迪納繼續說道：「這些文件證明你的當事人丹尼爾斯先生在上星期六租了這輛車。」

丹尼爾斯把前面椅腳放下來，落在磁磚地板上砰了一聲。他睜大眼睛看著律師。

「我需要和當事人獨處一下。」蒙洛厲聲道。

「沒問題。」梅迪納說。

普萊斯用一個小遙控器將錄影暫停，兩名警探將椅子往後退，隨即離開房間。他們在門外等了兩三分鐘後，門再次打開，蒙洛請他們回到偵訊室。

普萊斯重新啟動錄影。

蒙洛說：「我的當事人承認租了車，但他說上禮拜六他沒開車，影片裡的人不是他。」

梅迪納轉向普萊斯。「我剛才就感覺到這位梅爾老兄會這麼說了，有趣吧？」

「可是沒什麼創意吧？」普萊斯說：「我只能說我很失望，本來以為你會有更好的說詞呢，蒙洛先生。也許你寶刀老了。」

蒙洛不理會他的嘲諷。「很清楚可以看得出來，丹尼爾斯先生比監視器畫面裡的人更健壯。」

普萊斯聳聳肩。「那身寬鬆黑衣，難以判別。我想應該交由大陪審團來決定那是不是丹尼爾斯先生。」

蒙洛說：「丹尼爾斯先生是替雇主租的車。租完車後不久，他就把車和鑰匙都交給對方了。然後隔天才又從雇主那裡取回車子，並立刻還給租車公司。他說他身為特助，這種工作很稀鬆平常。」

梅迪納嗤之以鼻。「我覺得你看起來不像秘書型的人啊，內特。」

「我不是坐辦公室的。我的工作比較實務型。」

梅迪納說：「你是說你是受雇的打手。」

蒙洛說：「梅迪納警探，請注意分寸。」

丹尼爾斯說：「我是說我會照老闆的吩咐去租車、把車開到老闆家，而且我從不問問題。」

忽然一陣急促的敲門聲。一名制服員警探頭進來，說道：「抱歉打擾了。普萊斯警探，有個東西你可能要來看看。」

普萊斯走進走廊，反手將門帶上。員警胸前口袋上的霧鎳電鍍名牌顯示他名叫喬瑟夫，而袖子上的銀色二線山形臂章則告訴普萊斯，此人並非菜鳥警員。他的頭髮被雨水打得濕亮，制服也淋濕了。

「你要我看什麼，喬瑟夫員警？」

喬瑟夫遞上一張照片。「我們在內特・丹尼爾斯的車上找到這個，塞在駕駛座側的遮陽板裡面。我們覺得這應該很重要。」

「謝謝你，警員。要是再有什麼發現，立刻來告訴我。」

警員點點頭，便經由走廊走向出口。普萊斯看了照片。

「該死。」

他掏出手機，滑著聯絡人名單，直到找到他要找的號碼後，按下通話鍵。直接進入語音信箱，他便在留話後掛斷。他重拍牆壁一掌。

「該死。」

普萊斯回到偵訊室，把照片丟到丹尼爾斯面前的桌上。

「你車上怎麼會有這張照片？」

普萊斯一屁股坐回椅子上，狠瞪著丹尼爾斯，後者也回瞪著他，一語不發。在這個能引發幽閉恐懼的小房間裡，唯一只聽到傾盆大雨毫不留情地打在外部屋頂上。

擺在四個男人面前桌上的是潔西卡・蕭的照片，那是一張淺色背景、專業打光的半身照，八成是擷取自她個人網站上簡介部分的大頭貼。

前一天晚上，普萊斯照預定計畫去了一趟鷹岩。在辦公室好不容易忙完之後，時間已晚，要想拯救與安琦的約會之夜早已無望。於是他打電話給妻子，要她不必等門。然後他便繞到藍月旅館去確認潔西卡是否聽從他的勸告離開了。

他不知道她住哪間房，卻知道她開什麼車。他緩緩駛過一整排房間，然後又駛回。當時天色很暗，旅館提供的唯一照明只有一盞藍色霓虹燈，但他的車燈已亮到足以看清有一輛藍色Toyota和一輛綠色福特皮卡。沒有黑色雪佛蘭Silverado。心想潔西卡早已遠離洛杉磯，普萊斯心滿意足地回到家，喝了一瓶啤酒、看了一部電影，睡了一個多日來不曾有過的好覺。

如今，不安的感覺又回來了。他的手伸進褲袋，摸到手機，卻及時打住沒有掏出來，當著眾人的面查看有無未接來電。他知道假如她已回電，他會感覺到手機震動。

即便潔西卡安全地遠在數哩外，他仍需要知道為什麼內特・丹尼爾斯會把她的照片夾在遮陽板，開著車在鷹岩四處晃蕩。他可是因為涉嫌謀殺另一個年輕女子受到偵訊的人。不管他對潔西卡・蕭感興趣的原因為何，普萊斯一點都不能接受。

他注視著丹尼爾斯。「我在等答案。」

蒙洛說：「這是怎麼回事，普萊斯警探？你能不能向我們解釋一下，這張照片有何相干？」

普萊斯可以感覺到梅迪納在看他。他知道維克一眼就會認出這個女孩，這次他可沒辦法那麼輕易就打發搭檔。他與梅迪納的目光短暫交會，他幾乎細不可察地搖了搖頭。

讓我來處理，我們晚一點再談。

他對蒙洛說：「這張照片是在丹尼爾斯先生的車內找到的。」

「所以呢？」律師挑戰道：「我再問一遍，普萊斯警探。這張照片和你們逮捕我的當事人的相關案件有何關聯？照片裡這個女人顯然不是不幸的王小姐。」

普萊斯不理會律師，轉向丹尼爾斯。「你車上怎麼會有這個女人的照片？」

丹尼爾斯聳聳肩。「有美女的照片沒犯法吧？你幹嘛這麼氣沖沖的？你是煞到她了還是怎樣？」

「你在跟蹤她嗎？」

他又聳肩。「如果是呢？」

蒙洛一手搭放在丹尼爾斯手臂上，示意他最好別再開口。丹尼爾斯傾身附在律師耳邊小聲說話。

蒙洛點了點頭。

「那是我老闆交代的另一個工作，」丹尼爾斯說：「要我在鷹岩監視一個人幾天。結果這次竟然是個漂亮的金髮小妞。」他咧嘴一笑。「算不上是我接過最艱難的任務。」

「你說『監視』是什麼意思？」

「就是那個意思。看她去哪裡、和誰說話、做了什麼。然後回報給老闆。」

「為什麼會叫你跟蹤她？」普萊斯問道：「這個女人有什麼重要性？」

「我已經說過，我只負責拿錢不問問題。」

「你說『這次』，所以還有其他次？」

丹尼爾斯微微一笑。「也許。」

「你這個老闆有叫你跟蹤過王艾美嗎？」

丹尼爾斯的眼睛瞄向女大生的照片。「我已經跟你說過我沒見過她。我和什麼殺人案沒關係。」

「上個禮拜六晚上你有沒有殺害王艾美？」普萊斯問道。

「沒有。」

「你在說謊。」

「是嗎？她是什麼時候翹辮子的？」

丹尼爾斯一把抓起有日期標記的列印紙，再度露出微笑，這回笑得更開了。他又傾身與蒙洛交頭接耳，律師也跟著面露微笑。

蒙洛說：「命案發生時間，我的當事人似乎有不在場的鐵證。上星期六晚上，丹尼爾斯先生人在健身房。」

梅迪納說：「你真以為我們會相信你星期六晚上去做重訓？是什麼樣的廢物會在週六夜跑健身房？」

丹尼爾斯掀起T恤，用食指戳著自己的六塊肌。「你想有這種身材？那就必須勤練。你應該試試，別讓自己一副中年發福的樣子，老兄。」

梅迪納說：「我想我還是寧可和美女和伏特加馬丁尼共度週六夜晚，也不和滿身臭汗、鬼吼鬼叫的肌肉男混在一起。不過呢，隨你高興吧，老兄。」

蒙洛又看了眼手錶。「這一切都極具娛樂價值，但兩位若不介意，我想就此收尾了。丹尼爾斯先生告訴我，健身房有會員制，要刷卡才能進入，大廳和健身區都有監視器，這樣應該就足以佐證他提供的不在場證明了。」

梅迪納說：「我們需要健身房的名稱地址。」

丹尼爾斯告訴了他。

「我現在馬上查證。」

梅迪納走出房間。

蒙洛闔上公事包，意味著任務完成。普萊斯忽然發覺在偵訊室的這段時間，律師既未從公事包拿出什麼，也沒放進什麼。這傢伙全在作秀，而且作秀功夫不怎麼高明。

「先別急。」普萊斯說：「我需要一些關於你老闆的細節，丹尼爾斯先生，關於那個男人吩咐你做的那些雜活。否則我會指控你協助教唆殺人，不管你有沒有不在場證明。相信我，進了監獄關上十年，你會有大把時間做伏地挺身和深蹲。」

丹尼爾斯又往後靠，把椅腳翹起來，注視著普萊斯良久。

最後他終於點頭說：「不是男人，是女人。我老闆是個女的。」

35 伊蓮娜

一九九二年十月二日

伊蓮娜摸著臉頰上被妲拉重搧耳光的地方。發紅與刺痛都已消退，但她仍覺得扎心。不是因為舉動本身，而是因為妲拉竟需要發洩怒氣。或許伊蓮娜也有點佩服吧，她不得不向自己承認。矮胖邋遢、從來不會挺身為自己說話的妲拉，終於有了骨氣。

她說的當然沒錯。伊蓮娜配不上妲拉，也配不上布萊德。

那可憐的傢伙甚至必須為了伊蓮娜改名換姓。

她啜飲著另一杯滿滿的酒，想到幾個月前他如何一路追蹤到鷹岩來，不由得雙頰發熱。他在好萊塢一間酒吧外，被多年前在大溪地夜總會遭他們詐欺的兩個人毒打一頓，嚇壞了而來求她幫助。

其實應該說是遭伊蓮娜詐欺。因為不管她要布萊德做什麼、不管他高不高興，他總是會照做。

如果妲拉知道真相，知道他本名不叫羅伯．楊，知道他使用假名的原因，她這個耳光還會打得更用力。

伊蓮娜想到好友建議她試著和布萊德好好過日子，也許這主意也不差。當然，她還是會離開鷹岩，但也許他能跟她們一起。正式成為一家人，伊蓮娜、布萊德和艾莉西亞，正如姮拉所說。她又喝了一些酒，熱氣在體內散開來。伊蓮娜不確定是因為酒精，還是因為想到一個與自己原先設想不同的未來，一個有布萊德的未來。

等他從酒吧回來，她就把一切告訴他。關於錢、房子，以及艾莉西亞生父的身分。然後，等支票一兌現，他們就一起前往佛羅里達展開新生活。就他們三人。

忽然間玄關傳來聲響，打斷她的思緒。她豎起耳朵，努力在音樂聲中辨識，聽起來像是輕輕的敲門聲。可能是布萊德忘了帶鑰匙。

伊蓮娜從沙發起身，將酒杯放到茶几上。走過客廳時，步履有些蹣跚。

「哇。」她笑了起來。

她來到門邊開了門，以為會看見布萊德站在眼前。

不是布萊德。

是個陌生人。

不，也不算是陌生人。

是她從未謀面的人，但以前看過林肯皮夾裡的照片所以認得。當時他還非常樂意為伊蓮娜大把大把地撒鈔票，也還沒因為艾莉西亞的出現需要多一點「說服」。伊蓮娜忍住微笑。看起來老林肯又再一次準備付錢了。

大筆的錢。

她說：「我還在想人什麼時候才會來呢。還是先進來吧。」

凱瑟琳．塔夫尼爾跨入玄關，隨手關上了門。

36 潔西卡

潔西卡彆扭地貼坐在床沿，手指緊張地敲打大腿。她看著凱瑟琳．塔夫尼爾將濕雨傘靠立在門邊，然後毫不拘束地坐到桌邊的椅子上。

凱瑟琳蹺起長腿，背往後倚，看起來輕鬆自在。她一身黑衣，運動褲加帽T加球鞋。黑色皮手套。頭髮整齊地盤成髻。一副好像剛上完皮拉提斯或瑜伽課直接過來的樣子。除了手套以外。

「駕駛手套。」她順著潔西卡的目光看到後，解釋道。

凱瑟琳打開她帶來的塑膠袋，拿出一瓶葡萄酒，並將那瓶二〇一三年的金芬黛高高舉起，有如獎盃。「我帶了點喝的來。」她微微一笑。「希望妳不介意。」

潔西卡微笑以對。她手心開始冒汗，便偷偷往洋裝上抹了抹。

凱瑟琳又拿出兩只高級的灰色玻璃酒杯。「我還帶這個來了。我猜汽車旅館應該沒有準備適當的玻璃杯。」

潔西卡環顧自己的簡陋住處，略感難為情。「是啊，的確比不上比佛利威爾夏飯店，但我想也沒那麼糟。」

凱瑟琳笑著說：「放心吧，我看過比這個更糟得多的……我向妳保證。」

潔西卡大感懷疑，但仍禮貌地面帶微笑，看著凱瑟琳打開瓶塞，倒滿兩只酒杯。她遞了一杯過來，潔西卡才發覺她仍戴著駕駛手套。

凱瑟琳說：「這瓶也是納帕谷產的。其實這座酒莊，我去年買了一些股份，但願妳會喜歡。」

她看著潔西卡啜了一口。味道糟透了。

「拜託，說妳喜歡。」凱瑟琳說：「我真的不希望自己花那麼多錢，結果買到爛葡萄。妳應該可以想像吧，潔西卡，我對錢是錙銖必較的。」

「挺好的。」潔西卡撒謊道。

這讓她想起大學時期兄弟會派對上那些廉價難喝的酒。她又喝了較大一口，並滿懷渴望盯著放在凱瑟琳自己的酒杯旁那瓶約翰走路，想到那品質好得多的琥珀色液體，真希望能再給自己倒一大杯。不過她知道如果她改喝自己的酒，那個女人真的會不高興。她又喝了點葡萄酒。接下來要展開的對話需要一點勇氣，至少還是可以藉這酒壯壯膽。

潔西卡說：「妳也知道，凱瑟琳，過去這幾天我都在調查二十五年前伊蓮娜・拉威爾母女倆在鷹岩發生的事。而我呢，我有一些有趣的發現。」

凱瑟琳修得一絲不苟的眉毛微微揚起。「真的嗎？怎麼說呢？」

「妳說得沒錯，伊蓮娜的確和塔夫建設的某個同事有染。」

潔西卡乾了杯中的酒。

凱瑟琳則秀氣地小啜一口。那注射了膠原蛋白的豐潤唇邊隱約透著一抹頗感興味的微笑。

「原來如此。」

「這話實在很難啟齒。」潔西卡說：「和伊蓮娜．拉威爾有曖昧關係的人就是林肯．塔夫尼爾。妳的父親。」

當時一看到粉紅色便利貼上寫的名字，潔西卡便恍然大悟，在大溪地夜總會外面和伊蓮娜一起被拍到的面熟男子，正是她在凱瑟琳帕薩迪納家中所看見結婚照中的男人。

此刻，潔西卡注視著凱瑟琳，以為會看見某種反應。驚愕、不敢置信、詫異、氣憤、暴怒，什麼都好。不料她只是又給自己倒了點酒。「加滿嗎？」

「不了，」潔西卡說：「我夠了。」

凱瑟琳拿起酒瓶，輕輕搖晃。「真的沒辦法引誘妳再喝一點？」

「我不想再喝了。我酒量不太好。」

凱瑟琳大笑。粗嘎的聲音刺激著潔西卡的神經。

「唉，少來了，潔西卡。」她說：「我們倆都知道這不是真話。如果我的特助說得沒錯，妳好像有不少時間都在路邊那間破爛的小酒吧喝酒，何況我看過照片，我知道他說的是事實。這大概就是俗話說的，有其母必有其女吧。」

「妳說什麼？」

「我完完全全知道妳是誰、妳想做什麼。」凱瑟琳說：「而且我可以向妳保證妳不會如願。妳那個妓女母親沒有從我這裡拿到一分錢，妳也一樣拿不到。」

「我母親？妳知道？」

潔西卡的頭砰砰抽痛。房間忽然晃動傾斜，好像搭著一艘小船在波浪起伏的海上。她覺得想吐，皮膚表面都是汗。

凱瑟琳說：「稱讚我幾句吧，潔西卡。一個私家偵探突然從紐約跑來問東問西，妳覺得我不會查一查嗎？不會查一查妳？」

「妳一直在跟蹤我？」

「我沒親自出馬，沒有。我沒空去管這種雞毛蒜皮的小事。不過我看照片的確看得很過癮。妳那位朋友真的非常有魅力啊，潔西卡，雖然朋友這個字眼恐怕並不恰當。昨天晚上在好萊塢那家脫衣舞酒吧外面，你們倆可真上演了一場好戲。」

「黑色SUV。那是妳的人。」

「噢，原來妳注意到他了？也許妳終究不是個蹩腳的偵探。」

「要想不注意到他有點難。」

凱瑟琳淡淡一笑。「這就是內特的問題：他不是聰明絕頂的人。不過他非常好看——是個非常貼身的特助，妳明白我的意思吧？——而且叫他做什麼他就做，不會多問。他也很能幫我處理一些小……麻煩。」

「我不是麻煩。我他媽的是妳妹妹。」

「同父異母的妹妹。」凱瑟琳厲聲回道，頭一次卸下冷靜虛飾的外表。「就連這麼說都算有度量了。妳是個骯髒的秘密，是張飯票，說穿了也不過就是個談判的籌碼。當時妳是個麻煩，現在妳還是個麻煩。」

潔西卡努力地專注於這個年紀較長的女人身上。「那時候妳就知道我了？」

「我很久以前就知道很多事情。」凱瑟琳說：「我只是好奇妳知道多少？妳知不知道妳媽媽是個下賤的妓女，為了錢跟我爸爸上床，後來還是為了錢一次又一次地跟他做？她先是想要工作，接著要房子，然後是穿的、吃的、酒、藥、車子。全部都由我父親買單好封她的口。她讓肚子被搞大的時候，非常清楚自己在做什麼。那個賤女人一定覺得自己中樂透了。」

凱瑟琳嫌惡地搖著頭。

她繼續說：「但像她那種人，永遠不會知足。她變得貪心。當她得知我父親快死了，就又更進一步施壓，說除非他開一張一百萬的支票給她，不然她就要把事情公開，主張一半的繼承權，讓他身敗名裂，也讓他的家人生不如死。一百萬呀！伊蓮娜．拉威爾根本連十塊錢都不值。

「說真的，潔西卡，要說我真正痛恨的，是那些下流妓女只為了弄到錢就把腿打開、毀人家庭，而不像我們其他人一樣正正當當、誠誠實實地去賺取。」

潔西卡覺得眼皮沉重，好像每根睫毛末端都黏了一塊小秤錘。「在我看來，」她說：「妳也只是靠妳老爸的錢才功成名就，比伊蓮娜好不到哪去。」

「我才不像她。」凱瑟琳說：「妳想知道我是怎麼發現他們的事嗎？我爸爸在醫院裡身上插滿管子和電線的時候，就在全加州最頂尖的醫生告訴我和媽媽說他來日不多之後，我才發現的。

妳覺得我會有何感想？

「當爸爸說要跟我私下談談，不要我母親在場，當他示意我靠到床邊，並用他僅剩的力氣拉開氧氣罩，我還以為他要跟我說他愛我，說他以我為榮。沒想到他卻告訴我伊蓮娜・拉威爾的事，說他們是在一家低級脫衣舞酒吧認識的，幾次金錢交易的幽會後，她很快就從妓女變成情婦。然後他提起了妳，他叫我把問題處理好。我就照做了。」

「妳派那個叫內特的人去殺我媽媽？」

凱瑟琳面露困惑。「內特？二十五年前他恐怕還包著尿布呢。不管怎樣，如果想把事情做好，就得自己來。不必吩咐男人去做。」

「是妳。」潔西卡搖著頭說：「真不敢相信我竟以為是我爸爸殺死我媽媽的。」

「唉，別荒唐了，潔西卡。」凱瑟琳嘲弄道：「妳不是應該很聰明嗎？我們那位父親甚至沒法自己去上廁所，還說什麼殺人？」

「我說的是撫養我的那個人，東尼・蕭，羅伯・楊。不管從哪個重要的層面看，他都是我父親。」

「羅伯・楊？妳不是開玩笑吧？那傢伙是個膽小鬼，根本沒有膽子殺人，懦弱又可悲。妳知道那天晚上他在嗎？甚至沒有企圖抵抗一下，就乖乖照做了，把妳從床上抱起來馬上出城。而且也笨。給妳一個忠告，潔西卡，沾滿妳指紋的銳利東西絕對不要亂放。」

「妳要覺得我是個大麻煩，為什麼不乾脆把我也殺了？」

凱瑟琳似乎對這個問題感到驚訝。「殺死一個在睡覺的孩子？我又不是禽獸。」她略一停頓。「但重點是，潔西卡，妳已經不是孩子了。」

「妳是什麼時候發現我的身分？」潔西卡問：「我自己也前幾天才知道。」

凱瑟琳說：「妳打電話給我秘書後的十分鐘內。我說過了，一個外州來的私家偵探要找我，我得調查一下。第一個收穫是妳自己的網站，第二個是一篇關於東尼．蕭攝影展的文章連結，為他感到驕傲的女兒潔西卡也出席那個展覽了。我一看到照片就認出他來。不過我不得不承認，在那間藝廊裡的他比發現妳母親屍體的他，看起來快樂多了。」

「妳有病。」

凱瑟琳瞇起眼睛注視著她。「我覺得有病的人是妳，潔西卡。妳知道嗎？妳臉色真的不太好，那酒妳喝不慣嗎？」

潔西卡往她仍鬆鬆拿在手上的空酒杯看去，看見一小撮白色粉末殘渣沉在杯底。玻璃杯從她手中滑落，掉在硬木地板上摔得粉碎。「妳給我下藥？」

每個字、每個音節，都費盡力氣。

凱瑟琳又聳聳肩。「面對妳我不想冒任何風險。其他人呢？全都已經灌飽酒精，輕易就能突襲成功。我想妳會不一樣，妳有求生的本事、警覺性高，對我來說是個勁敵。」她拿起已經喝了四分之一的威士忌酒瓶，朝潔西卡揮了揮。「但我好像錯了。」

凱瑟琳將威士忌放到桌上，從褲袋掏出一把刀。

潔西卡認得那是蝴蝶牌的刀。在聽從東尼的建議改用槍枝前，她自己就隨身帶著一把。她的那把刀品質不錯，但和眼前這把完全不能相提並論。這是高級貨，價值五百美元的先進設計，一旦落入危險分子手中就可能造成莫大傷害。一鍵開關、直進直出的自動彈簧刀，高級鋁合金刀柄，矛形刀尖、平刃、長度略短於十公分，在旅館房間的強光下閃著邪惡光芒。

不是平常會放在廚房抽屜裡的那種刀。也不是酒保會拿來切檸檬和萊姆裝飾飲料用的刀。

潔西卡不禁好奇，凱瑟琳是何時升級到較專業的配備？之前究竟有多少其他人？

其他人。

「妳以為今天晚上會是什麼情況？」凱瑟琳問道：「妳真的期望會有感人的團圓場面嗎？以為我會張開雙臂歡迎妳認祖歸宗？以為我會袖手旁觀，任由妳毀了塔夫尼爾家的名聲，把我過去二十五年來辛辛苦苦努力的成果搶走一半？妳作妳的春秋大夢。」

潔西卡正好處在房門與床頭櫃之間的中央位置。門沒鎖，門鍊沒拴。她於是往門的方向移了很小很小的一步。

凱瑟琳的目光跟著她。「妳就別想了。就算妳的血液裡沒有流滿安眠藥，我也不認為妳有機會從那扇門逃跑。」

潔西卡佯裝往前，彷彿試圖奔向房門，同時看見凱瑟琳也本能地往相同方向移動。但她隨即反身撲向床頭櫃，就在她的手指拂過克拉克的冰冷金屬表面時，兩條腿不聽使喚地癱軟了，使得手槍翻轉著滑過光亮表面，她的肩膀重重撞到床頭櫃，槍也砰咚一聲落到地上。潔西卡的肩膀一陣劇痛，伸手去拿槍時，疼痛感更傳遍全身各處。

緊接著，凱瑟琳的身體重壓下來，讓她一時喘不過氣。

潔西卡瞥見一隻手高舉起來，看見刀子迅速朝自己揮來。她急忙用手臂護住前胸，感覺到刀刃劃過二頭肌的肌肉，頓時間劇烈痛楚穿透安眠藥的麻痺迷霧，熱血從傷口湧了出來。

壓在潔西卡身上的凱瑟琳轉換姿勢，用兩隻膝蓋壓制住她的雙臂，彎身靠近，兩人的臉距離近在咫尺。她將冰冷刀刃抵在潔西卡細緻溫熱的肌膚上，潔西卡可以感覺到自己的脈搏在刀刃底下微弱地跳動。當鋒利刀尖劃破皮膚，她倒抽了一口氣，視線周邊烏雲環繞。她拚著最後一點力氣，抬起頭猛地撞向凱瑟琳的臉，聽見了（而不是感覺到）額頭與鼻軟骨相碰後，那令人滿意的碎裂聲，比佛利山數一數二的整形醫生的傑作瞬間毀滅。

凱瑟琳咒罵一聲往後摔倒，鬆開了潔西卡的手臂，也讓氣體得以流入她的肺部。她用力吸氣，旋即又伸手去拿克拉克。濕熱的手指掙扎著握住了槍柄，但還沒能握穩，凱瑟琳的手也包住了槍，使勁壓擠她的手指骨。

她力氣太大，潔西卡應付不了。

她閉上眼睛，抵抗的力量快速流失，抓著槍的手鬆了開來。她再也感受不到手臂或頸部的痛。潔西卡彷彿聽見遠方某處砰一聲又轟一聲，緊接著是一記槍響，錯不了，太響太近了。

然後便失去了意識。

37 潔西卡

暴風雨過了。

天上萬里無雲，一片燦藍。整整下了兩天的雨，草地青蔥翠綠。陽光耀眼到大夥又戴上太陽眼鏡，但空氣中已有明顯涼意。

秋天終於來臨。

墓碑底下細心橫放著十二朵白玫瑰，還用白色緞帶束起。那是她最喜愛的花。沒有卡片，也不需要。花是妲拉在當天早上稍早放置的，過去四分之一個世紀以來，每年到了這一天她都會這麼做。這面墓碑不是紀念墓園中年月最久的，也不是最新的。經過了二十五年，墓石已破損失去光澤，銘文也不再清晰如昔。

二十五年。

伊蓮娜至今死去的歲月就和她活在人世的時間一樣長了。

潔西卡小心地在墓碑前的草地上跪下來。她的筋骨仍然會痛，肌力也尚未完全恢復。假如動作太快，儘管吃了止痛藥，仍可感受到手臂與頸部傷口的刺痛。她將一朵白玫瑰放到妲拉的花束旁，手指輕輕拂過刻在冰冷石碑上的名字時，草地的濕氣從牛仔褲的膝蓋部位滲入。

伊蓮娜並非完人，這點毫無疑問。她有一股燃燒的慾望，想要反擊一個她覺得對她不公的世界。那種感覺潔西卡太了解了，但事實上，伊蓮娜卻比她更加迷失自我。

假如母親能活著過她的五十歲生日，回顧自己所做的決定很可能會心生懊悔。即便如此，伊蓮娜．拉威爾還是真實的。她不是一個陌生人在公園裡拍的完美無瑕的照片，她是潔西卡的媽。她本人和東尼試圖為她建構的悲劇性背景故事相差十萬八千里，但在無數謊言過後，這個真相對潔西卡而言算是夠好的了。

她慢慢站起來，環視廣闊的紀念墓園，暗想著凱瑟琳會不會也安息於此，又有沒有人為她哀悼。

潔西卡希望這兩個問題的答案都是否定的。一想到那個女人逐漸腐爛的屍骨，以後將永遠躺在距離伊蓮娜短短數公尺處，總覺得不對勁。再想到還有人在乎她，更令人難以吞忍。

腦袋吃一顆子彈，這是凱瑟琳．塔夫尼爾最起碼的報應。

潔西卡緩步走回碎石小徑途中，經過了其他墓碑。有些是男人的，有些是女人的，而最令人傷感的是屬於嬰兒與幼童的那些。有些死者逝世已久，有些則是最近才身故，她對他們的故事感到好奇。如今還有人為他們哀悼嗎？還有人愛他們嗎？有家人每一天都在思念他們嗎？或者家人根本不知道他們的存在？潔西卡順著小徑下坡，走了百來公尺後到達柵門，她的車就停在那裡。

有個人斜靠著自己的皮卡貨車，正是麥特．康納。

他一看見她立刻站直身子，推離車身，摘下太陽眼鏡。那雙漂亮的綠色眼眸充滿問號，臉上也帶著不太有把握的笑容。

潔西卡微微一笑。「請告訴我你不會還在跟蹤我吧。」

「我哪敢。」康納說：「我剛才打電話到醫院，他們說妳出院了。我猜應該可以在這裡找到妳，因為日期之類的。我也打過妳的手機，但直接就進語音信箱了。」

「太多記者來電了，我是說真的記者。我想最好還是關機一陣子，等到熱度消退，他們又去追下一條大新聞以後再說。」

「他們知道妳是誰了嗎？」

「不知道，他們仍然以為我只是個笨私家偵探，沒和殺人犯保持好距離。看來妲拉和邁克沒告訴任何人。」

「那錢呢？」他問道：「塔夫尼爾的離婚官司還沒了結，她分居的丈夫可能會企圖拿走一切，妳知道吧？如果妳需要和他對簿公堂，媒體就會知道妳的身分了。」

「我不想要錢。」

康納瞪大眼睛。「妳說真的？這可不是幾塊錢耶，潔西卡，而是好幾百萬美元。那是妳可以繼承的遺產，每分錢都是妳應得的。」

「我沒興趣。」她堅定地說。就在大聲說出口的那一刻，潔西卡才發覺自己有多認真。「對我來說，東尼是我爸，林肯．塔夫尼爾什麼都不是，他的錢也一樣。」

「那麼那五萬塊呢？」

「我會處理掉。在我離開以前。」

「所以妳真的要離開？」

「我沒有理由留在這裡。」

康納盯著柏油路面，兩手插進牛仔褲袋，點頭說：「大概吧。」

他們靜默不語站了一會兒，只聽見風吹過樹梢的沙沙聲與頭頂上蜂鳥的鼓翅聲。

接著康納說道：「對不起，潔西卡。」

「你只是做你該做的事。」

他搖搖頭。「我很抱歉事情發生的時候，我不在那裡。我堅信羅伯．楊就是我們要找的人，竟然沒察覺妳處於多大的危險中。我應該要在的。」

週日晚，康納又去了大溪地夜總會，這回不是為了工作。凱瑟琳試圖割斷潔西卡的喉嚨時，他正一面喝著雙份波本威士忌一面觀賞表演。但她不怪他，她怪自己。她也和他一樣對真相懵然無知，事實上，她甚至更盲目。畢竟是她自己邀請殺人犯進入堪稱是她家的地方。

一如二十五年前的伊蓮娜。

潔西卡說：「說真的，你就別太自責了。你也知道，我要是生你的氣，早已經揍你了，對吧？」

他咧嘴笑笑，然後伸出手輕輕握著她的手。「我還會再見到妳嗎？」

潔西卡低頭看著他們交握的十指，就和他們在脫衣舞酒吧外面一樣。她掙脫開他的手，踮起腳尖親親他的臉頰。「你自己保重，康納。也許以後還會再見。」

她爬上車去。她得去謝謝普萊斯替她把車和行李送到醫院，另外也得謝謝他把貝瑞塔92FS瞄得神準。只要差個五公分，腦漿噴濺在哈柏的復古壁紙上的人就是她了。

她駛出停車場，沒有回頭看康納。

在永遠離開這座天使之城以前，潔西卡還有一件事要辦。

38
普萊斯

名義上，普萊斯正在放支薪的行政假，靜待督察室調查開槍事件。但據葛瑞齡說，那一槍開得好。她向他保證調查工作只是做個表面文章，幾天就會結束了。

私底下，在上級批准他全面回歸工作崗位之前，普萊斯需要去了解凱瑟琳．塔夫尼爾殘忍殺害王艾美背後的原因。

他穿過貝萊爾飯店大廳走向休息區。有個男人獨坐在最遠的角落。普萊斯希望他能提供一些答案，不過看大衛．范登凝視著威士忌酒杯底的表情，似乎自己也想從那兒找到一些答案。

普萊斯看看手錶，才剛過三點，凱瑟琳．塔夫尼爾最近分居的丈夫、如今的鰥夫，竟已喝起冰塊威士忌了。普萊斯知道，自從幾個星期前被凱瑟琳趕出帕薩迪納的家後，范登便住在這家飯店，而且從那時起的多數夜晚都在酒吧度過，無疑是在思索自己走到盡頭的婚姻。飯店酒吧的員工與監視器已經證實，王艾美遇害當晚，范登人就在這裡。如今，經過前幾天發生的事，范登顯然已懶得等到Happy Hour才喝酒了。

「范登先生嗎？我是傑森．普萊斯警探。」

男人從酒杯抬起頭來。他年紀與普萊斯相當，穿著Polo衫和斜紋棉布長褲，一臉煩惱的表情。他從座位起身，握了握普萊斯伸出的手。

「請坐，警探。要我替你點一杯什麼嗎？」

「不用了，謝謝。我喝水就好。」

普萊斯拿起桌子中央的水壺，自行倒了一杯。他環顧高雅的休息區一周，有一架光滑亮麗的黑色平台鋼琴和一座特色壁爐，兩者都未使用。深色木板牆裝飾著一些黑白人像照，有雪兒、蒂娜・透納、賈伯斯和其他一些名人，很可能都曾經下榻過這間飯店。玻璃滑門外有一座小湖，幾隻天鵝悠游於如鏡的水面。

「好地方。」普萊斯說。

范登看了看室內，彷彿這才第一次注意到。「是啊，應該是不錯吧。」

普萊斯猜想這裡即使是最基本款的房間，一晚恐怕也至少要價五百元左右，而他知道范登住的是豪華套房。對於律師事務所的合夥人而言，這個地方也許只是「還好」而已。但對普萊斯來說，如果能請安琦到這裡住上一晚，他就能博得她一輩子的歡心。

他清清喉嚨。「我在電話上已經簡短說明過今天為什麼想見你。我們需要確實了解是哪些事件導致王艾美遇害以及潔西卡・蕭遭到謀殺未遂，這很重要。」

范登點點頭，盯著威士忌看。「你要我從哪說起？」

「王艾美是你第一個找的妓女嗎？」

聽到「妓女」二字范登暗暗一驚，隨即搖搖頭。停頓半晌後，他才終於正視普萊斯的雙眼。

「警探，我知道這話聽起來很弱，但我和凱瑟琳不和已經很久了。第一次是我和事務所另外兩個同事去紐約出差的時候。他們以前就找過應召女郎，好像不覺得有什麼大不了，所以那次我也跟著他們一起。」

「然後回到洛杉磯，你就開始自己牽線了？」

范登啜了一口威士忌，點點頭。「對，不過也不是很常。只有碰到壓力特別大的案子或是和凱瑟琳鬧得很不愉快，才偶爾放鬆一下。我在網路上找到女孩，通常約她們在好萊塢的某個地方碰面，後來被凱瑟琳知道了，她懷疑我出軌，沒想到當她發現和我碰面的是應召女郎，整個人氣炸了。她警告我要是再犯，我們的婚姻就完了。那是兩年前的事。」

普萊斯點點頭。「我們認為你太太曾有幾次雇用一個叫內特．丹尼爾斯的人，跟蹤你和你去見的女人。」

「內特．丹尼爾斯這個名字，我也是直到幾天前才聽說。」范登語帶苦澀地說：「看來有秘密的不只是我。」他乾了威士忌，並向酒保打手勢要再來一杯。

「那王艾美呢？」普萊斯問：「你是什麼時候開始和她見面的？」

「大概四、五個月前。自從凱瑟琳發現我的事並發飆的那天晚上起，我就沒有再找過誰，我是真的很想再為婚姻努力一次，希望能讓一切圓滿。結果有一天晚上，我在書房工作到很晚，就開了一瓶威士忌，並點進以前上過的一個網站。我就是在那時候看見辛蒂的照片，抱歉，是艾美。她實在太美了，我怎麼都忘不了她。兩天後，我就安排和她見面。」

「然後她就懷孕了？」

「很不幸，是的。我們約了兩次，一切都很棒。第三次碰面的時候，她說出這個消息，我不敢相信，不敢相信自己竟然這麼笨。」

「你怎麼知道孩子是你的？」

范登往上一瞥，看著服務生將另一杯酒擺在他面前，等年輕男侍回到吧檯後面，才回答普萊斯的問題。他臉上滿是羞愧。

「第一次做愛的時候，辛蒂跟我說她跟每個客人都一定要用保險套，沒有例外，她甚至自己準備了，以免對方沒帶。可是當我提議要多給她一倍以上的錢，她勉強改變了心意。也就是說五百元換無套性交。我以為她有吃避孕藥，想來是我錯了。」

「艾美想留下孩子？」

「一開始沒有。我們有共識，認為拿掉孩子對所有人都是最好的選擇。我給了她現金，說我會在診所外面的停車場等她。你知道的，就是萬一她需要的時候，可以幫點忙。」

「結果呢？」

「辛蒂沒能完成墮胎。她哭哭啼啼，幾乎是歇斯底里。我們去了咖啡館，等她平靜下來之後，她跟我說她想到另一個選擇。她可以用『私人理由』向學校請假一學期，離開去生小孩，然後把小孩送人收養。但是她要我在孩子出生前，提供她租房子和生活開銷的費用。這個計畫糟透了。我是說，萬一她要求更多封口費呢？或是將來有一天孩子追查到我呢？要命的是，萬一辛蒂決定自己留下孩子呢？」

「結果你怎麼做？」普萊斯問。

「我叫她別想了，她的計畫不可能成功。然後，現在我實在羞於承認，但我就留下她坐在咖啡館裡。我完全不打算再見她，至少我是這麼想。第二天，她出現在我工作的地方，大吼大叫要我對自己的行為負責。她想必是趁我做愛後沖澡的時候翻了我的皮夾，知道我的真名和事務所地點。我慌了手腳，便一五一十都跟凱瑟琳說了。她說她會處理，然後就叫我打包行李。這是幾個禮拜前的事。」

普萊斯感到不寒而慄。「你不知道她說『會處理』是什麼意思嗎？」他問道。

范登雙眼圓睜。「天哪，不知道，完全不知道。我以為她要去找那個女孩談，說服她墮胎。凱瑟琳一向很有說服力。」

「她怎麼知道上哪去找艾美？」

范登長長地喝了一口酒才回答。

「我只知道她叫辛蒂，不知道她的真名，但我知道她是加州州大的學生。她跟我說過她主修刑事司法。」他聳聳肩。「我覺得她是想讓我另眼相看。我把我知道的告訴凱瑟琳，還讓她看了辛蒂在網站名冊上的照片。」他迎上普萊斯的目光。「你一定要相信我，警探，我真的不知道我太太打算對那個可憐的女孩做什麼。」

普萊斯說：「凱瑟琳·塔夫尼爾兩天前在鷹岩用來攻擊那位私家偵探的刀，和王艾美身上的傷口吻合。我們也取得了丹尼爾斯先生的供詞，坦承他聽從凱瑟琳的命令去跟蹤那兩名女子。所以范登先生，我們需要你做的是盡可能就你的記憶，提供關於你以前找過的其他妓女的資訊。譬如名字、網站、你們約見的旅館，什麼都好。」

范登愕然。「什麼？你該不會以為……？」

當天早上在醫院病床上錄口供時，潔西卡說凱瑟琳在展開她的最後攻勢前曾吹噓還有「其他人」，而且她對於那些她認為是為了想賺輕鬆錢而引誘所謂的愛家好男人的女人，有一種病態的恨意。而普萊斯也壓根不相信，在伊蓮娜成為她手下第一個受害者之後，凱瑟琳會等到二十五年後才又再度殺人。

「我們有理由相信你太太可能還殺了其他年輕女人，而且是你在不知不覺中牽的線。你有跟她說過你找的其他妓女嗎？」

范登點點頭。「有一些，就是她最初發現買春的事情時，我在見的那幾個。」

普萊斯站起身來。「請你備好名單，我會再聯絡。」

接著他走出飯店，留下大衛．范登仍保持著他一開始看見他的模樣，呆呆凝視一大杯昂貴的威士忌。他暗自希望那杯酒不會為這個男人帶來任何慰藉。

39 潔西卡

沿著洛斯費利茲大道駛向好萊塢時，潔西卡發現自己很興奮，因為馬上又要再次上路。她按下車窗，手肘靠在窗框上，享受著風吹亂髮的感覺。收音機大聲播著門合唱團的〈洛城女郎〉。

潔西卡轉進一條狹窄的住宅街道，停在一棟佔滿整個街區的兩層樓紅磚建築前。那棟建築傲然屹立在細心維護的庭園裡，園中還點綴著一些較小的建物。前院草坪豎著一根白色旗桿，一面美國國旗軟趴趴地垂掛其上。由小徑走向正門時，潔西卡可以聽到後院裡有孩子們如鈴鐺般的笑聲。

接待區氣氛輕鬆、光線明亮、通風良好。一側有個小小等候區，擺了三張大人坐的椅子，另外有一個舊搖搖馬和一只玩具滿溢的黃色塑膠桶，是為較小的訪客準備的。素面白牆上用膠帶貼著一些亂糟糟還弄得髒兮兮的畫，其中多半是用黏稠原色顏料拓下的小手印，不然就是隨便用簡單線條畫的一家人——恐怕都已經離散的一家人。

潔西卡大步走到服務台前，有位中年女士正將咖啡倒入馬克杯，她不好意思地微微一笑，放下咖啡。「抱歉，妳正好趕上我的咖啡時間。有什麼需要我服務的嗎？」

「妳能不能告訴我怎麼樣才能聯絡到安哲琳女士？」

「真不巧，妳差點就遇上了。她大概一個小時前才剛離開。」

「安哲琳女士還在這裡工作？」

「是啊，每星期兩天。」

「我以為她應該退休了，她年紀想必很大了吧。」

女子笑起來。「她八十二歲，不過身體狀況比我們在這間育幼院裡的其他人都好。」

「那可不可以給我她的地址或電話？我今天就要離開了。」

女子搖頭。「我們不能提供員工或住民的資訊。我可以幫忙轉達嗎？」

「我有個包裹要給安哲琳女士，可不可以放在這裡等她來拿？」

「當然可以。」

潔西卡從包包取出昌盛藥局的塑膠袋，放到櫃檯上。

女子好奇地打量。「有話要轉達嗎？」

潔西卡想了一想，說道：「就跟她說這是伊蓮娜・拉威爾的女兒送的禮物。」

潔西卡來到了莫哈維沙漠中央，約莫在巴斯托與貝克的中途點，才想起東尼的信還塞在手套箱裡，尚未拆封。

她用力踩下油門繼續往前，試圖專注於從眼前向遠方延伸、空曠到令人驚嘆的公路，兩旁一望無際的光禿灌木，以及挺向蔚藍天空的約書亞樹。盡量不去想他可能寫了什麼。什麼都不去想。

普萊斯將信封交給她時，潔西卡覺得看到東尼的筆跡、字句，會讓她難以承受。後來，她又害怕會看到認罪自白。東尼，在死後選擇卸下了自己的重擔，卻將他殺死她母親這個真相的擔子丟給潔西卡。

而現在呢？她不知道他有什麼事情非得白紙黑字寫下來，有什麼是潔西卡需要知道，他在世時卻無法當面對她說出口的。

當她終於停下來，是因為儀表板上的油表指針就快到底了，她不得不駛下I-15公路進入貝克。她在一家76加油站加油，然後把車停在隔壁的鄉村商店，買了一手百威淡啤酒。

「遠途旅行啊？」店員問道。

「是啊。」潔西卡說。

「要上哪去？」

「還沒決定。」

潔西卡遞出幾張鈔票，並將找的零錢塞進口袋。

到了外面，全世界最高的溫度計顯示七十二度（攝氏二十二度左右）。

潔西卡坐上Silverado的駕駛座，卻沒有發動引擎。她拉開一瓶啤酒的瓶蓋，喝光以後用手捏扁，丟到副駕駛座上。她從手套箱取出信封，將手指伸進黏住的封口底下小心地劃開，拿出信來。

結果不是信。

是一張DNA鑑定報告。

時間是在十年多一點以前。上面有許多她看不懂的數字，有三個欄位分別標註著案號、小孩姓名與系爭父親的姓名。姓名分別是潔西卡·蕭與東尼·蕭。最底下那個數字她倒是看懂了。親子關係確定率：99.9998%。

潔西卡不知道他是怎麼拿到她的檢體。她也不在乎。

東尼·蕭。

羅伯·楊。

布萊德·弗瑞奇。

只有一個名字才最重要。

爸爸。

回到I-15州際公路後，潔西卡又開了兩哩路，不知要往何處去，便停上路肩，下了車，站在大車駛過揚起的塵土中沉思片刻。隨後她從後口袋掏出一枚十分錢硬幣。

正面往北，反面往南。

潔西卡將硬幣彈向空中，讓它落在沙漠地上。接著蹲下、拾起、擦去灰塵。

她看看硬幣，露出微笑。
然後回到車上，開車。

致謝

我寫了一個故事，卻有許多人合力幫忙把它變成一本書。

首先，大大感謝我出色的經紀人Phil Patterson能相信我，並一路至今鼎力支持。也要感謝Marjacq團隊的其他所有成員。

感謝Thomas & Mercer傑出的出版團隊，願意給我和潔西卡・蕭一次機會。尤其感謝我的編輯Jack Butler，從一開始便展現莫大的熱忱與信任。

幸運的是，有幾位很了不起的初期讀者，在我最需要的時候提供回饋與鼓勵。Dan Stewart、Ian Patrick、Douglas Skelton和Liz Barnsley，謝謝你們。

另外要特別感謝Susi Holliday，她不只是我的初期讀者，還推薦了我所能希求的頂尖經紀公司，並提供建議且耐心地回答我所有的癡傻問題。

感謝我媽媽、Scott、Alison、Ben、Sam和Cody，持續不斷的愛與支持。特別要提一下我父親，是他不惜花費許多時間帶我走遍格拉斯哥各個圖書館，燃起我對閱讀的熱愛。我知道這本書會讓你感到無比驕傲。

還要感謝多年來忍受我不停說著要寫書，最後好不容易才做到的諸位友人（特別是Lorraine Hislop與Darren Reis）。我就說我會做到吧！也要多謝我的加州表親Kirsty Fowler，讓我能把所有關於美國的事情寫到位。

最後但絕對是最重要的，感謝我的讀者們。希望你們閱讀《失蹤人口》時也能感受到我寫作時的樂趣。我的個人網站是www.lisagraywriter.com，請不吝賜教。

Storytella 140

失蹤人口
Thin Air

失蹤人口 / 麗莎.格雷作 ; 顏湘如譯. -- 初版. -- 臺北市 : 春天出版國際文化有限公司, 2022.11
面； 公分. -- (Storytella ; 140)
譯自 : Thin Air.
ISBN 978-957-741-591-2(平裝)

874.57 111014492

ISBN 978-957-741-591-2
Printed in Taiwan

作　者　麗莎・格雷
譯　者　顏湘如
總編輯　莊宜勳
主　編　鍾靈

出版者　春天出版國際文化有限公司
地　址　台北市大安區忠孝東路四段303號4樓之1
電　話　02-7733-4070
傳　眞　02-7733-4069
E－mail　bookspring@bookspring.com.tw
網　址　http://www.bookspring.com.tw
部落格　http://blog.pixnet.net/bookspring
郵政帳號　19705538
戶　名　春天出版國際文化有限公司
法律顧問　蕭顯忠律師事務所
出版日期　二〇二二年十一月初版

定　價　360元

總經銷　楨德圖書事業有限公司
地　址　新北市新店區中興路二段196號8樓
電　話　02-8919-3186
傳　眞　02-8914-5524
香港總代理　一代匯集
地　址　九龍旺角塘尾道64號 龍駒企業大廈10 B&D室
電　話　852-2783-8102
傳　眞　852-2396-0050